ハヤカワ演劇文庫
〈50〉

ピーター・シェーファー
I
ピサロ／アマデウス

伊丹十三・倉橋 健・甲斐萬里江訳

PETER SHAFFER

早川書房
8496

THE ROYAL HUNT OF THE SUN
and
AMADEUS
by
Peter Shaffer

Translated by
Juzo Itami, Takeshi Kurahashi and Marie Kai
Published 2020 in Japan by
HAYAKAWA PUBLISHING, INC.
This book is published in Japan by
direct arrangement with
MACNAUGHTON LORD REPRESENTATION.

目次

ピーター・シェーファーⅠ

ピサロ／アマデウス

ピサロ

伊丹十三訳

インカ帝国征服にまつわる劇作

作者から

テクストについて

第一幕、第二幕ともそれぞれローマ数字によって十二のセクションに区切られているが、これらは全くテクスト使用上の便宜のための区分であり、いかなる間《ま》や中断を意味するものでもない。アクションは継続せねばならぬ。

セットについて

本稿において言及されるセットは、一九六四年、チチェスター演劇祭において、ナショナル・シアター・カンパニーによって使用されたものである。本来この芝居は、裸の舞台と、一段高い台の部分があれば上演できるわけであるが、チチェスター公演におけるマイクル・アナルスのセット・デザインがあまりにも素晴らしく、この芝居のヴィジュアルな問題のすべてに優れた解決を与えるものであったがため、今ここに、それを書きとめておこうと思う。

まず、舞台の中央、板張りの壁を背景に、直径十二フィートの、巨大なアルミニウムの輪が吊り下げられている。輪の周囲には蝶番によって十二の花弁がとりつけられている。花弁は閉じられると組み合わさって輪の中へきっちりと畳み込まれ、スペインの征服者たちの紋章を刻みこんだ大いなるメダルとなる。花弁が開くと輪は巨大な黄金の日輪となり、インカを象徴することになる。花弁の一つ一つには黄金の象眼がはりつけられている。これらの象眼が第二幕、シーンⅥにおいて剝ぎとられると、黒い下地が現れ、従って太陽は、真黒な花弁によって縁どられることになり、インカ帝国の滅亡を見事に表現する。太陽の中央部は演技のための空間としても使用される。第一幕においてはアタウアルパの玉座として、第二幕においては、前半、アタウアルパの牢獄として、また後半、黄金が貯蔵される部屋として使用されることになる。

この単純にして驚くべきセットは、私にとって、演劇的にも、美的にも、また象徴的にもきわめて満足すべきものであった。

音楽について

巻末に抜粋した楽符は、この芝居のためにマーク・ウィルキンスンによって作曲された音楽の中からとり出した三つのメロディーである。彼の音楽は真に驚嘆に値いするものであり、この芝居がいかなる形で上演される場合にも不可欠なものであるとさえ私には思われる。内容は、鳥の声、グレゴリオ聖歌、オルガンのためのファンタジア、大登攀のマイムのための凍りつくような音楽、大殺戮のマイムのための恐怖の音楽、などを含んでいるが、私としては、第二幕劈頭の、痛切きわまりない嘆きの歌、そして、なによりも、最後の復活の歌が印象に残っている。復活の歌は、暗闇の中に横たわるアタウアルパの死体に向かって、インカ帝国最後の日の出を前に、囁くように嘆くように、また肺腑を衝く叫びの如く、遠吠えの如くに歌われるのだ。

マーク・ウィルキンスンの作曲のスコアは LIZ KEYS, LONDON MANAGEMENT, 235–241 REGENT STREET, LONDON WIA 2JT. を通じて入手することができる。

上演について

この芝居はさまざまな方法で上演することができると思うが、作者としての希望をいうなら、この芝居は一種の全体演劇として上演されることが望ましいと思う。それは言葉のみならず、儀式、マイム、仮面劇、魔術などのすべてを包含せねばならぬ。このテキストはそのような血肉化を求めて叫び声をあげているのだ。この作品は劇作家の作品であるとともに、それにも増して演出家のための作品であり、作曲家のための作品であり、パントマイム役者のための作品であり、デザイナーのための作品であり、そして、もちろん、俳優たちのための作品なのである。私はこの版の中に、セットに関してと同様、チチェスター公演の際のディティルを可能な限り書きとめておいた。これは、一つには私自身がチチェスター公演の創造面に深く参加したためでもあるが、なによりも、その際の演出家、ジョン・デクスターの見事な仕事ぶりに感謝の念を捧げたかったからなのである。

P・S・

登場人物

スペイン人たち

将校たち
フランシスコ・ピサロ／探検隊指揮官
エルナンド・デ・ソト／副隊長
ミグエル・エステテ／国王代理、監督官
ペドロ・デ・カンディア／砲兵隊長
ディエゴ・デ・トルヒリヨ／騎兵隊長

兵士たち
老マルティン
若いマルティン／ピサロの小姓、老マルティンの少年時代

サリナス／鍛冶屋
ロダス／仕立屋
ヴァスカ
ドミンゴ
ファン・シャベス
ペドロ・シャベス

僧侶たち
ヴィンセンテ・デ・ヴァルヴェルデ／探検隊付き司祭、ドミニコ派僧侶
マルコス・デ・ニザ／フランシスコ派修道士

インディオたち
アタウアルパ／インカ王
ヴィラク・ウム／司祭
チャルクチマ／将軍
酋長

領主（千の家族の長《おさ》）
フェリピリョ／ピサロの通訳
マンコ／勅使
インティ・コウシ／アタウアルパの義姉
オエロ／アタウアルパの妻

その他、スペインの兵士たち、インディオたち

場所

冒頭のスペインとパナマのシーンを除き、インカ帝国北部が舞台となる。これは現在のエクアドル南部とペルーの北西部にまたがる地帯である。第二幕の舞台は終始一貫カハマルカの町である。

時

一五二九年六月から一五三三年八月まで

第一幕　狩り

第二幕　殺し

第一幕　狩り

裸の舞台。背後には木でできた壁があり、その壁には金属製の巨大なメダルが掛かっている。メダルは四つの部分に、十文字に分割され、それぞれ、黒い十字架一つずつを帯びている。十字架の先は剣のように尖っている。

I

（暗闇。老マルティン登場。五十代半ば、灰色の髪。十六世紀中葉の、スペ

インカ下級貴族の黒い衣裳をまとっている）

老マルティン　神の救いが、あんたがたの上にあらんことを。わしの名はマルティンだ。スペインの兵士である。わしの人生は戦さの連続であった。土地のための戦さ、金銀財宝のための戦さ、そして、十字架のための戦さだ。わしは今では巨万の富を持っている。間もなくわしは死ぬだろう。そして、この、ペルーの地に埋められるだろう。若かりし日、わしがその滅亡に手を借した、このペルーの地にだ。これは滅亡の物語りである。滅亡と、そして黄金の物語りである。お前さん方の誰一人として見たこともないような、たとえ銀行に勤めていようが見たこともないような、途方もない分量の黄金の物語りなのだ。わしがこれから始めるのは、インカ帝国二千四百万人を、たったの百六十七人で征服した物語りだ。わしの話はあまりにも荒唐無稽で、お前さん方はしまいには呻き声をあげ、遂には「嘘だ！　お前の話は嘘だ！」と叫び始めるだろう。左様、もしかすると嘘かもしれん。このペルーの空気は冷たくて酸っぱい。まるで地下室のようだ。こういう空気の中では人は正気を失いやすい。ヨーロッパにいる時より、もっと簡単に狂ってしまう。しかし、これだけはわかってほしい。わしは、他の誰よりも近いところからあの男のことを眺めたのだ。そしてあの男のことを愛したのだ。あの人はわしにとって祭壇であった。光り輝く、救い主の姿そのものであった。フランシスコ・ピサロ！　あの頃のわしは、彼のためなら喜んで命を投げ出したろう。崇拝する彼のためなら、死ぬことすら厭いはしなかったろう。

（若いマルティン登場。彼は手にした棒で見えない敵と斬り結んでいる。血気にはやるこの若者は、老マルティン十五歳の頃の姿である）

初めて彼に仕えることを許された時、わしがどれほど嬉しかったことか。わしの夢は軍人だった。インディオ征伐だった。スペインの名において、インディオどもを蹴散らすことだった。近頃の子供たちはもうそんな夢は見ないらしいが、少年時代のわしは、頭の中の大平原で日ごと豪胆な離れ業を演じておったものさ。わしは干し草小屋に寝転んで、ドン・クリストヴァルの「騎士の掟」に読み耽った。この本はわしにとってはバイブルも同様だったのだ。騎士になることこそがわしの夢であった。ピサロ将軍は、そのわしの夢をかなえてくれた。そして今――わしは彼に会ったことを後悔している。彼に会ってしまったこと。それがわしの人生における唯一の後悔なのだ。

(フランシスコ・ピサロ登場。中年も終りにさしかかっている。タフで威厳があり、人当り荒く、憔悴している。何か底の知れぬところのある男だ。態度は無愛想で、時として暴力的。表情は激しやすくエネルギッシュであり、激怒、残虐性から、突然のメランコリー、冷笑的諧謔へと多彩な変化を見せる。この場面の彼は、この芝居全体を通じて最も身綺麗にしている。髪も髭も刈り込まれ、服装も立派で、さながら人人に良い印象を与えようと努力しているかのようだ。

彼に従って副隊長のエルナンド・デ・ソト、ドミニコ修道会の修道士ヴィンセンテ・デ・ヴァルヴェルデ登場。デ・ソトは四十代で、非常に立派な風貌。全身これ忠誠という男である。自分の職業に対し、自分の信仰に対し、自分の価値観に対し、何の疑いもなく忠誠心を抱いている。彼は素晴らしい兵士であり、誠実な友である。一方ヴァルヴェルデは百姓出の坊主であり、熱心ではあるが、その熱意は知性による抑制も、人を喜ばせんがための優しさも備えてはいない)

ピサロ　俺は乳飲み児の頃、雌豚の乳を吸って育った。豚小屋が俺の家だ。こんなみすぼらしい家で育った人間はスペインでも俺くらいなものだろう。

老マルティン　この時彼はすでに、新大陸への二度の探検を果たしたあとだった。そして齢い六十を越えて、再びスペインへ舞い戻り、最後の探検にとりかかろうと準備しているところであった。彼はスペイン国王に多量の黄金を持ち帰り、その功績に対して国王から、ペルーの発見物に対する独占的権利を与えられ、かつ、彼が征服した土地において、総督の称号を名乗ることを許されていた。そのかわり、彼は、今度の遠征軍を自前で組織せねばならぬことになったのである。彼は生れ故郷のトルヒリヨに帰り、今、兵隊を集めにかかったところだ。

（彼が話している間に、舞台前面、徐徐に明るくなる。スペインの村人たち数人が今入ってきたところである。村人たちの中には、鍛冶屋のサリナス、仕立屋のロダス、そしてヴァスカとドミンゴ、それにシャベス兄弟もいる。ピサロ、二十五歳の青年、ディエゴに向かって話しかける）

ピサロ　名前は何という？
ディエゴ　ディエゴであります。
ピサロ　お前は何が一番得意だ。
ディエゴ　はい。特にというと、馬でありますが——
ピサロ　騎兵隊長をやる気があるか？
ディエゴ　(熱をこめて) ハイ！
ピサロ　よし。あちらで待て。この村の鍛冶屋は誰だ？
サリナス　あっしです。
ピサロ　一緒に来るか？
サリナス　いやとは申しませんぜ。
ピサロ　お前と一緒にいるのは誰だ？
ロダス　私は仕立屋ですから関係ねえんで——
ピサロ　兵隊の生活は繕い物が絶えない。仕立屋がいれば連中も随分助かる。
ロダス　まあ、どこかの阿呆をつかまえて、そいつにやらせるだね。私はここに残りまさあ。
ピサロ　勝手にしろ。(若いマルティンを指して) この男は？

ディエゴ　マルティン・ルイスであります。優秀な若者であります。騎士の掟を全部諳んじておりまして、将軍の小姓になりたがっているのであります。
ピサロ　齢は何歳だ？
老マルティン　十七になるんで——
ピサロ　嘘をつけ！
若いマルティン　十五歳であります。

（老マルティン退場）

ピサロ　両親は？
若いマルティン　死にました。
ピサロ　字が書けるか？
若いマルティン　はい。ラテン語が二百語、スペイン語が三百語。
ピサロ　志願する理由は？
若いマルティン　素晴らしく名誉なことだからです。
ピサロ　名誉だと？　おい、俺はただの雑兵だ。名門の出でもなければ肩書きもない。

いいか、俺は傭兵からの叩き上げだ。傭兵は一番金を払う奴についてゆく。それだけだ。騎士道なんてものは俺にとっては閉じた書物と同じだ。もっとも、読み書きができなきゃ、どんな書物だって、俺にとっては閉じたままだろうが——もしお前を傭うとしたら、それは、俺のかわりに読み書きをさせるためだ。

若いマルティン 喜んでやります。お願いです。私を小姓にしてください、将軍様！

ピサロ 将軍でよい。ではお前の敬意を見せてみろ。まず、俺に挨拶をするんだ。（少年、礼をする）よし、今度は教会にだ。こちらはヴァルヴェルデ修道士。われわれの司祭である。

ヴァルヴェルデ 我が子よ、神の祝福が汝の上にあらんことを。そしてまた、我らと共に来りて、異教徒共を改心させせんとするすべての者の上にあらんことを。

ピサロ では次に、われらの副隊長、騎士のデ・ソトに挨拶だ。彼のことは皆も聞き及んでいよう。偉大なる兵士だ。彼はあのコルドバの戦いを戦った戦士なのだ。彼が加わった探検は必ず成功する。（ピサロ、ラマの模様を織りこんだ布の巻き物をデ・ソトから受けとって）これを見ろ。インディオの織り物だ。十年前、俺は、あの偉大なるバルボアと共に、一人のインディオの酋長が、アロエの葉に、この獣の模様を描くのを見た。酋長はその時俺にこういった。「この獣がうろつくところに、無尽蔵の宝がある」と。

ロダス　へ、無尽蔵だと。おい、蹄鉄屋のサンチェスに聞いてみな。あいつ、同じ話を五年前にこの将軍から聞いたっていってたぜ。

ディエゴ　誰がサンチェスの話なんかしてる？

ロダス　へ、無尽蔵のお宝だと。そのお宝をとりに行って、六ヶ月間ぶっ続けに雨に降られてよ、奴の皮膚は、奴に貼りついたままで腐れちまったんだ。五十人出かけて行って、二十七人が死んじまったんだ。

ピサロ　今度もそうなるかもしれん。俺が貴様らをどこへ連れてゆくと思ってる。ピクニックか？　ジェリーとワインを籠に詰めて、恋人と腕を組んで歩くのか？　お前たちにはっきりいっておく。俺たちの行く先は沼地だらけだ。世界の顎髭のような大森林だ。俺たちは虫から逃れるために土の中に半分埋まって坐る。何週間もの間、革紐で作ったスープと、椰子の芽だけで過す。そして夜ともなれば、まるで墨のような暗黒の中で眠るのだ。頭の上には蛇が呼び鈴の紐のようにぶら下がっている。真っ黒な闇の中には真っ黒な人間がいて、奴らは人間の肉を貪り食う。一体なぜこんなことに耐えねばならんのか？　それは、この耐えがたい土地の向うに、必ずや王国があると俺が信じているからだ。そこは、まわり中が黄金なのだ。俺たちのまわりに木があるのと同じように、そこではまわり中が黄金なのだ。俺はたった二歩踏みこんだだけで、もう純金のカップや皿を見つけてきたものだ。

（ピサロ手を叩く。フェリピリョ登場。彼はエクアドル出身の、細身でデリケートなインディオで、体中に黄金の装身具をつけている。実をいうとフェリピリョは陰険でヒステリカルな人物なのだが、主人の前ではそれを隠している。彼は驚く村人たちの前へ優雅な身のこなしで進み出る）

フェリピリョを紹介しよう。俺はこいつをこの前の探検でつかまえた。近くへ寄ってこいつのつけている飾り物を調べてみろ。これらの飾り物はこの男にとっては鳥の羽根ほどの価値もない。だが、すべてこれ黄金なのだ。さあ、お前たち、よく調べてみるがいい。近づいてよく見るのだ。

（村人たち仔細に彼を点検する）

ヴァルヴェルデ　この者をよく見よ。これは異教徒だ。お前たちが救ってやらぬ限り、地獄に落ちて永遠の火あぶりになる運命にある。われわれは探検に出かけるが、決してこの者たちを滅ぼして、その富を奪うためではないぞ。われわれは彼らから、黄金を譲り受けるだけだ。それは彼らにとって何の価値もないものだ。われわれは価値のないものを受けとり、その見返りとして、いかなる価値にもまさる神の慈悲を彼らに与えるのだ。この土人たちを光に導くことに手をかす者はないか。これまでに犯したすべての罪が許されるぞ。

ピサロ　どうだ？

サリナス　こりゃ確かに正真正銘の金《きん》だ。

ピサロ　そうだ。それがお前の物になるんだ。俺も昔はお前たちと同じだった。この、同じ道端に、日が暮れるまで坐って過したものだった。そして夜ともなれば宿屋で酒をくらって豚小屋で寝る。臭くて、泥まみれで、前途に何の希望もない生活だ。たとえ探検で命を落としたとしたって、こんなところに埋もれているよりは遥かにましだと思わんか。

ヴァスカ　あんたのいう通りだ！

ピサロ　もう一ついっておく。むこうに行けばお前たちは御主人様だ。あいつらを奴隷にしてな。

ヴァスカ　なるほど、奴隷が奴隷を持つってわけだ！
ドミンゴ　（おずおずと）お前、本当だと思うか？
ピサロ　おい、お前。お前は俺が嘘をついているというのか？
ドミンゴ　いえ、とんでもねえこって――
ヴァスカ　仮にこの人が嘘をついているとしてもだ、ここにいて何のいいことがある？　お前は桶屋だが、今年になっていくつたるを作った。犬の暮しのほうがまだましってもんだぜ。
ピサロ　お前たちはどうだ？　お前たちは兄弟だな？
ディエゴ　シャベス兄弟であります。ファンとペドロであります。
ファン　ハイ、将軍。
ペドロ　ハイ、将軍。
ピサロ　どうだな、お前たち？
ファン　俺、行きます。
ペドロ　俺も行きます。
ヴァスカ　俺も行くぞ。俺もあいつみてえな奴隷を二人ばかり持つんだ！
ドミンゴ　あっしも行きます。ヴァスカのいう通りだ。どんなに辛くったって、ここよりはましだ。
ロダス　へ、俺はごめんだね。このロダスをひっかけてジャングルの中を歩かせようったってそうはいかねえ。
サリナス　黙れ、この猿づら！　ずっとここに坐りこんで蚤を潰してる気か？　奴も一緒に行きますよ、将軍。
ピサロ　お前たちはこれから召集のためにトレドへ向かう。ディエゴ、全員を兵籍に入れてトレドへ連れて行け。
ディエゴ　承知いたしました！
（若いマルティン、一同について出てゆこうとするのをピサロが呼びとめる）
ピサロ　おい、小僧。
若いマルティン　ハイ。
（間）

ピサロ　兵籍に載っている将校の名、そして兵士の名を全部覚えておいてくれ。
若いマルティン　ああ、ハイ！　承知いたしました、将軍！　ありがとうございます！
ピサロ　お前はもう正式の小姓だ。騎士らしく振る舞え。片時も威厳を忘れるな。
若いマルティン　（礼をして）ハイ、わかりました。
ピサロ　敬意を忘れるな。
若いマルティン　（礼をして）　ハイ、わかりました。
ピサロ　そして服従もだ。
若いマルティン　（礼をして）ハイ、わかりました。
ピサロ　それからもう一つ、十秒おきにお辞儀をする必要はない。
若いマルティン　（礼をして）ハイ、わかりました。
ヴァルヴェルデ　さあ、私と一緒にくるがよい。仕事にとりかかるんだ。
（二人退場してゆく）
ピサロ　この道のここに、昔立っていたと同じように、今俺は立っている。奇妙なものだ。

デ・ソト　いいご気分でしょう？

ピサロ　いや、俺は愚かだった。人間、いくら夢を追いかけたところで、身のほどに応じたものしか手に入れることはできんのだ。

デ・ソト　あなたの今の夢は何です？

ピサロ　黄金だ。

デ・ソト　まさか。あなたが今更黄金如きもののために、新大陸へ出かけてゆくなどとは、とても信じられません。

ピサロ　お前のいう通りだ。俺ぐらいの齢になると物事はありのままの姿で見えてくる。黄金もまた今の俺にはただの金属に過ぎん。

デ・ソト　ではなぜ出かけるんです？　ここでふるさとの英雄としておさまることだってできるでしょうに。何のために辛い目をしにゆくんです？　しかもその弱ったお体で。もう休まれてもいいのではありませんか。あなたの祖国も、あなたが安楽な余生を送るのを認めるにやぶさかではありますまい。

ピサロ　俺の祖国だと？　それはどこのことだ？

デ・ソト　もちろんスペインです。

ピサロ　スペインと俺とは子供の時から赤の他人だ。スペインで俺が知っているのはここだけだ。この穢らしい村だけが俺にとってのスペインなのだ。お前は俺にこんなところで落ち着けというのか？　俺は二十二年間、この道で豚を追って暮した。俺は私生児だった。二十二年間、俺には何の希望もなかった。俺は兵隊になった。火縄銃を引きずってイタリーの道を歩いた。あんまり腹が減りすぎて、物を食う力もなかった。俺には得る物も失う物もなかった。当時の俺にはそれが苦痛だったが、今ではよかったと思っている。俺は誰からも何一つ借りていないからだ——昔は俺だって世間の仲間入りがしたかった。俺の望みは小っぽけなものだった。小さな畑と、岩だらけの牧草地を三面、それに、名前にセニョールをつけて呼ばれれば俺は満足したろう。しかし世間は俺にその満足を与えてはくれなかった。十年後、俺の望みは倍になった。ちょっとした地所に家屋敷、それにオレンジの木が五十本、名前にサーの称号がつけば俺は満足しただろう。しかし、世間は俺にその満足を与えてはくれなかった。二十年後、俺は、あのバルボアの右腕として彼と一緒に新大陸へ乗り込み、スペインの植民地を建設した。この時だって俺の望みはまだまだ安いものだった。年金と、週に一度の市長との晩餐会、それで俺は満足しただろう。しかし世間はそれをも許してくれなかった。世間は俺の望みを無視した。世間は決して俺を仲間に入れてはくれなかった。よし、ではこちらから俺の存在を思い知らせてやろうじゃないか。もし俺が来年まで生きていることができたなら、その時こそ俺の名が永久に語り継がれるようにしてみせる！　この小さな村でも、俺の名は歌になって何世紀も歌い継がれよう。あのコルクの木の下――まだ子供だった俺が、靴の代りにぼろきれを脚に巻きつけて腰をおろした、あのコルクの木の下でも、俺の名は歌になって歌われるのだ――お前には馬鹿馬鹿しいたわごとに聞えるだろうな。

デ・ソト　決してそのようなことはありません。

ピサロ　いや、お前には馬鹿馬鹿しいはずだ、デ・ソト。年とった豚飼いが、名声を求めて足掻《あが》いているのだからな。お前は名誉ある家柄に生れたからよい。俺は自分の名誉を掘り出さねばならなかった。まるで豚のようにな。どうだ、お笑い草だろう。

II

（照明がより白く、より寒くなる。ピサロはひざまずく。オルガンの荘重な響き。スペインの多声の祝典曲である。ヴァルヴェルデ登場。巨大な木製のキリストを擔《かつ》いでいる。あとに従うのは助手のマルコス・デ・ニザ修道士だ。彼はフランシスコ修道会の修道士。物静かで教養深い人物である。村人たちも全員で登場。彼らは騎士の白外套を着て旗を持っている。一行の中に、ヴェネチアの将官、ペドロ・デ・カンディアがいる。彼は一方の耳に真珠をつけ、忍び足で歩いている。一見して危険な男と知れる。老マルティン登場）

老マルティン　福音者セント・ジョンの日、わしらの武器は一旦パナマの大聖堂教会に奉納された。その時集まったのは百八十七名の兵士、そして二十七頭の馬であった。

ヴァルヴェルデ　汝らは神の狩人だ！　汝らの武器は神聖である！　おお神よ、あなたの不屈の御子の勇気をわれらに授けたまえ。異教の蛮族どもを彼らの巣食う暗き森より追い出し、み恵み溢れる平原へと連れ出す道を示したまえ。

デ・ニザ そして、旅立ちのその日から苦難に直面するであろう兵士たちに慰めを与えたまえ。

老マルティン フランシスコ修道会のマルコス・デ・ニザ修道士がヴァルヴェルデの助手として一行に加わった。

デ・ニザ あなた方は、たとえば餓えている人人に食べ物をもたらす者のようなものです。行って人人に、パンを与えるように慈悲を分かち与え、そのコップに寛大さを注ぎこんでやりなさい。彼らの前に、自由な魂の、決して尽きることのない食卓を拡げ、それまで恐怖を糧としていたすべての人人を招くのです。あなた方はすべての部族に憐れみという滋養をもたらすのです。そして、愛によって彼らの畑を耕し、愛の実りをとり入れることを教えるのです。そして、このことをしっかりと肝に銘じて下さい。われわれこそが、彼らにとっては新世界なのだということを。

ヴァルヴェルデ 皆の者、進み出て祝福を受けるがよい。

（兵士たちひざまずいて祝福を受ける）

老マルティン ペドロ・デ・カンディアはヴェニスから来た騎士で、武器と砲兵隊の責任者だ。あの村人たちのことはあんた方ももう知っているな。もちろん、連中以外にも大勢の将兵たちがいた。たとえばあのアルマグロだ。彼は将軍のパートナーとしてここにとどまり援軍を組織して三ヶ月後に出発する。その他に、会計係のリクエルメ、アヤラからきたペドロと、アティエンザから来たブラス、剣の使い手のエラダにトレドのゴンザレス、それから、皆に愛されて、良き召し使いと呼ばれている、ファン・デ・バルバラン。まだ他にも多勢の名もない連中がいた。一行の中の一番年若い者でも、いずれ自分がインディオたちを家来に従え、果樹園の一つも持つ姿を夢見ていた。それはごった混ぜの一群であった。高貴な者は一人としていなかった。しかし、一獲千金を夢見て、熱気に湧き立つ一群であったのだ！

（エステテ登場。横柄で手強い男だ。スペインの宮廷の黒い服を着ている）

そして、中でもこの男だ――

エステテ 余はミグエル・エステテである。国王陛下カルロス五世の代理、あわせて監督官を勤める。今しがた皆の者は祝福を受けたようだが、何人《なんぴと》たりといえども、余に先立って祝福を受けることを許されてはならん。

ピサロ　わからんな。失礼だが国王代理よ。その、先とか後とかいうのはどういうことだ？

エステテ　確かにわかっておられぬようだな、将軍。このたびの探検においては、余の名がすなわち掟である。余の言葉はすなわち王の言葉なのだ。

ピサロ　失礼だが、この探検においては、俺が掟だ。他の何者でもない。

エステテ　それは軍隊の指揮に関してだけである。

ピサロ　いや、すべてに関して俺が掟だ。

エステテ　それは国王陛下の威信に対する冒瀆にならぬ限りにおいての話だ。

ピサロ　どうすれば王に対する冒瀆になるのだ？

エステテ　そなたは神に対する義務、王冠に対する義務を忠実に守っていさえすればそれでよい。冒瀆のことなど心配するには及ばん。

ピサロ　（激怒して）デ・ソト！　聖なる祖国スペインの名において、お前を副隊長に任命する。俺以外の誰の命令にも従うな。聖なる祖国スペインの名において、俺は——俺は——

（ピサロよろめく。痛みに横腹を押さえる。兵士たちひそひそと囁きあう）

デ・ソト 旗を持て。前進！

旗を持ってゆけ――

（オルガンの音楽は続いている。全員退場。あとにピサロと小姓だけが残される。最後の一人が出て行った途端、将軍は倒れる。少年は驚き、心配する）

若いマルティン どうなさったんです？

ピサロ ずっと昔の古傷だ。ナイフで刺されたんだ。骨までな。土人が刺しおった。この傷は一生このままだろう。これが時時痛むんだ――お前は俺よりずっと若いうちから怪我をすることになる。そして、人を殺すことになる。お前の性にあうかどうかは知らんが。

若いマルティン 見てて下さい、将軍！

ピサロ　ああ、見ているとも。兵隊になれば人殺しは商売だ。どうすれば綺麗にやれるか、どんな傷が致命傷になるか、どういう切り方が正しいか、それだけを考えればよい。
若いマルティン　しかし将軍、兵隊はただ人を殺すだけじゃないでしょう?
ピサロ　お前のいうのは、名誉とか栄光とか軍の伝統とかいうやつか?
若いマルティン　はい、そうです。
ピサロ　たわごとだ。兵隊は殺せばよい。そのための兵隊だ。
若いマルティン　でも将軍――
ピサロ　何だ?
若いマルティン　ただ殺すだけでは――
ピサロ　いいか小僧、よく覚えておけ。人間というやつは、あるがままの姿ではこの世界の中で生きてゆけぬのだ。世界はあまりにも巨大でわれわれ人間をおびやかす。われわれはその巨大さに押し潰されぬため隠れ家を作り出すのだ。宮廷も軍隊も教会も隠れ家の一種さ。確かにこの隠れ家にいれば孤独を紛らわすことはできるだろう。しかしな、マルティン、それは錯覚なんだ。隠れ家なんぞは幻にすぎんのだ。わかるか、マルティン?

若いマルティン　いえ、将軍。正直いってよくわかりません。

ピサロ　わかりませんだと！　なんでお前はそう幼稚なんだ。自分で自分を眺めてみろ、半人前にもなっておらん。まるでよちよち歩きの仔馬だ。いいか、よく聞け、軍隊だの忠誠だの何の意味もありはせん。兵隊というのは発育の止まった子供だ。連中は世の中から顔をそむけて、勲章遊びや儀式ごっこにかまけている。敵の死体と味方の死体の数を数える。これが奴らにとっては歴史なのだ。山賊たちはナイフで旅人を殺す前に、ナイフの柄に花を刻む。兵隊たちのやっていることもこれと同じさ――軍隊の伝統とは何か？　我軍対敵軍、キリスト教徒対異教徒、人間対人間の争いの年月に他ならぬ。俺はその年月を生きてきた。それは、犬畜生のような連中が、自分の存在の理由を見つけるために参加する、まるで悪夢のようなゲームなのだ。

若いマルティン　しかし将軍、気高い目的があれば、戦いは栄光に満ちたものになるでしょうに。

ピサロ　お前が敵の腕や脚を叩き切り始めたあとでも、まだ気高く見えるような目的があるならいってみろ。どんな崇高な目的も、人を殺すことの苦痛には勝てはせぬ。気高さなどはただの言葉にすぎん。書物のためにとっておくんだな。

若いマルティン　私には納得できません、将軍。

ピサロ　お前の上には美しい希望が朝露のように輝いている——お前、一体自分がこれからどこへ行くのかわかっているのか？　森の中へ百マイルも分け入るのだ。暗黒と悲鳴の連続だ。母親の子宮のような、熱く、湿った暗闇だ。生き物は飛びまわり、逃げまわり、地に落ちて死ぬ。死んだって誰も知りやしない。お前の高貴な目的とやらをそこへ持ってゆくがいい、マルティン。森の闇の中へお前の絹の旗をかかげ、山猫に向かって十字架を振ってやれ。それが少しでも畏怖の念をひきおこすことができるかどうか見てみることだな。まあ悪いことはいわん。スペインへ帰るんだ。

若いマルティン　いやです、将軍。私もついてまいります！　きっと一人前になってみせます。

ピサロ　お前は一人前になるだろうよ。俺がお前を一人前にするんじゃない。森がお前を一人前にするのだ。（重重しい足どりで退場）

III

(少年一人が舞台の上に残っている。舞台が暗くなり、後ろの壁にかかげられた巨大なメダルが輝き始める。人人の「インカ！」と叫ぶ声が大きく響く。少年は脱兎の如く走り去る。エキゾチックな音楽に混って歌声が聞える。メダルがゆっくりと外側に向かって開き、十二の光の放射線のある巨大な太陽の形になる。その中央に、ペルーのインカ帝国の君主アタウアルパが、黄金のマスクと王冠と衣裳をつけて立っている。彼が話す時、その声は他のインカ人たちと同様奇妙に形式ばっている。

舞台前面にインカの廷臣たち登場。高僧のヴィラク・ウムの他、チャルクチマ、マンコその他の人人。全員マスクをかぶり、赤土色の衣を着ている。一同地面にひれ伏す)

マンコ　アタウアルパ！　神！
アタウアルパ　神は聞く。
マンコ　しもべマンコは話す！　私は知らせを持ってきた。大勢の飛脚が、一番遠い領土の外れから運んできた知らせだ。白い人間たちが大きな羊の背に坐っている！　羊は赤い！　そのかしらは大声で叫ぶ。「神が来た！」と。
アタウアルパ　（驚愕して）白い神だ！
ヴィラク・ウム　気をつけよ、インカ王！
アタウアルパ　われらの先祖が国を始める前にこの地を去った偉大なる霊――白い神が帰ってくる！
チャルクチマ　まだ確かな話ではない。
アタウアルパ　白い神をわれわれは長い間待っていた。白い神が現れるなら歓迎だ。その時わが民は朕が王であったことを感謝するだろう。
ヴィラク・ウム　警告する！　母なる月は緑の炎の薄ぎぬをまとった。一羽の鷲がクスコの神殿に落ちた。
マンコ　本当だ。鷲が一羽、空から落ちた。
ヴィラク・ウム　緑の空から。

チャルクチマ　金色の神殿へ。
ヴィラクク・ウム　この世の終る時、小鳥たちは鋭い爪を生やす。
アタウアルパ　汝らの口をふさげ。

（全員、口を覆う）

白い神が朕を訪れて祝福する時、汝らも白い神に会わねばならぬ。

（廷臣たち退場。アタウアルパは舞台に残り、向日葵《ひまわり》のように開いた太陽の上に立って動きを止める。彼はⅦの終りまでこの姿勢のまま動かない）

Ⅳ

（まだらな光。トゥンベス地方。恐怖の叫び声が聞える。その叫びは、熱帯の鳥の鳴き声を思わせる。インディオの一群が、兵士たちに追われて舞台になだれこむ）

デ・カンディア　あいつをつかまえろ！　あれが酋長だ！

（兵士たち酋長を捕える。インディオたち、それを見て静まり、無抵抗になる。デ・カンディア、抜き放った剣を持って酋長に近づく）

ピサロ　怒鳴るんじゃない、デ・カンディア。恐がらせては何も得られんぞ。
さあ、この土人め、金《きん》を見せろ！

デ・カンディア　得られるか得られないかやってみようじゃないですか。
ピサロ　なんだと！　刀を納めろ！　フェリピリョ、金のことをたずねろ。
（フェリピリョは通訳に際して、手話のような形式化された手ぶりを用いる）
酋長　われわれは金を持たぬ。戦さの時、偉大な王が全部持ち去った。
ピサロ　どこの王だ？
酋長　聖なるアタウアルパ。大地と空を治めるインカ王。アタウアルパの王国は世界で一番広い。
デ・ソト　どの位広いんだ？
酋長　一年の間毎日走る。それでも王国は終らない。
デ・ソト　一千マイル以上ということか。
エステテ　哀れな土人め。ちっぽけな部落を広大な王国に見せようとしておる。
ピサロ　いや、監督官。これはとてもちっぽけな部落などではないように思われる。王のことを話せ。王は誰と戦ったのだ？

酋長　王の兄、ウァスカールとだ。王の父、偉大なるインカ王ウアヤナは二人の息子を持った。一人は妃の子、一人は妃の子ではなかった。王は死ぬ時、国を二つに分けて二人の息子に与えた。しかし、アタウアルパは全部を望んだ。アタウアルパは戦争をして、兄を殺した。今、アタウアルパが大地と空の王だ。

ピサロ　アタウアルパは私生児なのか？

（インディオたち、全員で叫び声をあげる）

酋長　アタウアルパは太陽の息子だ。妃の母はいらない。アタウアルパは神だ。答えるんだ！　王は私生児なのか？

インディオたち　（歌う）サパ・インカ！　インカ・カパク！

ピサロ　神だと？

酋長　神だ！

ピサロ　地上へ降誕した神か？

ヴァルヴェルデ　キリストよ、われらを守り給え！

デ・ソト　お前たち、それを信じるのか？

酋長　太陽は神。アタウアルパはその息子だ。われらを照らすため、地上につかわされて何年も生きる。そのあと、アタウアルパは父の宮殿に帰り、永遠に生きる。

ピサロ　地に降りた神だ！

ヴァルヴェルデ　わが同胞よ、われわれは今いかなる地にあるのか？　キリスト教の敵なる地だ！——スペイン人たちよ、なすべきことをなせ！　インディオたち一人一人の魂を入れかえるのだ。さあ、かかれ。厳しさを見せてやれ！　偶像崇拝者どもに手かげんは無用じゃ。（インディオたちに）十字架だ、異教徒どもめ！

（インディオたち、逃げようとする）

逃がすな！

（スペイン人たち、剣で彼らを囲む）

さあ、わしについて唱えろ。イエス・キリストこそインカ王！

インディオたち　（曖昧に）イエス・キリストこそインカ王！

エステテ　イエス・キリストこそインカ王！
インディオたち　（繰り返す）イエス・キリストこそインカ王！
（兵士たち、彼らを追い立てて退場。インディオたちの叫び声はシーンの終りまで断続する。舞台の上にはピサロとデ・ソトが残っている）
アタウアルパ　あれは確かに神だ。わが民に自分をあがめることを教えた。
ピサロ　その者は確かに神であるに違いない。みんな死ぬほど奴を恐れている。奴は私生児だ。戦争というのは内乱だ。私生児同士の争いだ！
アタウアルパ　朕はその神に会う。その者たちを傷つけてはならぬ。
ピサロ　お前に会ってやろう。太陽の息子が一体どのような姿をしているのか見てやろうじゃないか。
デ・ソト　ヨーロッパでは自らを太陽の息子と称えた者はありませんでした。
ピサロ　地に降りた神だと！　永遠の生命だと！
デ・ソト　今に化けの皮が剝がされるわけですな。（退場）
ピサロ　（上に向かって叫ぶ）神とやら、今のを聞いたか？　覚悟しておけ！　われわれの神は、お前たちの神より千倍も価値がある。われわれには慈悲深い神と慈悲深い僧侶たち、それにお前たちを空高く吹き飛ばす大砲も二門あるのだ！

ヴァルヴェルデ （オフで）イエス・キリストこそインカ王！

ピサロ 十字架にかけられた、慈悲深きイエスよ！——では、インカ王、今のうちに楽しんでおくがよい。栄光の輝きを味わえるうちに味わっておくがよい！（十字の形を書く）キリストに仇をなす者よ、これを受けてみろ！

ヴァルヴェルデ （オフで）イエス・キリストこそインカ王！

（インディオたち、オフで叫び声をあげる）

（ヴィラク・ウム、チャルクチマ登場）

ヴィラク・ウム 王の民は苦しみに呻いている！

アタウアルパ 民は王の声で呻く！

チャルクチマ 王の民は涙を流している！

アタウアルパ 民は王の涙を流す！

チャルクチマ 白い人間たちはすべての家を探しまわる。王の冠を探している。予言を思い出されよ！「四つの方位を治める十二番目の王、最後の王となるべし」——
インカ王、気をつけよ！

ヴィラク・ウム　インカ王、気をつけよ！

アタウアルパ　（チャルクチマに）その者のもとへ行け。朕の言葉を伝えよ。大いなる山山の陰、カハマルカにて、朕に挨拶せよと。もしその者が神であれば、朕を見出す。神でなければ、その者は死ぬ。

（アタウアルパの照明落ち、僧と貴族は退場する）

V

（夜。野鳥が鳴く。ドミンゴとヴァスカ、見張りについている）

ヴァスカ　俺たちが野営するのをよ、奴らは毎晩千人もの人数で見張ってやがるんだ。
ドミンゴ　なんで奴らはおいらたちをつかまえにこねえんだろう？
ヴァスカ　奴らは待っているのさ。
ドミンゴ　何を待っているんだ？
ヴァスカ　きっと奴らは人食い人種でよ、祭の日のくるのを待っているんだろうよ！
ドミンゴ　糞面白くもねえ――この森に入ってもう六週間にもなるていうのによ、金《きん》の気配もありゃしねえ。俺たち一杯食わされたんだ。
ヴァスカ　奴らが隠しちまったのかもしれねえぜ。将軍がいったとおりよ。
ドミンゴ　どうだか怪しいもんだぜ。まったく何て嫌なところだ。体が錆びついてきちまったぜ。

ヴァスカ　お前だけじゃねえ、みんなそうだ。この湿気のせいさ。もう一週間もすりゃ、俺たちみんな鍛冶屋に焼きを入れてもらわなきゃいけなくなるぜ。

（エステテ、火縄銃を持ち、デ・カンディアを伴って登場）

ヴァスカ　誰だ？

デ・カンディア　二度と勤務中に無駄口を叩いてみろ。俺が焼きを入れるぞ。

ドミンゴ　ハイ、隊長。

ヴァスカ　ハイ、隊長。

（二人は別れてそれぞれ退場）

デ・カンディア　連中のいう通りだ。何もかも錆びついている。可哀想に、こいつもだ。（銃を示し）どうだ、大した美人だろう。ストロッツィの最高のモデルだ。五百歩離れたところにいる馬をわけなく仕止めるんだ。お前は俺の恋人だ。土人なんか射つには勿体ないよ。

エステテ　奴らは何を待っているのだ？　なぜ一気に攻めかかって、けりをつけてしまわないんだ？

デ・カンディア　たった百八十人の、しかもおびえきった兵士たちだ。武器はといえば、銃が九挺と大砲が二門あるだけだ。奴らにとっちゃ問題にもならんのだろう。こんなことになったのもあんたの王が吝嗇《けち》だからだ。

エステテ　口を慎しめ、デ・カンディア。

デ・カンディア　なるほど、忠誠心か、感動しますな。わからないのは、あんたが何のためにそれほど忠誠を尽すのかということさ。王の監督官は給料さへ貰えないというじゃないか。

エステテ　ヴェネチアの人間には、私利私欲以外の動機で動く人間は理解できぬようだな。国王に仕える者は個人的な野心を捨てねばならぬ。個人的な野心を捨てて初めて人民と王との間の橋渡しができるのだ。そして、橋渡しがあって、人民は初めて王が自分たちの栄光であることを知るのだ。ビザンチウムの宮廷では、役人たちは天使たちに似せるため去勢されている。そなたには理解できまい。

デ・カンディア　あんた方スペイン人は、すぐそうやって偉そうな使命を口にするが、あんた方はただの泥棒さ。自分でそれを認めることができないだけだ。

エステテ　無礼をいうと容赦はせぬぞ！

（ピサロ、若いマルティン登場）

デ・カンディア　われらが聖なる将軍のお出ましだ。噂では将軍はインディオの部落で悪魔に魂を売り渡したというぞ。

エステテ　魂を売り渡して何を得る？　健康か？　血統か？　それとも美貌か？

デ・カンディア　そこまでは聞いていない。

エステテ　国王陛下がなぜあんな男に指揮をまかせておかれるのか、余にはわからん。あの男は明らかに狂っている。

デ・カンディア　いや、狂っているのではない。あれは危険な男なのだ。

エステテ　それはどういう意味だ？

デ・カンディア　俺はこれまでさまざまな人間に仕えてきた。しかし、俺に恐怖の念を起させたのはあの男が初めてだ。あの男を見るがいい。死の気配が漂っているだろう。

（鳥の声が森中に響き渡る。ピサロ、若いマルティンに話しかける）

ピサロ 聞えるか？　あれが世界だ。鷲がコンドルを引き裂いている。そしてコンドルは鳥を引き裂く。鳥だって鋭いくちばしさえあれば空じゅうの鷲を盲にするだろう。服を着た人間が裸の土人を狩る。血筋正しい者は私生児狩りだ。そして狩りが終れば紳士などと名乗って血の汚れを消すのさ。俺はな、マルティン、お前の好きな騎士の掟の外にいる男だ。あれは籠の中の鳥のための掟なのだ——あいつらを見ろ。あいつらは血統正しい鳥だ。父親がとまっていたのと同じとまり木に、きちんと爪を切られておさまっている——いつか俺は、奴らをくちばしで引き裂いて、猫にくれてやるだろう。俺を信用するんじゃないぞ、小僧。

若いマルティン でも将軍、あなたにお仕えする以上——

ピサロ 俺を信用するなといっている。

若いマルティン しかし——

ピサロ どうしても信用したいならするがいい。そのかわり裏切られても文句をいうな。俺という男を知ることだ。

若いマルティン　わかりました。でも、将軍のようになることだけが私の望みです。

ピサロ　俺は誰の手本にもなるような男ではない。よく覚えておけ。もしお前が俺の邪魔になるような時がやってきたら、俺は容赦なくお前を殺す。お前を一と睨みするのと同じくらい簡単なことだ。なぜか？　お前が籠に飼われる鳥だからだ、マルティン。

若いマルティン　私を飼っておられるのは将軍、あなたです。

ピサロ　お前を飼っているのは希望だ。忠誠だ。坊主だ。見栄だ。旗を下げての敬礼や、お辞儀をする頭だ。祝福する手や、口づけるための指輪だ。ひれ伏す者たちや、敬礼する者たちだ。王制をたたえ、十字架にキスする烏合の衆だ。お前は何かを崇拝せずにいられない人間なんだ、マルティン。卑屈にはいつくばる人間なんだ。足を持っていながら、足で立つよりひざまずくほうが性にあう人間なのだ。お前のような人間が、坊主や、国王や、将軍を作り出すのだ——俺を信じるなよ、マルティン。俺を信じたら、俺は必ずお前の信頼を裏切ってやるぞ！　（間）歩哨は交替したのか？

若いマルティン　（苦しんでいる）いえ、まだです。将軍。

ピサロ　希望という名の小さな騎士殿よ。俺はお前に辛く当る。お前は、俺が失ったものすべてを持っている。俺はな、持つことを憎み、同時に失うことを憎むのだ。この二つの憎しみの間のどこに俺の生きる場所があるというのか？（ピサロ、二人の将校に近づく）卿《けい》たち！
エステテ　今夜は傷の工合はいかがかな、将軍？
ピサロ　少しは落ち着いたようだ、監督官。
デ・カンディア　将軍、今後の計画は？
ピサロ　行けるところまで行くさ。
デ・カンディア　敬服すべき単純さだ。
エステテ　それで計画とはいえまい。
ピサロ　では他にいい計画があるというのか？　奴らは明らかに攻撃しかけることを禁じられている。
エステテ　なぜだ？
ピサロ　もしなにか陰険な企みがあるとすれば、あんた方陰険な宮廷人は、われわれ軍人にひけをとらぬ早さで見破るはずだがな。
エステテ　将軍。そなたの生れでは礼儀をわきまうべくもないことは承知しているが、しかし、これだけは銘記されよ。余に向かって話すことは、国王陛下に向かって話すことになるのだ。

ピサロ　では国王に手紙でも書くんだな。俺がいかに将軍としてふさわしからぬかを綿綿と書き連ねるがよかろう。そして、鳥にでも読ませてやれ。

（ピサロ退場。エステテ、別方向へ退場。デ・カンディア、笑って後を追う）

VI

（朝。光が明るくなる。老マルティン登場）

老マルティン　わしらは六週間かかって森を通り抜けた。森の向う側で、わしらは初めてこの巨大な王国の姿を眺めることになったのである。道路は十五フィートもの幅であった。道路の両脇にはミモザと朝顔が植えられ、人間の背ほどの高さの壁が築かれていた。わしらは六頭の馬を横に並べて幾日も幾日もこの道を進んだ。かなたの丘には広大な玉蜀黍《とうもろこし》の段段畑、そして平地には無数の運河の網の目、それがどこまでもどこまでも続くのだった。

（舞台奥のアタウアルパに光が当る。老マルティン退場）

マンコ　しもべマンコは話す！　あの者たちはリカプラヤに向かって歩く。
アタウアルパ　あの者たちは何をしている？
マンコ　あの者たちは段段畑の中を歩く。仕事の歌に耳を傾ける。ラマの牧場で手を叩く。

（インディオたち、いくつかのグループに分れ、仕事の歌を歌い、種まきや刈り入れの仕事をマイムで演じながら登場。ピサロ、僧侶たち、フェリピリヨ、兵士たち、デ・ソト、デ・カンディア、ディエゴ、エステテ、若いマルティン登場。立ち止まってインディオたちを眺める。若いマルティンは大鼓を持っている）

デ・ニザ　なんという美しい言葉だろう！
若いマルティン　私も覚えようとしているんですが、とても難しいんです。言葉がするすると逃げてゆくんです。
フェリピリヨ　そう、とても難しい！　でもインディオたちがスペイン語を習うこと、もっと難しい。

デ・ニザ　私もそう思うよ。御覧、みんななんと満足そうなんだろう。
ディエゴ　人間が喜んで働いているのを見るのは生れて初めてであります。
デ・ソト　これがあの者たちの長《おさ》です。
ピサロ　お前がこの荘園の領主か？
（フェリピリヨ、通訳する）
領主　ここでは、みな、家族で働く。五十の家族、百の家族、千の家族、私は千の家族の長《おさ》だ。私が皆に食べ物を与える。私が皆に着る物を与える。私が皆の懺悔を聞く。
デ・ニザ　懺悔を？
領主　私は祭司の力を持つ。太陽の掟に対して人が犯した罪を私が聞く。
デ・ニザ　それはどんな掟なのだ？
領主　今は七番目の月だ。だから皆、玉蜀黍を摘む。
アタウアルパ　（節をつけて）八番目の月には耕せ！　九番目の月には、玉蜀黍を蒔け！　十番目の月には屋根を直せ！
領主　年齢によって決められた仕事がある。

アタウアルパ　九つの年から十二までは作物の番を。十二の年から十八までは獣の世話を。十八の年から二十五まではインカの王、アタウアルパのための兵士となれ！
フェリピリヨ　あいつら阿呆だ。いつもいわれた通りのことをする。
デ・ソト　それは彼らが貧しいからか？
フェリピリヨ　貧しくない。金持ちでもない。みんな同じ。
アタウアルパ　二十五の年には、すべての者は縁組みをする。そして、一トゥプの土地を貰う。
領主　玉蜀黍が百ポンドとれる土地だ。
アタウアルパ　そしてそこに住みついて動かない。息子が生まれれば一トゥプの土地を貰う。娘が生まれれば半トゥプの土地を貰う。五十になれば仕事を離れ、敬われ、養われる。死ぬ日が訪れるまで。
デ・ソト　今までいくつかの国に住んだことがあるが、スペインが恥ずかしく思えるような国は、これが初めてだ。
エステス　恥ずかしいだと？
ピサロ　スペインを恥じるのはたやすいことさ。ここではすべての国は恥じるだろう。人間が生れながらにして貪欲であると教えている国はすべてだ。われわれが貪欲な

のは、人間が本来貪欲だと教えこまれた結果だ。スペイン人たちよ、よく見るがい
い。ここには貪欲の対象となるものは何もない。だから、貪欲は生れた途端に死ぬ
しかないのだ。

デ・ソト　この国には貴族や長老はいないのか？

領主　国王のまわりに長老たちがいる。国を治めるためだ。しかし、その数は少ない。

デ・ソト　では国王はどうやって知るのだ。このように広大な国土で、多勢の国民たち
が幸せに暮しているかどうかを、どうやって確かめるのだ？

領主　王の飛脚が昼も夜も、次次に四つの大きな道を走る。飛脚以外、誰もその道を通
ることは許されない。だから、王はどこでも見ている。今も、お前を見ている。

ピサロ　今もだと？

アタウアルパ　今もだ！

（チャルクチマ、マンコとともに登場。棒の上に太陽の形をつけたものを荷
っている）

チャルクチマ　大地と空の王、四つの方位を治める者、インカ国王アタウアルパの挨拶

を伝えにきた。
エステテ　その者と話すのは余の役目だ。王の代理は王の代理と話さねばならぬ。われらは、スペインとオーストリアの王、カルロス国王陛下の挨拶を伝える。われらは、神の子、イエス・キリストの祝福を授ける。
アタウアルパ　祝福！
チャルクチマ　いや、われをつかわされた方こそが神の子だ。汝らは王を訪ねねばならぬ。これは王の命令だ。
エステテ　命令だと？　われわれは召し使いではない。
チャルクチマ　人は皆、王の召し使いだ。
エステテ　王がそのように思っているなら、今に思い知ることになるであろう。
チャルクチマ　思い知る？
ピサロ　監督官、すまんがこの百姓に口をはさましていただけるかな？――王はどこにおられる？
チャルクチマ　カハマルカだ。大いなる山山のかなただ。汝らには、高すぎる。
エステテ　この国中探しても、スペイン人が登れぬ山などありはしない。しかも完全武装でだ。

チャルクチマ　結構なことだ。
ピサロ　王に会うには、どのくらい歩けばよいのだ？
チャルクチマ　母なる月が生れてから死ぬまで。
フェリピリヨ　一と月です。
ピサロ　われわれは二週間で行く。王にうかがうと伝えよ。
アタウアルパ　あの者は、何の恐れもなく約束する。
チャルクチマ　警告する！　約束をたがえることは大変危険だ。
ピサロ　俺は危険を恐れない。俺がいったことを、俺は実行する。
チャルクチマ　実行せよ。

（チャルクチマ、マンコ退場）

アタウアルパ　あの者は、神の言葉を話す！　われわれは、あの者の祝福を受けよう。
デ・ソト　神の御加護を。
デ・カンディア　全くだ。神以外の誰が俺たちを救ってくれる。砲兵隊じゃどうにもならん。

フェリピリヨ　（チャルクチマの歩き方と声を真似て）実行！　せよ！
デ・ソト　静かにしろ！　お前は羽目の外しすぎだ。
エステテ　ここにとどまって援軍を待とう。これが余の忠告だ。
ピサロ　ありがたくうけたまわっておく。
デ・ソト　将軍、連中はいつ襲ってくるかわかりません。ここにとどまるのは危険です。
ピサロ　その通りだ。しかし監督官はここにとどまられる。
エステテ　余が？
ピサロ　左様。国王陛下の監督官を危険な旅にお連れするわけにはゆかぬからな。
エステテ　余の身の安全は問題ではない。問題はいかにして国王陛下に対し、十分に任務を尽すことができるかだ。
ピサロ　だから俺はその任務を確実にやりとげるためにいっているのだ。あんたに兵を二十置いてゆこう。ここに駐屯地を作られるがよい。
エステテ　断る。そなたが行くなら、余も行かねばならぬ。
ピサロ　感動的な言葉だ――しかし命令は守っていただこう。ここに残るのだ。（小姓に）集合命令を。
若いマルティン　（大鼓を叩いて）集合！　集合！

（エステテ、怒って退場）

Ⅶ

（兵士たち全速力で駆けてきて集まる。ピサロ、彼らに向かって）

ピサロ　われわれは王の宮廷に出頭するよう命じられた。この王は、お前たちが聞いたこともないような強大な権力を持った王だ。われわれが求めるすべての黄金は、ことごとく彼が所有している！　今われわれの前には三つの道がある。退却すること。その場合王はわれわれを殺すだろう。ここにとどまること。この場合も王はわれわれを殺すだろう。進軍すること。この場合にもまた、王はわれわれを殺すかもしれぬ。これが三つの道だ。進軍を恐れる者は、ここにとどまって監督官とともに駐屯地を造営してもらう。とどまることは不名誉ではないが、とどまった以上黄金を手にすることはできない。さあ、誰がとどまる？

ロダス　俺はおりるぜ。異教徒の王に食い殺されるなんざ、俺は真っ平ごめんだ。ヴァスカ、お前はどうする？

ヴァスカ　さあおいらにゃわかんねえな。最初に俺たちが食い殺されてよ、次にお前らが食い殺されるんでねえのか。いってみりゃ、俺たちが卵で、お前らはシチューってわけだよ。

ロダス　ハ、ハ、こりゃ大笑いだ。

サリナス　なあおい、頼むから一緒に来てくれよ。お前が来てくれなかったら一体誰が俺たちの繕い物をしてくれるんだよ？

ロダス　お前らのズボンなど中身ごと腐ってしまえばいい。

サリナス　なにをこの野郎！

ロダス　みんなそろって地獄へ落ちやがれ！　（歩み去る）

ピサロ　他に残る者は？

ドミンゴ　俺、わかんねえなあ——ロダスみてえに残ったほうがいいような気もするし。

ファン　おいペドロ、お前はどう思う？　残るのか？

ペドロ　馬鹿いっちゃいけねえ。俺はヴァスカに賛成だ。行くのも残るのも危いことにかけちゃ同じこったろうぜ。

サリナス　お前のいう通りだ。

ヴァスカ　とにかくだ、俺はこんなとこくんだりまで駐屯地を作るためにやってきたんじゃねえことは確かだ。
ペドロ　俺だってそうさ。俺《おら》あ残るのはごめんだぜ。
ファン　そうこなくっちゃ。
サリナス　俺も行くぜ！
ドミンゴ　困ったな、俺、どうしよう――
ヴァスカ　うるせえな。女の腐ったみてえに、ぐずぐずぬかすんじゃねえ！（ピサロに）俺たちは行きますよ。金《きん》のあるとこへ連れてってくだせえ。
ピサロ　よし、わかった！（若いマルティンに）お前はここへ残れ。
若いマルティン　お断りします、将軍。騎士の従卒は常に主人の傍にあるべし。騎士の掟です。
ピサロ　（感動する）よし。では全員を整列させろ。
若いマルティン　全員、整列！
（兵士たち隊列を組み、体をこわばらせて立つ）

ピサロ しゃんとしろ。しゃんとするんだ！ 奴らに殺されたいのか！ そんな有様をこの国の王に見られてみろ、間違いなく殺されるぞ！ どんな些細な失敗も犯してはならん。王はお前たちの一挙手一投足を見張っているのだ。今からお前たちは神として振る舞う。お前たちはもう人間ではない。お前たち一人一人が不滅の神になる。相手も不滅の神だ。どちらが本当の不滅の神か。もちろん生き残ったほうだ。これから俺たちは、この国を突っ切って歩く。お前たちはレントの祭りの行列で擔がれる木像のように威厳を保って歩くのだ。この国の王に、神神が歩くところを見せてやろう。毛ほども表情を動かすな！ 全く無表情で押し通せ！ 死を恐れるな！ いいか、一人が身震いしただけで全員が死ぬことになるんだ。うっかり悲鳴でもあげてみろ。それがこの世とのお別れになるぞ。この国の王にとって俺たちなんぞはチーズについた蛆虫のようなものだ。ナイフの一とひねりでもう潰されてしまうのだ。さあ、出発するぞ。乞食野郎ども、藁くずをはらうんだ！ まじないなんかに頼るんじゃないぞ。指を十字に組んだり、シャツの下に聖者の像を入れたりしてはならん。祈りを捧げられるのはお前たちのほうだ。さあ、行くぞ。しっかりと前方に目を据えろ。栄光目ざして、この豚飼いについてこい！ 俺はこの王国をそっくり俺の農場にしてやるぞ！ 夜には百万の小僧どもが豚を追うのだ。お前たちにも分けてやる。よく湿った真黒な土地を一人百マイル四方だ——それに、そこを耕すための金《きん》の鋤もな！　さあ来い、神の息子たち——出発！

（若いマルティン、太鼓を叩き、スペインの兵士たちはゆっくり動き始める。舞台奥では仮面をつけたインディオたちが、高みへのぼってゆく）

マンコ　動き出した！　彼らはやってくる！　その数は百六十七。

アタウアルパ　今どこにいる？

マンコ　今、彼らはサランを進む。

ヴィラク・ウム　気をつけよ、インカ王！　気をつけよ！

マンコ　足並みをそろえてやってくる。速くもない。遅くもない。夜明けから日暮れまで、まっすぐに歩く。

ヴィラク・ウム　気をつけよ、インカ王！　気をつけよ！

マンコ　今、モトゥペに到着した。彼らは右も見ない。左も見ない。

ヴィラク・ウム　気をつけよ！　大いなる危険が迫っている。

アタウアルパ　危険ではない。あの着たちは朕を祝福するためにやってくるのだ。一人の神と、その司祭たちだ。父なる太陽を讃えよ！

上にいるインディオたち全員　（歌う）ヴィラコチャン・アティクスィ！

アタウアルパ　サパ・インカを讃えよ！

上の全員　サパ・インカ！　インカ・カパク！

アタウアルパ　インティ・コリを讃えよ！

上の全員　カイリャ・インティ・コリ！

チャルクチマ　もう山にさしかかった！

ヴィラク・ウム　殺すのだ、今！

アタウアルパ　アタウアルパを讃えよ！

ヴィラク・ウム　ほろぼすのだ！　彼らに死を教えるのだ！

アタウアルパ　アタウアルパを讃えよ！

上の全員　アタウアルパ！　サパ・インカ！　ウアチャ・クヤク！

アタウアルパ　（叫ぶ）あの者たちよ、わが山山を見るがよい！

（原始的な楽器が大きな音で鳴らされる。照明が急に落ちて、横からの光に変る。太陽のメダルが木の壁に長い影を落す。スペイン人たち、全員倒れる。

青い冷たい光が舞台に満ちる)

デ・ソト　天にましますす神よ!

(老マルティン登場)

老マルティン　ここが、アンデスだ。わしらの行く手に、巨人が空まで届く岩のカーテンを吊したような光景だった。山山の上には更に山山が重なり、断崖の上には更に断崖がそそり立つ。手の形をした百ヤードもある巨大な岩の先には白い爪が光っている——万年雪だ。まるで太陽の顔に爪を立てているようだ。山山は何マイルもの真っ黒なジャングルに取り囲まれている。凍えるような寒気がわしらの上に落ちかかる。

ピサロ　登るんだ、小さな神神!　登れ、俺の小さな神神!　勇気を出すんだ。奴が見ているぞ。しゃんと歩け!　(ディエゴに)　騎兵隊長、馬はどうした?

ディエゴ　馬がおいりようでありますか、将軍?

ピサロ　馬のあるなしは死活の問題だ。

ディエゴ おいりようならどこまでも連れてまいります。馬どももわれわれと一緒に将軍についてまいります。

ピサロ よし、登るぞ！ アタウアルパ、待っていろ！ お前の創造した天地の頂きを見せてみろ。お前の世界の蓋を見せてみろ——俺はその上に爪先で立って、お前を空から引きずり降してやる！ 足をつかんでお前を振りまわし、お前の炎の冠を岩に叩きつけてやるぞ、太陽の息子め！——おい、司祭、皆の者に祝福を与えろ！

ヴァルヴェルデ 神は皆の者とともにあらせられる。

デ・ニザ アーメン。

（ピサロがインカ王に向かって最後の言葉を叫んでいる間、インカ王は無言で三度ピサロを招き、太陽の背後の暗黒の中へ姿を消す。冷たい光の中で舞台は続いてゆく）

Ⅷ

大登攀のマイム

(老マルティンが苦しい試練について語る間、兵士たちはアンデスを登る。それはぞっとするような前進だ。巨大な岩棚や裂け目を越え、よろける足を踏みしめながら、曲りくねった道のりを雲の高みへと登ってゆくのだ。彼らが登る間、大きな金属の鋸をこする、すすり泣きのような、冷たく無気味な音楽が聞える)

老マルティン　皆の中に完全武装をして山に登った方はおられるかな？　わしらがやったのがまさにそれだった。将軍は常に先頭に立って、雲の中までのびている細い道を攀じ登った。道の両側には切り立った絶壁が、遥か下方の虚無の中へと落ちこんでいる。わしらは何時間も何時間も盲のように這って進んだ。吹き出た汗は顔の上でたちまち凍りつく。わしらは、おびえて小便を洩らす馬を引っぱり、わしらを待ち伏せして死の淵へ突き落そうとするかも知れぬ敵に備えて、そこいら中を突きまくった。道が曲がるたびに空気は次第に寒さを増し、そのうち見なれた森の木木は姿を消して、あたりは一面松の木ばかり。しかし、やがてはそれも姿を消して、遂には氷の中から、いじけた植物の小さな繁みがのぞいているだけになった。わしらのまわりでは、寒さに岩という岩がすすり泣くような音を立て、わしらより高くまた低く、あの穢らしいコンドルが房飾りのついた大きな翼を拡げて滑ってゆくのであった。

（あたりが暗くなり、音楽は更に冷たくなる。兵士たちは凍えて長い間うなだれ、やがてまた絶望的な登攀を開始する）

そして、夜。わしらは二人か三人ずつ固まって横たわる。凍てつくような寒さから身を守るため、恋人たちのように抱きあうのだ。みんな泣いた。わしらは骨の髄まで凍えて目を覚まし、また立ち上がって行進を開始する。これが四日間も続いた。誰もしゃべらなかった。みんなが、ただ呻いた。息をすると、寒気が鋭い剣のように肺に突き刺さった。四日間が、まるで壁の上の蝿のようにのろのろと過ぎた。足なえの蝿のように、死にかけた蝿のように、わしらは終りのない岩の壁を登り続けた。まるで月のクレーターの中に迷いこんだ小っぽけな軍隊のようであった。

インディオたち　(オフ。声にエコーがかかる)　止まれ！

(スペイン人たち、ぐるぐると駆けまわる。ヴィラク・ウムとその従者たち登場。全身に白い毛皮をまとっている。大司祭であるヴィラク・ウムは雪白のラマの頭を、彼の頭上に乗せている)

ヴィラク・ウム　私はヴィラク・ウム、太陽の司祭の長《おさ》だ。なぜやって来た？

ピサロ　偉大なるインカ王に会うためだ。

ヴィラク・ウム　なぜ王に会う？

ピサロ　王を祝福するためだ。

ヴィラク・ウム　なぜ王を祝福する？

ピサロ　王は神だ。そして、私も神だ。

ヴァルヴェルデ　(小声で)　将軍！

ピサロ　静かに！

ヴィラク・ウム　汝らの下がカハマルカの町だ。偉大なるインカ王は命ずる。カハマルカで休息せよ。明日の朝早く、インカ王は汝らをおとずれる。町を離れるな。町の外に出れば王の怒りにふれる。

（従者たちとともに退場）

ヴァルヴェルデ　御自分が神とは、一体どういうおつもりです？

ピサロ　奴を驚かせてやるのさ。

ヴァルヴェルデ　神に対する冒瀆には賛成いたしかねる。

ピサロ　これはキリストのための征服の旅だ。一晩くらいキリストの名を借りても罰は当るまい。（兵士たちに）出発！

IX

（淋しい光。スペインの兵士たち、舞台上に扇形に広がる。デ・ソト退場）

老マルティン　そこでわしらは岩棚から岩棚へと伝いながら山を降りた。そこはユーカリの木の生えた広い平原だった。沈みゆく太陽に照らされて、ユーカリの木木は輝いていた。そしてその先に白い大きな町が横たわっているのが見えた。家家の屋根は藁でふかれていた。夜のとばりが降りる頃、わしらは町に入った。人気のない広場は、スペインのどの町の広場よりも大きかった。広場は白い建物に囲まれていた。それらの建物は人間の背の三倍ほどの高さであった。町中が墓場のように静まりかえっていた。あまり静かなので、静かさの塊を手づかみにできそうだった。丘の上にはインカ王のテントが望まれた。それらのテントの火は、谷をぐるりと取り巻いているのであった。（退場）

（数人が坐る。全員、丘の上を見つめている）

ディエゴ 奴らの人数はどのくらいでありますか？

デ・カンディア 一万だ。

デ・ソト （再び登場）町は全く空《から》だ。犬の子一匹おらぬ。

ドミンゴ これは罠だ。これは罠に決まっている。

ピサロ フェリピリョ！ あの小鼠め、どこへ行きおった？ フェリピリョ！

フェリピリョ 将軍様。

ピサロ この陣型の意味は？

フェリピリョ わからない。歓迎の形かもしれない。偉い人迎える。名誉のこと。

ヴァルヴェルデ たわけたことを！ これは計略だ。土人どもの計略だ。われわれ全員を皆殺しにしようというのだ。

デ・ニザ 殺すつもりならとっくに殺せたはずです。こんなに面倒な手間をかける必要がどこにあるのです？

ピサロ それは俺たちが神だからさ。俺たちが神でないとわかれば、奴はとたんに方針を変えるだろう。

デ・ソト　小僧、元気を出せ。死と栄光、お前はこのためにやってきたんだろう？

若いマルティン　はい、デ・ソト様。

ピサロ　デ・ソト、デ・カンディア。（二人ピサロに近づく）連中を待ち伏せでやっつけるんだ。それしか道はない。

デ・ソト　広場を囲んで兵を伏せますか？

ピサロ　少しでもいい条件で戦うんだ。敵は約三千だろう。

デ・カンディア　三十対一ではあまりいい条件とはいえませんな。

ピサロ　やらねばならんのだ。ただし、俺たちの敵は一万でも三千でもない。ただ一人の男だ。王を捕えろ。王さえ捕えれば敵は総崩れになる。

デ・ソト　王を捕えたら、王を奪い返すために彼らはわれわれを皆殺しにするのでありませんか？

ピサロ　奴の喉にナイフの刃が当っていてもか？　確かにこれは賭けさ。しかし考えてみろ。われわれは連中の崇拝する神をひっさらってしまうのだ。神なしで一体連中に何ができる？

デ・カンディア　連中は代りに将軍を神とあがめるでしょう。

ディエゴ　素晴らしい！　王を捕えて、王国を手に入れるわけでありますか？

デ・ニザ　流血も避けられます。

ピサロ　お前はどう思う？

デ・カンディア　助かる道はそれ一つ。きっとうまくゆきます。

デ・ソト　神の御加護があればな。

ピサロ　では皆の者、祈るがよい。散らばれ、火を灯せ。懺悔をしろ。夜明けとともに戦闘態勢に入るぞ。

（兵士たち散開する。横になって祈り、眠る者もいる）

デ・ニザ　（デ・カンディアに）あなたの懺悔を聞きましょうか、わが子よ。

デ・カンディア　明日、生き残った連中の懺悔を聞いてやるんだな、神父。今夜懺悔するとしたら、殺意を心に抱いたことくらいしかあるまい？

デ・ニザ　ではそれを懺悔しなさい。

デ・カンディア　なんでそれを懺悔せねばならぬ？　それが恥ずべきことだとでもいうのか？　これは神のための戦いだぞ。神の敵と戦うことを恥じて、神になんといいわけをするのだ？
ヴァルヴェルデ　またヴェネチア人の屁理屈だ！
デ・ニザ　神には敵など存在しないのです、わが子よ。ただ神に近い者と遠い者とがいるだけなのです。
デ・カンディア　では俺の仕事は遠い連中を狙うことさ。俺は行って銃を配置せねばならん。失礼するぞ。（退場する）
ピサロ　ディエゴ、馬どもを見てやれ。疲れているところを可哀想だが、馬どもにはしゃんとしてもらわねばならんのだ。
ヴァルヴェルデ　さあ行こう、デ・ニザ神父。二人で祈ろうではないか。

（デ・ニザとヴァルヴェルデ、退場）

ピサロ　騎兵隊は二た手に分けて建物の中に隠そう。そこと、そこだ。
デ・ソト　歩兵隊は二列縦隊でここと、それからぐるっと廻ってあちらに隠しましょう。
ピサロ　完璧だ。エラダにこちら側の指揮をとらせよう。デ・バルバランがあちら側だ。全員が身を隠すのだ。

デ・ソト　全員が身を隠しては待ち伏せを感づかれます。
ピサロ　いや。奴らが来たら司祭たちを出迎えに出す。
デ・ソト　合言葉を決めておきましょう。
ピサロ　合言葉はサン・ファゴだ。
デ・ソト　サン・ファゴ。結構です。

（老いたるピサロは彼の小姓に近づく。小姓は背を丸めて坐りこんでいる）

ピサロ　恐いか？
若いマルティン　いえ――はい、将軍。
ピサロ　お前はいい奴だ。もしこれが無事に済んだら、俺はお前の望みを何でもかなえてやる。どうだ、騎士のやり方にかなっているか？
若いマルティン　私は将軍の小姓にしていただいているだけで十分です。
ピサロ　何かほしい物はないか？
若いマルティン　剣をいただけますか？
ピサロ　おお、いいとも。さあ、休めるだけ休んでおけ。夜明けとともに集合の合図だ。

若いマルティン　承知しました。お休みなさい、将軍。

デ・ソト　お休み、マルティン。よく眠れよ。

（少年は横になって眠りにつく。祈りの歌が四方から、オフで聞えてくる）

ピサロ　希望だ。美しい希望だ。こいつにとって、剣はただの金属の棒ではない。聖なる何ものかなのだ。俺からは遠い遠い世界だ。

ディエゴ　（祈る）聖なる処女マリアよ、われわれに勝利を与えたまえ。もし勝たせてくれたら、インディオの素敵な外套を捧げます。でも、もし勝たせてくれなかったら、聖なる処女マリアよ、俺はあんたを拝むのをやめて「処女懐胎」のマリア様に乗りかえてしまうからな。これは本気だぜ。

（彼も横になる。祈りの声が止み、静寂がおとずれる）

X

（薄明り）

ピサロ　多分これが俺たちの人生最後の夜になるだろう。もし俺たちが死んだら、俺たちは何のために死んだことになるのだ？

デ・ソト　スペインとキリストのためです。

ピサロ　デ・ソトよ、俺はお前が羨ましい。

デ・ソト　なぜです？

ピサロ　神に対する勤めと、王に対する勤め。実に単純明快だ。

デ・ソト　単純ではありません。しかし自分で選んだ道ですから。

ピサロ　なるほど。では俺が選んだものは何だったのだ？

デ・ソト　ご自身が王になられることでしょう。この戦いに勝てば、もう王も同然です。

ピサロ　俺の齢でそんなことに何の意味がある？　剣が単なる金属の棒に過ぎぬと同様に、王の持つ笏もまた俺にとっては金属の棒に過ぎぬ。王になるより、もっと大事なものがあるはずだ。

デ・ソト　以前スペインで将軍は、御自分の名前が歌に歌われることを話しておられましたね。名誉ある人間は三つの命を生きるのです。現在の命、未来の命、そして名声の命を。

ピサロ　名声の命は長い。しかし死はもっと長いぞ――一体人間が何かのために命を投げ出すということがあるのだろうか。昔は俺もあると考えていた。昔の俺は感情に満ち満ちていた。俺は希望に満ちていた。あの小僧と同じだ。剣は光輝き、鎧は歌い、チーズは舌に鋭く、口づけは燃えるようだった。そして死に関しても俺は自分だけは例外になると思っていた。俺は自分だけは決して死ぬことはないと思っていた。しかしやがては目が覚める。自分もいつかは死ぬのだと覚らねばならぬ。それですべては終りさ。俺は今まで騙されていたことに気づく。突然すべてが全く違って見えてくる。

デ・ソト　騙されていた？

ピサロ　時がわれわれを騙すのだ。ただ、子供を持てば少しは時の力を打ち負かすことがてきるかもしれぬ。俺も息子を持つべきだったかもしれぬな。

デ・ソト　将軍は結婚しようと思われたことはないのですか？

ピサロ　俺の生れでか？　俺を相手にするような女は、結婚の相手にはならんのさ。スペインなんぞ馬の糞だ。スペインにあるのは身分と階級ばかりだ。人間は、だだっ広い土地に放り出されると、迷わぬよう、小石を置いて目印にする。身分や階級はその小石のようなものさ。俺が新世界に憧れたのは、俺の中の何かが、そのような身分や差別の小石がすっかり洗い流されてしまった雨のあとの田舎のような土地を求めたからだ。——俺も昔、希望をもって女を眺めたことがある。しかし女たちはあまり俺のことを相手にしなかった。連中の一人は俺にいった——何だったかな——そうだ、あんたの魂は凍傷にかかっているといったんだ。ぴったりの言葉だろう、凍傷にかかっているというのは。おい、そちらの様子はどうだ？

ヴァスカ　（オフで）よく晴れた夜です、将軍。なにも異状ありません。

ピサロ　ある時俺は、女と二人で海辺の岩の上にいたことがある。南の海でのことだ。冬の午後だった。俺は女と横になっていた。俺は女に包まれて寒さを避けていた。空には海鳥が叫び声をあげていた。あれが、俺の生涯の一番しあわせな一と刻だった。その時俺は、海の水も、鳥の糞も、人間の体の小さな穴も、何か一つの大きな目的につながっているように思えた。言葉の網目からとび出してきたような大きな目的だ。俺個人の言葉の網目じゃない。すべての人間の言葉の網の目だ。しかし、その感じはすぐに消えてしまった。そして時が戻ってきた。永久にだ。

（ピサロ、脇腹を撫でながら遠ざかる）

デ・ソト　痛みますか？

ピサロ　ああ、この痛みのひどさだけは昔と変らん。

デ・ソト　少しでも眠っておいてください。明日は全力をあげて戦わねばなりません。

ピサロ　まあ俺の話を聞け！　われわれの感じるものは、すべてが時でできている！人生のあらゆる美は、時によって作られている。空中に固定されて決して沈まぬ夕陽を考えてみろ。音楽の最後の音が一時間も鳴りやまなかったらどうだ。口づけが三十分も続いたらどう思う。われわれの人生のどの瞬間でもいい、時を止めて引き延してみろ。たちまち腐って蛆がわくのだ。いや、瞬間などという言葉さえ間違っている。瞬間というのは時間のかけらということだろうが、われわれには時間のかけらを拾いあげたり、つくづく眺めたりすることは決してできはしないのだからな。

これが人生の最大の罠さ。蛆虫から逃れるためには時と共に歩むしかない。しかし、時と共に歩んだとしても、蛆虫どもは確実にわれわれを蝕むのだ。

デ・ソト　これは陰気な会話ですな。

（若いマルティン、眠りながら呻く）

ピサロ　陰気な場合だからな。お前は女の話をしたな。俺は全精力を傾けて女どもを愛した。女そのものを手に入れるためではない。女そのものなんぞ決して手に入りはせんのだからな。俺はせめて女の美しさを手に入れようとした。俺は女には優しくした。優しさとは、美しさを手に入れようとする欲望の、偽りの姿なのだ。しかし、美しさを手に入れることはできるのか？　杯を買ったら、杯の美しさが手に入ったことになるのか？　なりはせん。もし手に入ったとしても、その時、その美しさは俺自身に吸収されて汚れてしまうのだ。俺は老人だ、デ・ソト。俺には何も説明できん。ただ、俺がいいたいのは、欲望をかき立てるのも時なら、それを消し去るのも時だということだ。俺は時の膝の上であやされて喉を鳴らし、やがては眠らされてしまうのだ。俺は生れ落ちたその時から、時に欺かれ続けてきた。なぜなら、この世のものすべては死を宿しているからだ。

デ・ソト　宿していないものがあります。それは神です。

（間）

ピサロ　若い頃。俺はよく村の外れの丘に坐って夕陽が沈んでゆくのを眺めたものだった。俺は考えた。太陽が夜休む場所さえつきとめれば、生命の源もわかるはずだ、川をさかのぼればその源がわかるように、とな。俺は太陽の休む場所を頭に描いた。多分それは島だろう――白い砂に覆われた奇妙な場所だろう。そこでは人は決して死なず、齢もとらず、苦痛を感じることもない。

デ・ソト　美しい空想です。

ピサロ　教育のない人間の頭はこんなふうに働くのさ。俺にもし息子がいたら殺してでも本を読ますんだが――太陽は夜、どこに休むのだ？

デ・ソト　どこでもありません。太陽は神によって永久に地球のまわりをまわるよう作られた天体です。

ピサロ　どうしてわかるのだ？

デ・ソト　ヨーロッパでは誰でも知っていることです。
ピサロ　もし間違っていたらどうする？　神が眠りにつくように、太陽があの山のどこかで眠ることになっていたらどうする？　土人たちの心には太陽はまぎれもなく神と映るのだろう。俺だって夜明けの太陽が世界を照らし出すのを見る時、ほとんど神を崇めるのに近い気持ちになるからな。死にゆく肉体に対抗して、何か永遠なるものがやってくるように思えるのだ。そのような太陽を見て、インカ王は「あれが俺の父親だ！　俺の父なる太陽だ！」と叫ぶのだ。実に素晴らしいことじゃないか。馬鹿馬鹿しいが、しかし途方もなく素晴らしいことだ――無意味であるかもしれんが、しかし心惹かれる無意味だ。俺はインカ王が太陽の息子であると聞いた時から、毎晩奴の夢を見る。夢の中では、輝く目をした土人の王が太陽を王冠として頭に戴いている。この夢は何をあらわしているのだ？
デ・ソト　私には夢占いはできませんが、しかし予言者ならこういうでしょう。「インカ王こそ汝の敵。汝がその者のしるしを夢に見るは、その者への憎しみをいや増さんがためなり」
ピサロ　しかし俺は奴を敵だとは思っておらんぞ。
デ・ソト　思っておられますとも。

ピサロ　いや思っておらん。ただ俺は、これまで出会った誰とより、この男に会わねばならぬと思うだけだ——そのことで俺は死ぬかもしれない。しかし、ひょっとするとそれは新しい人生の始まりであるかもしれぬ。俺は今こう感じている。俺はこれまでの人生を、ただこの朝を迎えるために生きてきたのだ、とな。

老マルティン　一五三二年、十一月十六日。夜明けです、将軍。

XI

（ゆっくりと明るくなる）

ヴァルヴェルデ　（オフ。歌うように）主よ、守り給え。

兵士たち　（ユニゾンで歌う）主よ、守り給え。

（全員、歌いながら登場）

ヴァルヴェルデ　デウス・メウス・エリペ・メ・デ・マヌ・ペカトリス。

兵士たち　デウス・メウス・エリペ・メ・デ・マヌ・ペカトリス。

（全員、舞台に拡がって跪く）

ヴァルヴェルデ　雄雄しい雄牛たちが私を取り囲んだ。

デ・ニザ　獲物を貪り食うライオンのように、彼らは私の上に大きな口を開けた。

ヴァルヴェルデ　私は水のように注がれる。私の骨はまき散らされる。

デ・ニザ　私の心臓ははらわたの中で蠟のように溶けてゆく。私の舌は口の中に貼りつく。そして私は死の塵の中に連れ出される。

（全員、凍りつく）

老マルティン　死の塵。われわれはその匂いを嗅ぎつけていた。極度の恐怖が急速にわしらを襲った。まるで疫病のようだった。

（全員、頭の向きを変える）

兵士たちは広場を囲む建物に押し込まれた。

（全員、立ち上がる）

皆、そこに立って震えていた。彼らの足もとには洩らした小便の水溜りができた。一時間が過ぎた。そして、二時間、三時間が過ぎ——

（全員全く動かない）

そして五時間が経過した。インディオのキャンプには何の動きも見られない。こちらも物音一つ立てず静まりかえっていた。経過してゆく時間の重さがのしかかる。完全武装した兵士が百六十人。騎兵たちは馬にまたがり、歩兵たちはいつでも突撃できる姿で、完全な沈黙の中に、まるで待てという魔法にかかったように釘づけになっていた。

ピサロ　動くな。しっかり立っていろ——お前たちは神だ。勇気を出せ。まばたきをするな。音がする。

老マルティン　七時間が過ぎた。

ピサロ　動くな。じっとしてろ。お前たちは自分自身の主人だ。もう百姓ではない。これはお前自身の人生だ。しっかり自分のものにしろ。自分の人生を生きるんだ。

老マルティン　九時間。十時間。寒さがよじのぼってきた。

ピサロ　（囁く）出てこい、出てこい、出てこい、出てこい！

老マルティン　夜の気配とともに恐怖がやってきた。十字架をかざす僧侶の手も、耐えきれずに下がってくる。

ピサロ　陽が沈んでゆく！

老マルティン　顔を見合わす者もなかった。その時だ。忍び寄る夜の帳《とばり》とともに——

若いマルティン　来ました！　奴らがやってきます。ほら、丘を降りて——

デ・ソト　数は？

若いマルティン　数百人です。

デ・カンディア　いや、二千か三千はいる。

ピサロ　王は見えるか？

デ・カンディア　いや、まだ見えない。

ドミンゴ　あれは何だ？——ほら、先頭の奴らだ——奴ら何かやってるぞ。

ヴァスカ　掃除してるみてえだな。

ディエゴ　奴ら道を掃いてやがるんだ！

ドミンゴ　王のためだ！　王のために奴ら道を掃いてやがるんだ。五百人もの人間がよ、
そろって道を掃いてやがるぜ！
サリナス　天にましますます神よ！
ピサロ　武装しているか？
デ・カンディア　一分の隙もなく！
デ・ソト　武器は何だ？
デ・カンディア　斧と槍だ。
若いマルティン　奴らはみんな光っています。真っ赤に光っています。
ディエゴ　夕陽で光ってるんだ！　まるで誰かが太陽を突き刺したみてえだ！
ヴァスカ　ほんとだ。空じゅう血だらけだ！
ドミンゴ　何か悪いことが起るぞ！
サリナス　縁起でもねえ。
ドミンゴ　いや、起る。この国じゅうが血を流してるんだ。これは何か途方もないこと
が起るぞ！
ヴァルヴェルデ　黙示録に書かれた日がやってきたのだ！　悪魔が祭壇に君臨し、真の
神を嘲けり笑う。腐敗した王たちが世に満ちる！

ドミンゴ　おお神様！　おお神様！　おお神様！　おお神様！
デ・ソト　落ち着かんか！
デ・カンディア　止まるぞ！
若いマルティン　何かを捨てております！
ピサロ　何を捨てているんだ？
デ・カンディア　武器だ。
ピサロ　まさか！
ディエゴ　いえ、将軍、奴ら、武器を捨てています。武器全部であります。武器を投げ捨てて山積みにしています。
ヴァスカ　全部地べたに置いちまうぞ。
サリナス　そんな馬鹿なことがあってたまるか！
ヴァスカ　あるんだからしようがねえだろう。奴らはすっかり武器を捨てちまいやがった！
ドミンゴ　奇蹟だ、奇蹟が起ったんだ！
デ・ソト　一体どういうわけだ？　なぜ奴らは武器を捨てる？
ピサロ　俺たちが神だからだ。わかったか。俺たちは神なのだ。奴らは神の前に出るために武器を捨てているのだ！

（奇妙な音楽が、遠くからかすかに聞えてくる。続く情景の中で、音楽は次第に大きくなってゆく）

デ・ソト　あれは何の音だ？

若いマルティン　王です。将軍、王がやってきます。

ピサロ　どこだ？

若いマルティン　あそこです。

ディエゴ　来た、来た。全能の神よ。俺は夢を見てるに違《ちげ》えねえ。

デ・ソト　落ち着くんだ。

ピサロ　遂に来たか。さあ、来るなら来い！　さあ、来るんだ！

デ・ソト　将軍、そろそろ隠れる時間です。

ピサロ　よし、急いで隠れろ。神父たち以外は姿を見られてはならん。神父たち、広場の中央に立つのだ。他の者は皆隠れろ。

デ・ソト　早くしろ！　急げ！

（兵士たち、われに返り、散らばって消える）

ピサロ　（若いマルティンに）お前も隠れろ。

若いマルティン　戦闘開始までですか？

ピサロ　戦さが終るまでだ。

若いマルティン　そんな。嫌です、将軍！

ピサロ　俺のいう通りにしろ。デ・ソト、連れてゆけ。

デ・ソト　将軍に神の救いがありますように。

ピサロ　お前にもだ、デ・ソト。サン・ファゴ！

デ・ソト　サン・ファゴ！　さあ、来い。

デ・カンディア　屋根の上に小銃を七挺、そしてあちらに三人配置してあります。

ピサロ　一斉射撃にそなえて待機しろ。

デ・カンディア　将軍の合図を待ちます。

ピサロ　合図で大砲もぶっ放せ。

デ・カンディア　まかせてください。

ピサロ　（フェリピリヨに）フェリピリヨ！　そこに立つんだ！　さあ、いよいよ来るぞ——来るぞ——来た！　（急いで退場）

XII

（目の眩むような色の洪水の中をインディオたちが登場してくる。音楽が割れんばかりに鳴り響く。王の従者たちの多くは楽器を演奏している。それらは葦笛、シンバル、巨大なマラカス等である。インディオたちは鸚鵡のように華やかな、オレンジと黄の衣裳を身にまとい、頭には黄金と羽根で作られた奇妙な飾りをかぶっている。その頭飾りには黒い琺瑯《ほうろう》で作られた目が埋めこまれている。彼らとは逆に、インカ王アタウアルパの服装は単純そのものだ。彼は純白の衣裳に身を包み、目には翡翠のモザイクのマスクをつけ、頭には飾りのない金の輪をはめている。しばしの静寂の中で、王は周囲を睥睨する）

アタウアルパ　（傲然と）神はどこだ？

ヴァルヴェルデ　（フェリピリョを通じて）私は神の司祭だ。
アタウアルパ　僧侶に用はない。神を出せ。神はどこだ？　神は朕に挨拶をよこした。
ヴァルヴェルデ　それはわれわれの将軍だ。われわれの神には誰も会うことはできないのだ。
アタウアルパ　朕なら会える。
ヴァルヴェルデ　いや会えない。彼は人間に殺されて天に昇ったのだ。
アタウアルパ　神を殺すことはできぬ。朕の父を見よ！　父を殺すことは誰にもできぬ。父は永遠に生き続け、子供たちを見おろしている。
ヴァルヴェルデ　私がすべての謎に答えよう。異教徒よ、聞くがよい。私が詳しく説明しよう。
老マルティン　そして彼は説明を始めた。天地創造からキリストの昇天までを説いたのだ。（退場する）
ヴァルヴェルデ　（インディオたちの間を上手へ歩きながら）そして主は去られる時、自らの代理として法王を地上に残された。
デ・ニザ　（インディオたちの間を下手へ歩きながら）そして主は去られる時、自らの代理として法王を地上に残された。

ヴァルヴェルデ　そして法王はわれらの王に、すべての民をまことの神への信仰に導くよう命じられた。

デ・ニザ　そして法王はわれらの王に、すべての民をまことの神への信仰に導くよう命じられた。

ヴァルヴェルデとデ・ニザ　（声を揃えて）それゆえ、キリストの名において、われ汝に命じる。喜びをもって、汝、神のしもべとなれ。

アタウアルパ　朕は何人《なんぴと》のしもべでもない。朕はこの地上の、最も尊き王子である。汝らの王もまた偉大である。彼は海を越えて汝らを朕が王国へ送りこんだからだ。汝らの王は朕が兄弟である。だが、汝らの法王は狂っている。彼は自らのものでない国を人人に与えるからだ。彼の信仰もまた狂っている。

ヴァルヴェルデ　言葉に注意するがよい！

アタウアルパ　汝らは朕の民を殺す。朕の民を奴隷にする。何の権限によってだ？

ヴァルヴェルデ　この力によってだ。（聖書を差し出す）神の言葉だ。

（アタウアルパ、聖書を耳に当て、真剣に耳を澄ます。聖書を振ってみる）

アタウアルパ　何もいわん。（本を嗅ぐ。本を舐める。遂には苛立って本を投げ捨てる）神は汝の無礼を怒っているのだ。

ヴァルヴェルデ　冒瀆だ！

アタウアルパ　神は怒っている！

ヴァルヴェルデ　（叫ぶ）フランシスコ・ピサロ。キリストが侮辱されているのを手を拱いて見ているつもりか？　この異教徒めに武器の力を見せてやれ。皆の者、私が赦す！　サン・ファゴ！

（ピサロ、抜き身の剣を下げて、舞台奥に姿を現し、大音声で鯨波《とき》の声をあげる）

ピサロ　サン・ファゴ・イ・シエラ・エスパーニヤ！

（ピサロの声とともに兵士たち、四方から躍り出て鯨波《とき》の声に和する）

兵士たち　サン・ファゴ！

（緊張した間。インディオたち、武装した兵士たちの輪を恐怖のまなざしで見る。ドラムが荒荒しく打ち鳴らされ、以下の情景がそれに続く）

大殺戮のマイム

（猛烈な音楽。インディオたちは次から次へと虐殺されるが、また起き上がって、彼らの中央で茫然自失しているインカ王を守ろうとする。しかしその努力も空しく、スペインの兵士たちは羽根飾りをつけた従者たちの列を切り開き、彼らの獲物に近づき、遂に王をとり囲む。サリナスは王の頭から王冠を奪ってピサロに投げ上げる。ピサロはそれを受け止め、大音声を発して自分の頭にのせる。インディオたちは全員で恐怖の叫び声をあげる。ドラムが烈しく打ち鳴らされる中を、アタウアルパは、スペインの全兵士の剣先を喉元に擬されて連れ去られる。同時に、血塗れの巨大な布が一枚、舞台一杯に拡げられる。泣き叫ぶインディオたちによって太陽の中央から引き出され、舞台一杯に拡げられる。全員、走り去る。彼らの悲鳴が劇場一杯に谺《こだま》す。舞台一杯に波打つ血塗れの

布の上に、照明、次第に暗くなってゆく）

第二幕　殺し

I

（暗黒。舞台奥からインカ人たちの悲痛な嘆きの歌が詠唱されるのが聞えてくる。照明が少し明るくなる。血塗れの布はまだ舞台の上に拡がっている。太陽の部屋にはアタウアルパが鎖につながれ、観客に背を見せて立っている。彼の白い衣は血で汚れている。彼のマスクはとられているが、まだ顔は見えない。首にかかる黒い髪の先が見えるだけである。

老マルティン登場。反対側から、若いマルティンがショックによろめきながら登場し、膝をついてくずおれる）

老マルティン　あの勇士の気どった様子はどうだ。剣には栄光を、新しい拍車には救世主を宿して、今や、遂に騎士の誕生だ。完璧な騎士、サー・マルティン。イエス・キリストの心優しき護衛者だ。人間はいつか子供の頃の夢からは覚めねばならぬ。しかし子供の夢から引き裂かれて、それでも愛に生きることが人間にはできるものだろうか？　この広場でわしらは三千のインディオを殺した。わが軍の負傷者はただ一人。身方の兵士たちからインカ王を守るうちにかすり傷を負ったピサロ将軍だけだった。あの夜、わしが運河のふちにかがみこんで吐いていた頃、インカ帝国は動きを止めてしまった。時計のばねが飛んでしまったようなものさ。千マイルもの広さにわたって、すべての人人が坐りこんでしまった。彼らは全くなすすべを知らなかったのである。

（デ・ソト登場）

デ・ソト　おい小僧、どうした？　丸腰のインディオたちを殺したことに肚を立てているのか？　しかしな、奴らが武器を持っていたら、今頃お前は死んでいたところだぞ。

若いマルティン　名誉の死です！　僕は恥辱に塗《まみ》れた生なんかほしくない。

デ・ソト　なるほど。しかし、もしわれわれが死んでいたら、この新世界にようやく生れ出ようとしていたキリスト教も一緒に死んでいたことになるのだぞ。俺だって初めて血の匂いを嗅いだ時には、何日もそれが鼻についてとれなかったものだ。だがそのうち、足もとに血の川が流れていても匂いもしなくなる。いいか、小僧。今のこの状況では殺さなければこっちが殺されるんだ。そして、われわれの死はキリストに対する裏切りになるんだ。われわれはキリスト教を伝えるためにやってきたんだからな。

若いマルティン　それではまるで僕たちは、イエス様が入れるよう、ドアを開けにきた召し使いのように聞えます。

デ・ソト　しかし、その通りなんだよ。

若いマルティン　違います！　主はわれらと共にあるのです。今、そして、いつでも。

デ・ソト　そうだ、主はわれらと共にある。彼らとではない。しかしいつの日か、主が彼らと共にある日もやってこよう。その時初めて、われわれは彼らに慈悲をかければよいのだ。

若いマルティン　危険でない相手にしか、慈悲はかけられないんですか！

デ・ソト ではお前は、慈悲のためにはキリスト教を危険に曝《さら》してもいいというのかね？

若いマルティン 主は御自分の身は御自分で守られます。

デ・ソト そうはいかない。だからこそ主は召し使いを必要とされるのだ。

若いマルティン 主の代りに人殺しをする召し使いをですか？

デ・ソト 必要とあればな。そして今度の場合、それは必要だったのだ。私の教区の神父がよくいったものだ。新しい生命が生れるためには、必ず死が必要だ、とな。俺は剣を抜くたびにこの言葉を思い出す。俺は、わが主に春を贈るため、わが身を冬に置くことを信条とする男なのだ。

若いマルティン 僕にはわかりません。

（ピサロとフェリピリヨ登場）

ピサロ 副隊長の前に出た時は起立だ！ 何だお前は！ 辱しめを受けた小娘か？（デ・ソトに）俺はカンディアを駐屯地へやった。間もなく援軍がやってくるに違いない。さあ、行こう。王に会うのだ。

II

(照明が明るくなる。彼らは舞台奥へ行って頭を下げる。舞台奥、オエロとインティ・コウシ登場、インカ王の両側にひざまずく。インカ王はスペイン人たちには一瞥も与えない)

ピサロ　陛下、私はフランシスコ・ピサロ、スペインの将軍です。お話できて光栄です。(間)陛下は非常に背がお高い。私の国にはそのように背の高い者はおりません。(間)陛下、口を開いてはいただけませんか?

(アタウアルパ、振り返る。われわれはここで初めて、彼の顔を見ることになる。それは威あって猛からぬ堂堂たる顔である。彼の態度は犯し難い威厳と、生れながらにして備った気品に満ち満ちている。彼のあらゆる言動は、

その聖なる出自と、神としての機能と、王としての絶対の権力を意識してなされる)

アタウアルパ (フェリピリヨに) この者に告げよ。朕は太陽の息子、月の息子、四つの方位を統べる王、アタウアルパ・カパクである。この者はなぜひざまずかぬ?

フェリピリヨ インカ王、お前たち、初めてこの土地へ来た時、殺しておけばよかった、いっている。

ピサロ なぜ殺さなかったんだ?

アタウアルパ この者は朕に嘘をついた。この者は神ではない。朕はこの者の祝福を受けるためにここへ来た。この者は、朕の民の肩で剣の刃を研いだ。この者の言葉は邪悪だ。朕は邪悪な言葉を話す者に与える言葉を持たぬ。

フェリピリヨ 王、お前の最良の戦士たち、選んで奴隷にし、あとは殺す、いっている。特にお前、殺さねばならぬ。お前、齢、とりすぎて奴隷の役に立たぬからだ。

ピサロ そのようなことを考えていると後悔することになる、と伝えろ。

フェリピリヨ お前、将軍、怒らしてしまった。将軍、明日お前、殺す。そしてお前の妻(オエロを指して)慰みのため、私に呉れる、いっている。

（オエロ、驚いて立ち上がる）

アタウアルパ　朕の面前でよくもそのような言葉を口にしたな。
若いマルティン　将軍。
ピサロ　何だ。
若いマルティン　失礼ですが、将軍の言葉は正しく訳されているとは思えません。
ピサロ　本当か？
若いマルティン　それに王の言葉もです。私はこの国の言葉を少し覚えました。王は今、奴隷のことなど一度もいいませんでした。
ピサロ　貴様、これはどういうことだ？
フェリピリヨ　将軍様、この子供、言葉のことなんか、なにも知らない。
若いマルティン　お前が思うよりはずっと知っているぞ。お前が嘘をついているのはわかっている――将軍、こいつは王妃を自分のものにしたいのです。さっき広場で、こいつが王妃につかみかかっているのを見ました。
ピサロ　それは本当か？

若いマルティン　命にかけて本当です。
ピサロ　お前のいい分を聞こう。
フェリピリヨ　将軍様。私、将軍様のために素晴らしく話す。誰も私のように、素晴らしく話すもの、いない。
ピサロ　女のことはどうなんだ？
フェリピリヨ　あの女は、将軍様から私への贈り物。違いますか？
ピサロ　インカ王の王妃をか？
フェリピリヨ　インカ王は妻、大勢いる。この女、小さい。大したことない。
ピサロ　出て行け。
フェリピリヨ　将軍様！
ピサロ　二度とやってみろ、必ず縛り首にしてやる。出て行け！
（フェリピリヨ、ピサロに唾を吐きかけて走り去る）
お前、奴の代りができるか？
若いマルティン　努力すれば、なんとか――

ピサロ　じゃあ努力しろ。さあ始めるぞ。まず、王の年齢をたずねろ。
若いマルティン　陛下。（おずおずと）陛下はどちらの歳ですか？　いや、そうじゃない、いくつの歳ですか？
アタウアルパ　地上に降りて三十と三年になる。お前の主人はいくつだ。
若いマルティン　六十三、です。
アタウアルパ　その長い歳月が彼に教えたのは邪な心だけだったのだな。
若いマルティン　それは違います。
ピサロ　何といったんだ、王は？
若いマルティン　いいえ、あの、よくわかりませんでした、将軍。（一礼して退場）
老マルティン　こうしてわしは将軍の通訳になった。そして、その後何ケ月かにわたって二人の間に起ったことのすべてにかかわることになったのだ。インカの言葉は非常に難しかったが、わしは敬愛する将軍を喜ばせようと、毎日何時間も勉強し、日ごとに上達していったのである。

（ピサロ、デ・ソトを従えて退場）

Ⅲ

（若いマルティン、舞台奥へ登場。老マルティンはそれを舞台手前から見届けた上で退場）

若いマルティン　陛下、御機嫌よろしう。陛下をお慰めしようとゲームをお持ちしました。スペイン人はこのゲームなしでは一日もいられません。私がカードを半分持ちます。陛下も半分お持ち下さい。これでお互いに戦うのです。このカードは聖体箱を持った聖職者たち。こちらは剣を持った貴族と黄金を持った商人、そしてこれは棒を持った貧乏人です。

アタウアルパ　貧乏人とは何か？

若いマルティン　黄金を持たぬ者、そして、そのことによって苦しむ者です。

アタウアルパ　（叫ぶ）アイヤ！

若いマルティン 何をお考えです、陛下。
アタウアルパ 朕の民も苦しんでいるのだろうか。
（ピサロとデ・ソト登場）
ピサロ 陛下、御機嫌よろしう。今朝はいかがですかな？
アタウアルパ お前の望みは黄金だ。お前はそのためにこの国へ来た。
ピサロ 陛下——
アタウアルパ 隠しても無駄だ。（貧者のカードを示し）お前は黄金が欲しい。朕には
わかっている。話せ。
ピサロ 陛下は黄金をお持ちなのか？
アタウアルパ 黄金は太陽の汗だ。従って王のものである。
ピサロ 黄金は、沢山お持ちなのか？
アタウアルパ 朕を自由にすれば、この部屋を一杯にしてみせよう。
ピサロ この部屋を一杯に？
デ・ソト そんなことは不可能です。

アタウアルパ　アタウアルパである朕がそういうのだ。
ピサロ　部屋を一杯にするのにどのくらいかかる？
アタウアルパ　母なる月が二度、生れて死ぬまで。しかし、実行されることはあるまい。
ピサロ　なぜ実行せぬ？
アタウアルパ　実行するためには、お前は朕を自由にすることを誓わねばならぬ。しかし、お前は誓いを守れぬ男だ。
ピサロ　陛下は私を誤解しておられる。
アタウアルパ　いや、明らかだ。お前の顔に書いてある。守れぬ誓いは立てるな。
ピサロ　俺はあんたとの約束を破った覚えはない。俺はあんたの安全を守ると誓ったことなどない。俺は誓った以上守る男だ。
アタウアルパ　では、朕を自由にすると誓うか？
デ・ソト　誓ってはなりません。将軍は王を自由にするわけにはいかないではありませんか。
ピサロ　大丈夫。黄金がこの部屋一杯になることなどありうることではない。
デ・ソト　ありうることかもしれません。
ピサロ　ありえぬことだ。それがどのくらい途方もない分量だかわかっているのか？

その半分ですら、われわれを溺れさすほどの富なのだ。
デ・ソト　将軍。守れる約束だけをなさってください。
ピサロ　約束を破るようなことにはならん、大丈夫だ。
デ・ソト　いいえ、大丈夫ではありません。
ピサロ　ええい、この杓子定規の理屈屋め！　いいか、王は今莫大な量の黄金を差し出そうとしているんだぞ。アレグザンダーでもタンベルランでもよい、どんな征服者もかつて見たことのないほどの黄金が手に入ろうとしているのだ。俺はなんとしてでも自分のものにしてみせるぞ。
デ・ソト　この齢では黄金はただの金属に過ぎぬとおっしゃったのはどなたですか？
ピサロ　確かにそういった。しかし事情が変ったのだ。俺は部下たちに黄金を約束した。部下たちと黄金の間に立ちはだかっているのがこの男だ。今ここで俺が取り引きをしなければ、部下たちはこの男の死を要求し、彼は死ななければならぬことになる。
デ・ソト　だからどうだというんです。
ピサロ　俺は彼に生きていてほしいのだ。しばらくの間だけでも。
デ・ソト　彼を夢に見たのが気になっているのですね？
ピサロ　そうだ。彼は俺にとって、何か深い意味を持っている。この神である人間、不死の人間の中に、この王国のすべての民が生きているのだという。彼こそは時に対する答えを持っているに違いない。

デ・ソト もし本当に神ならば、でしょう。

ピサロ そうだ。もし——

デ・ソト 将軍。気をつけてください。私は将軍のことを完全に理解しているわけではありません。しかし、これだけは申し上げておきます。今あなたがなさろうとしていることは、取り返しのつかぬことになりそうな気がするのです。

ピサロ 言葉だ、デ・ソト。言葉では俺の心は動かされぬ。俺は部下のために黄金も手に入れ、この男にも無事でいてもらう。それで今は十分ではないか。（アタウアルパに）さあ、しばらくの間戦わぬこと、脱走を企まぬこと、部下たちに救出を命じぬことを誓うのだ。

アタウアルパ 朕は誓う！

ピサロ では私も誓おう。この部屋を黄金で満たされよ。その時私はあんたを自由の身にするであろう。

デ・ソト 将軍！

ピサロ 大丈夫！ 彼には約束を守れはせん。

デ・ソト　この男は自分の誓ったことは成し遂げる人物だと思います。恐ろしい結果にならぬよう神に祈りましょう。

（退場。老マルティン登場）

ピサロ　陛下――（アタウアルパ、ピサロを無視する）小僧、よくやったぞ。お前の通訳は日に日に進歩しておる。

若いマルティン　ありがとうございます、将軍。

（将軍は退場し、若いマルティンも太陽の部屋を出る。中にはアタウアルパ一人が残される）

老マルティン　その部屋というのは、長さが二十二フィート、幅が七フィート、そして黄金は、壁につけられた、高さ九フィートのしるしまで積まれることになった。

（インカ王、命令のポーズをとる。一と言ごとにドラムが打ち鳴らされる）

アタウアルパ　アタウアルパは話す！

（ドラムが鳴り響く）

アタウアルパは求める！

（ドラムの響き）

アタウアルパは命じる！

（ドラムの響き）

黄金を持て。宮殿から。神殿から。大いなる都のあらゆる建物から。楽しみの部屋の壁から。予言者の部屋から。祝宴の床から。死者の家の天井から。キトとパチャマカクの黄金を持て。クスコとコリカンチャの黄金を持て。ヴィルカノタの黄金を持て。コラエの黄金を持て。アイマラエスとアルキパの、そしてチムの黄金を持て。黄金の山を築き、汝らの太陽を雲の牢獄から解き放つのだ。

（舞台奥、暗くなる。アタウアルパ、部屋を離れる）

老マルティン　黄金は鎔かして延べ棒にする必要はなく、そのままの形でよいことが合意された。その隙き間の分だけインカたちは負担が軽くなったというわけだ。黄金を運びこむため王の身柄は部屋を出て別の場所に移され、扱いもずっと良くなったのである。

Ⅳ

(舞台奥暗くなり、前方は明るくなる。血塗れの布が二人のインディオに引っ張られて、ゆっくりと舞台の外に消えてゆく。アタウアルパ登場。舞台中央へ進み出る。アタウアルパ、手を一度打ち鳴らす。ただちに静かなざわめきが起り、インディオたちが王の新しい衣裳を運んでくる。インディオたちは手首に黄金の小さなシンバルと鈴をつけており、それらはインディオたちが王の血に汚れた服を脱がせ、新しい衣裳を着せかける間じゅう、柔らかな響きをたてたり、チロチロと鳴ったりするのを止めない)

老マルティン　将軍は、王に貴族たちを引見することを許した。貴族たちは崇拝のしるしの小さな包みを持ってあらわれた。

（ヴィラク・ウム、チャルクチマ登場）

王は吸血鳥の皮で作った王のしるしである長いマントを着せられ、その両耳には気高い者の責任をあらわす錘りがつけられた。

（アタウアルパはマントを着せられる。首にはトルコ石で作られた首飾りをつけられ、耳には黄金の重い輪がはめられる。王の着がえが進行中、新たな鈴の音が起って、インディオたちが食事を運んでくる。それは音楽入りの食事だ。タンバリンの形をした皿の縁には鈴がぐるりとぶらさがっており、皿の下の棚には小さな黄金の玉が入っている。舞台の上は鈴の音や、デリケートな金属の響きで満たされる。仮面をつけた召し使いたちは終りのないメロディをハミングしている）

老マルティン　王の食事はこれまで通りに捧げられた。わしの記憶では、王は仔羊のシチューに薩摩薯を添えたものを好まれたように思う。

（食事は次の手順でインカ王にすすめられる。まずオエロが器から肉をとり、それを自分の両手に乗せる。そして彼女が王に敬意を表して顔をそむけている間に、王は食べるために顔を近づける）

老マルティン　王が食べ残したものはすべて焼き捨てられた。王が自分の衣服の上に食べ物をこぼしたような場合には、衣服そのものが炎に投じられるのであった。（退場）

（オエロ、立ち上がって静かに器を片づける。突如フェリピリョが乱入し、彼女の手から器を叩き落す）

フェリピリョ　お前はそれを火にくべる。なぜだ？　お前の夫が神だからか？　なんという馬鹿だ！　馬鹿！　馬鹿！

（彼は彼女につかみかかり、床に叩きつける。インディオたち、恐怖の叫び声をあげる）

（アタウアルパに）どうだ、俺はあの女に手を触れたぞ！　俺を殺してみろ！　お前は神だ。俺をその目で殺してみろ！

ヴィラク・ウム　汝は自らの申したことによって死ぬ。汝は生きたまま地に埋められるであろう。

（間。一瞬フェリピリョはそれを信じかけるが、次の瞬間、彼は大笑いして女の喉に口づける。彼女が叫びもがくところへ若いマルティンが駆けこんでくる）

若いマルティン　フェリピリョ——やめろ！

（ヴァルヴェルデ、デ・ニザとともに反対側から登場）

ヴァルヴェルデ　フェリピリョ！　われわれがお前を地獄から救ってやった返報がこれか？　お前が昔仕えた神は、情欲をけしかけた。しかしお前の今の神は、情欲にふけるお前を地獄に落すのだ。立ち去れ！

（フェリピリョ、走り去る）

（インディオたちに）行け！

（間。誰も動かない。アタウアルパ、手を二度打ち鳴らす。インディオたち、礼をして退場する）

さて陛下、先ほどの話を続けましょう。教えていただきたいのは——私は一介の僧侶にすぎませんのでね——陛下は本物の神として、この地上に永遠に生きるとおっしゃるのですか？

ヴィラク・ウム　この地上では神神は次次とやってこられる。そして若い神へ若い神へとかわられて太陽の民を守る。かわられた神は随時空に昇って、そこで貴い座につかれるのだ。

ヴァルヴェルデ　王が戦いで殺された場合はどうなる？

ヴィラク・ウム　王が太陽によって定められた天命よりも早く殺された場合、王は死なぬ。王は次の日の夜明けの光によってよみがえられる。
ヴァルヴェルデ　なるほど、うまくできている。で、今までの王の中で、そうやってよみがえった王はあったのかな？
ヴィラク・ウム　いや、ない。
ヴァルヴェルデ　不思議ですな。
ヴィラク・ウム　不思議ではない。すべてのインカ王が、太陽に決められたちょうどその日に亡くなられただけのことだ。
ヴァルヴェルデ　なかなか巧妙だ。
ヴィラク・ウム　そうではない。これは真実なのだ。
ヴァルヴェルデ　もう一つ教えていただきたい。太陽はどうやって子をもうけられるのかな？
ヴィラク・ウム　汝の神はどうやって子をもうける。汝の神は体を持たぬのであろう？
ヴァルヴェルデ　神は魂だ。神はわれわれの中にある。
ヴィラク・ウム　神が汝の中に？　どうやって中へ入るのだ？
アタウアルパ　この者たちは神を食べるのだ。神はまずビスケットになる。そのビスケットをこの者たちが食べるのだ。（インカ王は歯を見せて、声を立てずに笑う）朕は前にそれを見た。この者たちは祈りの時にこのようにいう。「これはわれらの神の体だ」そして彼らは神の血を飲む。非常に下等なことだ。朕が治めるこの国では、人人は人間を食べたりはしない。朕の一族が遥か昔にそれを禁じた。

ヴァルヴェルデ　陛下はわざと無知を装っておられる。

ヴィラク・ウム　汝らはなにゆえに汝の神を食うのか？　神の力をわがものにするためか？

デ・ニザ　その通りです。

ヴィラク・ウム　しかし汝らの神は弱いのであろう。彼は戦わなかった。だから殺されたのだ。

デ・ニザ　彼は殺されることを望んだのです。死をわれわれと分ちあうために。

アタウアルパ　では、お前の理屈では、神を殺した者は神の手助けをしたことになる。にもかかわらず、汝らは殺すことを罪悪だと教えている。なぜだ？

ヴァルヴェルデ　悪魔の言葉だ。

デ・ニザ　陛下、そこが大切なところです。神が人間になってしまったら、もはや完全な存在ではなくなってしまうのです。

アタウアルパ　なぜだ？

デ・ニザ　われわれと同じく、罪の獄舎につながれてしまうからです。

アタウアルパ　罪とは何だ？

デ・ニザ　牢獄のたとえで申し上げましょう。われわれを牢に閉じこめているのは、われわれの不完全さという鉄格子です。われわれはこの鉄格子を通して美しい国を垣間見るのです。そこはいつも朝のように美しい。われわれはその中をそぞろ歩きたいと願う。さもなくば、いっそ、そんなところがあることなど、きれいさっぱり忘れてしまいたいと思う。われわれはこの鉄格子をとり払うことはできません。もしできたとしても、たちまち次の鉄格子があらわれてわれらの前に立ちふさがるでしょう。

アタウアルパ　お前のたとえ話は牢獄と鎖ばかりだ。

デ・ニザ　生きることは鎖につながれることです。われわれは食べ物という鎖につながれ、冬には火という鎖につながれます。そして、あの、今では失われてしまってその記憶だけが残っている、穢れを知らぬ純真さという鎖につながれ、そして、われわれは一人では生きられず、お互いに相手を求めあうという鎖につながれています。

アタウアルパ　朕は誰も求めはしない。

デ・ニザ　それは正しくありません。

アタウアルパ　朕は太陽だ。朕に必要なのは空だけだ。

デ・ニザ　それもまた正しくありません。太陽は燃える球体です。それだけのものです。

アタウアルパ　何だと？

デ・ニザ　太陽は燃える球体、ただそれだけのものです。

（インカ王は非常な早さで立ち上がり、デ・ニザを打とうとする）

ヴァルヴェルデ　坐りなさい。神父に向かって手を上げるとは何ということを。坐るんだ！　これ！

（アタウアルパ、動きを止める）

デ・ニザ　陛下は民を養われない。なぜなら、陛下は民を愛してはおられぬからです。

アタウアルパ　愛を説明せよ。

デ・ニザ　愛はこの王国では知られておりません。われわれの国では、われわれは、婦人に対し、また、ふるさとの地に対して「愛している」と申します。それは、相手にめぐりあえてよかったという喜びです。しかし、われわれはこの言葉を、二十五歳になったら結婚せねばならぬと決められている相手には使うことができません。あるいはまた、自分が生れたと同時に割り当てられ、死ぬまで耕さねばならぬと定められている土地に対しては使うことができません。愛は自由を基盤とします。強制された愛はすでにして愛ではありません。愛に向かって、陛下の宮廷に来るよう命じてごらんなさい。愛は決して姿を見せず、やってくるのはその代理人にすぎぬでしょう。愛で心を満たせと、たとえ神が命じられたとしても、それは全く無益なことなのです。愛は鉄よりも強いものでありますが、力づくで握りしめようとすれば、たちまちあとかたもなく溶けてしまうのです。愛は金貨です。開いた手のひらの上では輝きますが、ポケットに閉じこめたとたんに錆びてしまいます。愛は、われわれが閉じこもっている自分自身という牢獄から外へ出るための、ただ一つの扉です。そうして、まさにこの愛という扉からこそ、神はわれわれの牢獄へ入ってこられ、われわれの苦しみを引き受け、われわれの欲望を思い遣ってくださるのです。だからこそ傷ついた兵士も、疲れ果てた好色漢も絶望のうちにあって叫ぶことができるのです。「あなたもこれを御存知のはずだ。私をここから救ってください」と。

(遠い鈴の音とハミング。老マルティン登場)

第一の黄金行列

(スペインの兵士たちの護衛の中を、インカ様式の黄金の品品を擔いだインディオたちが一列に連なって登場する。品物の中には生活用品もあれば装飾品もある。行列は舞台を横切り反対側へ消える。舞台奥では、ほぼ時を同じうしてインディオたちが太陽の中央へ同じような黄金の品品を吊している)

老マルティン (右の動きの間に)最初の黄金が届いた。大部分は一枚七十五ポンドもある大きな黄金の板であった。残りは儀式用の剣や、首飾り、それに四角渦巻きの模様の王冠や、葬儀用の籠手、黒い琺瑯でできた深遠なまなざしが大きな眼玉を剝いている、赤く彩色されたデスマスクなどであった。それらは驚くべき巧みを示しており、日によっては、金貨三十ペソにも四十ペソにも相当する品品が運びこまれたが、しかし、当時のわれわれはまだまだ不満だったのである。(退場)

（ピサロ、デ・ソト登場）

ピサロ　王は正直とはいえませんな。もう一と月も経つというのに、部屋はまだ四分の一も満たされていない。

アタウアルパ　朕の王国は広大だ。そして黄金を運ぶ者たちの足どりは遅い。今に多くの黄金が届けられてくる。

ピサロ　噂では今にわれわれに対して反乱が起るといっているが——

アタウアルパ　朕の王国では、朕の許しをえずしては木の葉一枚そよぐこともない。朕の言葉を疑うなら、われらの都、クスコへ使いを出し、わが民がいかに平静を保っているかを見るがよい。

ピサロ　（デ・ソトに）よし。お前は兵三十を率いてただちに出発しろ。

チャルクチマ　王は約束に縛られておられる。しかし、その点お前も同じだぞ。もし王が一方の手の、一本の指の、爪一つ動かされるだけで、汝らは皆死ぬことになるのを忘れるな。

ピサロ　（アタウアルパに）よかろう。しかし、もしあんたがわれわれを欺いていることがわかったら、われわれより先に、この二人が死ぬことになるのを忘れるな。

アタウアルパ　僧侶は多勢いるから、この二人は別に死んでも構わぬが——
ヴァルヴェルデ　おお聖母マリヤよ！　この男を改宗させることは不可能でございます。
デ・ソト　そのようなことを申されてはなりませぬ。
ヴァルヴェルデ　悪魔はさまざまな姿に化ける。そこに坐っているのも悪魔の化身に相違ない！　王に対する進言者として、司祭、お前が王の態度を硬化させ、チャルクチマ将軍、そなたが、王に反抗を吹き込んだのだ。
チャルクチマ　汝のいうことは嘘だ。
ヴァルヴェルデ　立ち去れ！

（以前と同様、司祭たちはアタウアルパが二度手を打ち鳴らすまで動かない。手が叩かれると彼らは礼をして退場する）

穢らわしい異教徒め。
デ・ソト　私は視察に出発いたします。では将軍、一と月したら戻ってまいります。
（退場）
ヴァルヴェルデ　ピサロよ、用心するがよい。少しでも手綱をゆるめたら、王はわれわれを皆殺しにするぞ。

デ・ニザ　神父は実に御熱心です。（別の方向へ退場）

ピサロ　そうさ。この哀れな土人の王を悪魔に仕立てようとして躍起になっている。

デ・ニザ　哀れなという言葉は当っていないと思います。王はこの国の魂そのものなんですからね。よくごらんになってください。この国には悪魔が巣食っているのが見えるはずです。なにしろこの国では人人は餓える権利すら奪われているのですから。

ピサロ　神父は餓えることが権利だというのかね？

デ・ニザ　もちろん権利ですとも。餓えがあるからこそわれわれは人生に意義を見出すことができるのです。この国をごらんください。ここでは人人は幸福を感じることができない。なぜならこの国では不幸が禁じられてしまっているからです。この国では人人はなにもかも持ってしまっている。だから人人はお互いに与えあうということをしない。この国の人人は人間というよりは風物です。全員が一様で一人一人が見分けのつかぬところはまるで騾馬《らば》のようだし、一人一人の行く末の決まりきっているところは、まるで木のようです。すべての人間は、それぞれ異なって作られている。これが神の恵みです。そして欠乏はわれわれの生れながらの権利なのです。このことを否定したところにはいかなる愛の可能性もありません。いかなる明日もありません。明日がないということは、誰一人として「自分を変えてみせるぞ」と思う者もないということです。これが反キリスト教の世界です。アタウアルパ、私はあなたを真の神への信仰に導くまでは決して諦めない覚悟でおります。

アタウアルパ　真の神！　そんなものがどこにある！　影も形もありはしない。朕の父なる太陽ははっきりと実在する。父なる太陽があるからこそ汝の目は物を見る。そして、一旦、汝の目を父なる太陽自身に向ければ、汝の目はたちどころに盲いてしまう。父なる太陽は、その熱い炎で玉蜀黍を育て、われらを養い、炎が冷たい時には玉蜀黍は減り、われらは餓える。われらの暮しはすべて父なる太陽の炎に負うているのだ。二度と汝の神を語るな。汝の神など存在しない。

（ピサロ笑う。デ・ニザ、あわただしく退場）

V

ピサロ　神父たちの話を聞くという約束はどうした？
アタウアルパ　あいつらは阿呆だ。
ピサロ　いや、阿呆とはいえない。
アタウアルパ　お前はあの者たちを信じるのか？
ピサロ　無論だ。
アタウアルパ　朕の目を見ていえ。
ピサロ　あんたの目はいぶっている木のようだ。今にも燃え上がりそうだぞ。
アタウアルパ　お前はあの者たちを信じておらぬ。
ピサロ　あんたにそんなことをいわれる覚えはない。
アタウアルパ　お前はあの者たちを信じておらぬ。お前の顔の上には、あの者たちの神の姿は見えぬ。

（ピサロはあとずさり、アタウアルパは奇妙な声で歌い始める）

盗むでないぞ、ヒワ鳥よ
実った黍を、ヒワ鳥よ
罠をかけたぞ、ヒワ鳥よ
生け捕りにするぞ、ヒワ鳥よ

吊られた小鳥に、ヒワ鳥よ
たずねてみるんだ、ヒワ鳥よ
心臓はどこだと、ヒワ鳥よ
羽根はどこだと、ヒワ鳥よ

黍を盗めば、ヒワ鳥よ
裂かれてしまうぞ、ヒワ鳥よ
これがさだめだ、ヒワ鳥よ

盗人鳥の、ヒワ鳥よ
これは刈り入れの歌だ。お前にぴったりの歌だ。
ピサロ　私にぴったりの歌だと？
アタウアルパ　そうだ。
ピサロ　私が黍泥棒の鳥か？
アタウアルパ　そうだ。
ピサロ　あんたこそ泥棒ではないか。
アタウアルパ　今の言葉を説明せよ。
ピサロ　王冠を得るために兄を殺したであろうが。
アタウアルパ　あれは阿呆だ。体は一人前の男だったが、頭は子供の頭だった。
ピサロ　しかし血統正しいのは彼のほうだ。
アタウアルパ　朕こそが血統正しい神だ。朕の天なる父は叫んだ。立ち上がれ！　汝には大地の父、戦士ウアヤナが乗り移っている。汝の兄は家畜を追うのがふさわしい人間に過ぎぬが、汝は生れながらにしてわが民を治める器なのだ、と。そこで朕は彼を殺し、大地は微笑んだのだ。

ピサロ　遠い昔、俺も家畜を追っていたものだ。

アタウアルパ　それはお前にふさわしい仕事ではない。お前は戦士だ。顔を見ればわかる。

ピサロ　あんたは私の顔を随分いろいろに読んでくれるな。

アタウアルパ　お前の顔を見ると父のことを思い出す。

ピサロ　そりゃまた光栄なことだ。

アタウアルパ　正直に話せ。お前の国で、お前の兄が王だとする。しかしお前の兄は家畜の世話にしか向いていない。お前は彼の王冠を奪うか？

ピサロ　奪うだろう。できればの話だが。

アタウアルパ　そして兄を殺す。

ピサロ　いや、そんなことはしない。

アタウアルパ　しかしお前はどうしても王になりたい。ところがそのためには兄の友人たちが怖い。しかし兄が死んでしまえば、友人たちも力を失うだろう――どうだ？その時には兄を殺すのではないか？

ピサロ　あんたに別の問題を出そう。俺がある国へやってきて王をとりこにしたとする。しかし、王の部下が襲ってくるのが怖い。しかし王が死ねば部下たちも襲ってはこぬだろう――この場合、俺は一体王をどうすると思う？
アタウアルパ　そうか。
ピサロ　そうだ。
（アタウアルパ、感情を害してピサロから遠ざかる）
待ってくれ。これはただのゲームじゃないか。どうなんだ、あんたは自分の兄を憎んでいたのか？
アタウアルパ　いや。兄はその母に似てラマのように醜くかった。朕の母は美しかった。
ピサロ　俺は母を知らない。俺の母は父の妻ではなかった。彼女は俺を教会の扉の前に捨てた。誰かが見つけてくれるようにだ。俺が雌豚の乳で育てられたことは、今でも俺の村じゃ語り草になっている。
アタウアルパ　ではお前は――
ピサロ　私生児だというのか？　その通りだよ、陛下。あんたと全く同じさ。
アタウアルパ　そうか。
ピサロ　そうだ。

（間）

アタウアルパ　そのように生れることが、偉大なる者の証しなのだ。

ピサロ　（微笑んで）俺もそう思う。

（アタウアルパ、一方の耳飾りを外すと、ピサロの耳につける）

何だ、これは？

アタウアルパ　貴い者のしるしだ。最も重要な者たちだけがこれをつけることを許される。朕に最も近しい者たちだ。

若いマルティン　とてもお似合いです。将軍。ほら。

（ピサロに剣を渡す。ピサロ、自分の顔を剣に映してみる）

ピサロ　こんなに自分が立派に見えたのは初めてだ。ありがとう。

アタウアルパ　次は踊りだ。お前はアイルの踊りを覚えておかねばならぬ。

若いマルティン　貴族の踊りです。

アタウアルパ　特別な者にしか許されぬ踊りだ。朕がやってみせよう。

（ピサロ坐る。アタウアルパ、敵を殺す兵士の凶暴なマイムを踊る。踊りは非常に難しく、しなやかな体と強力なスタミナを必要とする。踊りは始まりと同様、唐突に終る）

アタウアルパ　今度はお前が踊れ。

ピサロ　いや、俺には無理だよ。

アタウアルパ　（命令的に）踊るのだ！

（アタウアルパ、腰をおろして、ピサロを注視する。ピサロ、やむをえず立ち上がって、王の踊りを無器用に真似る。ピサロの踊りのあまりの無様さに、若いマルティンは思わず吹き出す。将軍、初めからやり直すが、滑ったり、転んだり、止まらずに突進してしまったりした揚句、結局自分でも笑い出し

てしまって、遂に諦める）

ピサロ　（アタウアルパに）いや、これは大笑いだ！（突然、気づく）この俺が、笑った！こいつ、俺を笑わしやがった！

（アタウアルパ、通訳に耳を傾ける。説明を聞いて重重しくうなずく。ピサロ、ふとアタウアルパに手を差しのべてみる。アタウアルパ、その手をとって立ち上がる。二人揃って静かに退場）

Ⅵ

（老マルティン登場）

老マルティン　金の山はゆっくりと高さを増して行った。スペイン人たちは、いらいらと待ちながらも、同時に舌なめずりしていた。まるで潮が満ちてくるように、われわれの中に飽くなき欲望がむらむらと湧き起ってきたのである。

（鈴の音とハミングが聞える）

第二の黄金行列

そして太陽の凌辱

（黄金の荷を担ったインディオたちが一列になって登場。前回と同様、黄金の搬入はスペインの兵士たちによって監視されているが、彼らは前回ほど規律正しくない。二人の兵士はインディオの一人に襲いかかり、頭飾りをむしりとる。別の一人は剣の先でインディオの首飾りをかっぱらっている。舞台奥の部屋には、前回同様黄金が積み上げられてゆく。ディエゴ、ファン・シャベス、ペドロ・シャベスの三人が監督に当っている。やがて彼らは太陽そのものを調べ始める。部屋から身を乗り出して、矛槍で花びらの部分を突いたりするうち、突然ディエゴが勝ちほこった叫び声をあげ、後光の隙間に矛槍を差しこんで、埋めこまれた黄金の象眼を引き抜く。太陽は傷ついた大きな動物のような低い呻り声をあげる。卑しい喚声をあげて舞台前方の兵士たちも太陽に群がり、ばらばらになるまで引きちぎる。彼らは、黄金の象眼をてんでにむしりとっては地面に投げ落とす。太陽の世にも恐ろしい呻き声が空気を震わせる。瞬く間に太陽は一番外側の黄金の枠だけに剝かれてしまう。壊れた、暗い太陽。

デ・ソト登場）

ディエゴ　隊長、よくお帰りになられました。
デ・ソト　ディエゴ、またお前に会えたか。嬉しいぞ。
ディエゴ　あちらはどうでありましたか？　叛乱の兆しは？
デ・ソト　死んだように静かだ。無気味なものだ。何百マイルにも亙って、人間がただじっと立っている。連中の神が帰ってくるのを待っているんだ。
ディエゴ　神が帰ったら連中はまたもとの戦士に戻って、われわれは墓場行きであります。
デ・ソト　将軍はどうしておられる？
ディエゴ　別人のようであります。将軍があれほど寛いでおられるのを見たことがありません。将軍は一日何時間も王と過ごしておられます。あれでは、いざ実行という時、ひどく辛い思いをされるのではないでしょうか。
デ・ソト　何を実行する時だ？
ディエゴ　王を殺す時であります。
デ・ソト　王を殺すことはできぬ。全軍の前で約束を交してしまった以上はな。
ディエゴ　といって放してやるわけにもいかないでしょう。だから、結局——まあいいや、何とかするだろう。なんせ、あの将軍ときた日にゃ、悪魔の父親のそのまた父親くらいに悪知恵が働くんだから——あ、失礼なことを申し上げたであります。

デ・ソト　いいんだ。お前のいうことは当っているよ。

ディエゴ　都の様子はいかがでありましたか？　お話をうかがいたくあります。

（右の会話中、インディオたちの一列が、体を二つに折り曲げ、太陽から引きむしられた黄金の花びらを運んでゆく。デ・ソトが首都クスコの話をし始めると、彼らの列はゆっくりと舞台の周囲を巡った上で、黄金の厚板の重みによろめきながら退場してゆく。デ・ソトの話が庭園のことに及んだ時、彼の話に出てくる素晴らしい品品が、インディオたちによって舞台奥の部屋へ擔ぎこまれるのが望まれる。それらの品品は次次に運びこまれ、遂に部屋が一杯に満たされるまで積み上げられてゆく。太陽の部屋は遂に黄金で満ち、凝って一つの巨大な金塊となる）

デ・ソト　都は完全な円形をなしている。彼らは都を地球の臍と呼んでいるが、なるほど確かにそんな形だ。中央には巨大な神殿があって、これが信仰の中心だ。その壁は黄金で張られており、目も眩むばかり。中に入ると黄金のテーブルの上に、黄金の大皿の数数が、太陽神の食事に備えて並べられている。外へ出れば庭園だ。何エーカーという地面が黄金で舗装され、その黄金の土地には一面、黄金の玉蜀黍が実り、金無垢の林檎の木が立ち並び、枝には黄金の鳥がとまっている。鵞鳥も鴨もみな純金だ。空中には銀の線が張られて、その上に黄金の蝶がとまっている。その上——ちょっと想像してみろ——金の野の彼方には、実物大の黄金のラマが二十頭、子供のラマと共に草を食んでいるのだ。クスコの太陽の庭園。世界の驚異——おい、あれを見ろ。

ディエゴ　（舞台奥へ駆けつけ）大変だ、部屋が一杯になってるぞ！

ドミンゴ　何を馬鹿な——

サリナス　本当だ、見ろ！

ファン　お前のいう通りだ、部屋が一杯だ！

ディエゴ　すぐに分配だ！

（歓呼の声）

ペドロ　おおい、ファンよ、お前この金を何に使うつもりだ？
ファン　農場を買うだよ。
ペドロ　俺も農場だ。二度と人のためになんぞ働くもんじゃねえぞ。
ドミンゴ　こんだけありゃ、分け前で王様の宮殿だって買えらあ。農場なんてしみったれたこというんじゃねえ。ディエゴ、お前はどうするつもりだ？
ディエゴ　俺は牧場さ。馬を飼うんだ。アラブ馬のための厩舎も作る。そしてアラブには俺だけが乗るんだ！　サリナスは何を買うんだ？
サリナス　俺か？　俺は女郎屋だ！（一同笑う）トルヒリョの町のまん真中でな。営業は夜の六時から朝の六時まで。鞍みたいにけつの盛り上がった、仔馬みてえにぴちぴちした女どもをアンダルシアから連れてくるんだ！
（ヴァスカ登場。巨大な黄金の太陽を、輪回しの輪のように転がしてくる）
ヴァスカ　おい、お前たち、これを見ろよ！　太陽だ！——可哀そうによ、もう誰にも拝んでもらえねえ、お前は今じゃ俺の財産だからな！
ドミンゴ　まだ誰の財産でもねえ。分配が済むまではな。

ヴァスカ　いや、こいつは特別だ。俺は命がけでこれをとってきたんだからな。百フィートも高いところからよ！

ファン　嘘こきやがれ！

ヴァスカ　本当だってば。神殿の屋根からおっぺがしてきたんだ。

ペドロ　さあ、つべこべいわねえで、他のと一緒に積んどきな。

ヴァスカ　おらいやだ。見つけたもんが取るんだ。それが掟ってもんだ。

ファン　何の掟だよ。誰が決めたんだ、そんな掟？

ヴァスカ　俺が決めた。お前ら、分配が始まったあとで、金が俺たちに残るとでも思ってるのか？　俺たちにゃ何も残りゃしねえ。一度あそこへ積んでみな。二度と拝めやしねえんだから。

ペドロ　（兄のファンに）確かにそうだ。

ファン　お前、そう思うか？

ヴァスカ　当り前だろうが。まず将軍たちがとる。次が神父たちだ。俺たちの分け前なんぞ残るわけがねえんだよ。

（間）

サリナス　だったら、今、分け前をいただいちまおうじゃねえか！
ドミンゴ　そうだそうだ。俺たちゃ、みんなその権利があるんだからな。
ヴァスカ　おお、そうだともよ。
ファン　よし、じゃあ俺も賛成だ。
ペドロ　そうこなくっちゃ！
サリナス　よし、行こうぜ！

（一同、太陽の部屋へ突進する）

デ・ソト　お前たち！　一体どこへ行くつもりだ——将軍の命令を忘れたのか。分配まで は黄金に手を触れてはならぬ。違反した者は死刑だ——どうなんだ？——さあ、ここを離れろ。俺は将軍と会ってくる。

（一同、行くことを渋る）

（静かに）自分の持ち場に戻れ。

（一同、いやいや散ってゆく）

しっかりと見張れ。全神経を研ぎすますんだ。危険はまだ終ったわけではないぞ。

ディエゴ　隊長、危険は、今始まったばかりであります。

（退場、デ・ソトは舞台に残る）

Ⅶ

（ピサロとアタウアルパ、猛烈に切り結びながら登場。若いマルティンも入ってくる。インカ王は素晴らしい剣の使い手で、潑剌と老人を攻めたて、遂に彼の手から剣を叩き落としてしまう）

ピサロ　もうお前に教えるのはやめるぞ！　俺はくたくただ。

アタウアルパ　朕はよく戦ったであろう。「イカガデ——ゴザイマスカ？」（たどたどしさから、今のはスペイン語なのだとわかる）

ピサロ　いかがでございますか？——まるでスペインの下級貴族だな。

若いマルティン　大した御腕前でございます、陛下。

ピサロ　あんたには恐れ入った。

アタウアルパ　チカを持て。

若いマルティン　玉蜀黍の酒です、将軍。
ピサロ　デ・ソト！　副官も一緒に飲もう。
デ・ソト　喜んで、将軍。部屋が一杯になりました。
ピサロ　（さらりと）ああ、知っている。
デ・ソト　私に忠告させていただけるなら、すぐ分配を始められたほうがいいと思います。兵たちの規律も限界にきております。
ピサロ　お前のいう通りだ。
デ・ソト　一刻の猶予もなりません。
ピサロ　全く同感だ、さて、では副官、そろそろお前を驚かせてやるかな。アタウアルパ。あんたはスペイン人がいかに戦うか、今体験したところだ。今度はスペイン人がいかに名誉を重んずるかを学ばねばならぬ。（口述する）「我が軍の全将兵に告ぐ。インカ王アタウアルパは、本日、身の代金を払い終り、ピサロ将軍に対する責務を全うした。よって王の身柄は拘束を解かれ、王は自由の身となるものとする」以上だ。
デ・ソト　（王に向かって盃をあげる）陛下の自由に対して！

（アタウアルパひざまずく。彼は声を出さずに、太陽への感謝の言葉を口ずさむ）

アタウアルパ　アタウアルパは感謝する。デ・ソト卿に。そしてピサロ将軍に。そしてすべての名誉ある諸侯に。朕の喜びに触れるがよい。

（両手をさしのべる。ピサロ、デ・ソト、手をとって彼を立たせる）

デ・ソト　このあとは、どうなります？

ピサロ　彼を解放するさ。もちろん、その前に彼は誓いを立てねばならぬ。われわれに一切危害を加えないという誓いをな。

デ・ソト　王がそんなことを誓うとお思いですか？

ピサロ　俺にならう誓うだろう。

アタウアルパ　（少年に）それは何だ？

若いマルティン　書いております、陛下。

アタウアルパ　書くとは何だ、説明せよ。

若いマルティン　これは記号なのです。これが「アタウアルパ」これは「身の代金」です。
アタウアルパ　お前がこの記号を書くと、それを見た者は「身の代金」だとわかるというのか？
若いマルティン　はい、そうです。
アタウアルパ　まさか。
若いマルティン　いえ、本当です、陛下。もう一度書いてみましょうか？
アタウアルパ　この、朕の爪の上に書け。何と書いたかはいうな。
（若いマルティン、彼の爪の上に書く）
若いマルティン　これをデ・ソト卿にお見せください。
（アタウアルパ、デ・ソトに爪を見せる。デ・ソト、読んで、答えをアタウアルパの耳に囁く）

アタウアルパ　（少年に）何と書いた？
若いマルティン　神、と書きました。
アタウアルパ　（驚いて）神！――（彼は魅入られたように自分の爪を見つめるが、突然はじけるように笑い出す。まるで子供のように嬉しそうだ）もう一度やってみせろ！　今度は別の記号だ！

（少年、別の爪に書く）

ピサロ　サリナスにいってインディオを五百名ほど集めさせろ。金を全部鎔かすんだ。
デ・ソト　全部ですか？
ピサロ　あのままじゃ運ぶこともできん。
デ・ソト　しかしあの中には大変な美術品もあります。私は今までの軍人としての経歴の中でも、これほど見事な逸品を見るのは初めてです。イタリーの最高の工芸品もこれには及びますまい。
ピサロ　お前は優しい男だ。
アタウアルパ　（爪をピサロに見せて）何と書いてある？

ピサロ　(もちろん読めない) ウム?
アタウアルパ　これだ。
ピサロ　ああそれか、愚劣なゲームさ。
若いマルティン　陛下、将軍はこの技術を学ばれなかったんです。(ちょっと恥じらってから) 兵士には必要ないもんですから。
アタウアルパ　(若いマルティンを見つめて) 王には必要だ! この記号には大きな力がある。お前がこの部屋の王だ。お前は朕ら二人を教えよ。われわれは二人で学ぼう——兄弟のように!
ピサロ　ここで俺と一緒に暮すつもりか?　これを習うために。
アタウアルパ　いやそうではない。明日になったら、朕は行く。
ピサロ　それからどうする?　そのあとはどうするつもりだ?
アタウアルパ　朕はお前を傷つけはしない。
ピサロ　俺以外の者はどうなんだ?　危害は加えないだろうな?
アタウアルパ　そういう約束をするつもりはない。
ピサロ　約束してもらわなければ困るのだ。
アタウアルパ　お前は今までそんなことは一と言もいわなかった。

ピサロ　だから今いうのだ。アタウアルパ、あんたは誓わねばならん。解放されたら、俺の部下に一切危害を加えないことをな。

アタウアルパ　そういう誓いは立てない。

ピサロ　頼む、誓え、俺のためだ。

アタウアルパ　お前の部下たちは、あの広場で朕の民三千を殺した。武器を持たぬ人間を三千だ。朕は彼らの仇を討たねばならぬ。

ピサロ　慈悲をもって許すという道もあるではないか、アタウアルパ。

アタウアルパ　それは朕の道ではない。またお前の道でもない。

ピサロ　じゃあどんな道があるというんだ。あるなら教えてくれ。

アタウアルパ　まず朕を解放しろ、それが約束だ。

ピサロ　それはできない。

アタウアルパ　できない？

ピサロ　いや、今すぐ釈放するわけにはいかん、ということだ。あんたもわかるだろう。あんたらは多勢でわしらはごく少数だ。

アタウアルパ　そんなことは問題の本質ではない。

ピサロ　俺には大問題でな。

（アタウアルパ、怒り心頭に発して、歯の間からしゅうという音を吐き出し、大またに部屋を横切ってピサロの前に立つ。後は自分の口とピサロの口の間で、手を激しく往復させていう）

アタウアルパ　（荒荒しく）お前が自分の口で約束したことだ！

ピサロ　だから約束は守るといっている！　ただ、今すぐは無理だといっているだけだ。少なくとも今日は無理だ。

アタウアルパ　じゃあいつだ？

ピサロ　すぐだ。

アタウアルパ　どのくらいすぐだ？

ピサロ　だからすぐだったら。

アタウアルパ　（がっくりと膝を折り、地面を叩きながら）はっきりしろ、いつなんだ？

ピサロ　あんたがわれわれを攻撃しないと約束すればすぐだ。

アタウアルパ　（狂暴な怒りに身をまかせ）お前たちを皆殺しにしてやる！　お前たち

の体で大鼓を作って、祭りの時に叩いてやる！
ピサロ　（挑発されて）小僧――さっきどこまで書いた？
若いマルティン　ピサロ　「王は自由の身となるものとする」
ピサロ　そのあとへ続けろ。「ただし、王国の安寧のため、王は当面、軍の客としてとどまる」
デ・ソト　それはどういうことです？
アタウアルパ　彼は何といったんだ？
ピサロ　訳すな。
デ・ソト　やっぱり心配した通りになってしまった。私の忠告は全然きいていただけなかったわけですね。
ピサロ　いい気味だと思っているんだろう。笑いたきゃ笑え！
デ・ソト　笑いたくなどありません。
アタウアルパ　何といっている？
ピサロ　何もいってはおらん。
アタウアルパ　おびえた顔をしているのはなぜだ？
ピサロ　うるさい！――（デ・ソトに）金を全部延べ棒にしろ。一つ残らず鎔かしてしまえ。お前自身が監督に当れ！

（デ・ソト、物もいわずに出て行く。老マルティンが背景に現れる。ピサロは震えている）

（若いマルティンに）なにを睨んでいる！　出て行け！

若いマルティン　王はあなたを信じています、将軍。

ピサロ　信じる？　何だ、それは。ただの言葉だ。名誉——栄光——信頼。すべてお前の信仰する言葉の神神だ！

若いマルティン　見ればわかるじゃありませんか、将軍。王はあなたを信じているんです。

ピサロ　出て行けといったはずだ。

若いマルティン　（必死の面持ちで）あの人を裏切るなんて、絶対にいけません。それだけはやめてください。

ピサロ　何だその態度は、無作法な！

若いマルティン　無作法でもかまいません。あの人を裏切るなんて、絶対に許されないことです。

（口をつぐむ）

ピサロ　（冷たく）お前が読んでいた騎士道の本は、主人に対する小姓の義務を教えなかったようだな。お前が初めての勤めを満足に勤めおおせなかったのは残念なことだ。もう次はないぞ。

（少年、出て行こうとする）

礼をして出て行ってもらえんかな？

（少年礼をする）

以前は、するなといっても礼ばかりしておった癖に。

(若いマルティン退場。ピサロは身を震わせながら、去り行く少年を見つめる)

老マルティン わしは夜の中に歩み出た――アンデスの高原の冷たい夜の中に。空には星星が、まるで水晶の林檎のように、たわわにぶらさがっていた。――わしはそれを眺めながら、一人前の男として初めての涙を流した。最初で、そして最後の涙だった。最初で最後の献身でもあった。わしが誰かを崇拝することは二度となかったのである。(退場)

(ピサロ、苦痛の呻き声とともに地面にくずれおれ、痛みに身を悶える。アタウアルパは驚きと軽蔑のまなざしで、彼の拘禁者を眺めるが、老人の苦悶が長く続くうち、次第に軽蔑の色は消えて、優しい表情に変ってゆく。彼はいぶかしげにひざまずき、どうしてよいかわからぬまま、手を傷口のほうに差しのべ、続いてピサロの頭をかすかな優しさを見せて抱く。まわりのライトは全部消えて、二人だけが照らし出される)

ピサロ　放っておくしかない。この痛みをとめたり静めたりする方法はないんだ。死神がもうこの体の中に入ってしまっている。俺の体はもう腐った納屋のように、半分壊れかかっているのだ。あんたにはわからん。あんたの体の中には青春の血が、溢れる泉のようにたぎっている。あんたの肌は歌っている。俺は決して齢をとらぬとな。だが、あんたも齢をとるのだ。時は、あんたを蝕ばむ。俺を蝕ばんだと同じようにな。その黄金の肉体も、やがては冷たい骸となって黝んでしまう。その、濡れて輝いている両眼も、いずれは干涸びて固くなってしまう。あんたの体はミイラにされる――それがあんたの国の習慣だろう？――そしてあんたのミイラはヴィキューナの衣に包まれ、この国を端から端まで練り歩いた上でクスコの都へ運ばれる。あんたの体は二つに折られて暗闇の中の椅子にかけさせられるのだ――アタウアルパ、俺はもうすぐ死ぬ！　あの暗闇のことを考えるとなにもかもが色褪せてしまう。どんな人生の喜びもたちまち腐ってしまう。この何年も、ずっとそうだった。齢をとってからの時間というものは、若い頃よりうんと永く、また辛いものだ。俺はその永く辛い時間を生きながら、めぐりゆく時の流れを憎しみをもって見つめてきた。木が芽をふき、木の葉が散る。年がめぐる。ほれ、仔豚が生れる時だ、ほれ、仔牛が生れる時だ、ほれ、赤ん坊が、血と羊水にまみれて生れる時だ。女たちは赤ん坊に夢中だ。あらゆる誕生が女どもを愛で満たす。女たちは愛の拍手をする。しかし俺は心の中で肩をすくめる。なにもかもただの繰り返しだ。空には鳥が飛び、獲物を引き裂き、子を育てる。その子がまた空を飛び、獲物を引き裂き、子を育てる。どこまでいってもきりがない――何のためだ？　若僧のあんたにはわかるまい。坊主どもは、われわれ人間は原罪という檻に閉じこめられているのだという。俺にいわせれば、時こそが原罪なのだ。時の流れの中に投げこんでしまえば、どんなことだってとるに足りなくなってしまう。苦痛――幸福――そして神ですら時の前にはとるに足りぬ。時という檻の中から俺たちは叫ぶ。「看守はどこだ。看守がいるはずだぞ。最後の最後の最後のそのまた最後の瞬間に、俺たちはここから出してもらえるんだろう？　出してくれるな？　必ず出してくれるな？」――しかし俺たちの叫びは空しい。どんなに叫んだって、誰も俺たちをこの檻から出してくれるものはいやしないのさ。（間）アタウアルパ、俺はお前を殺す。約束なんぞどうだっていい。約束を守ろうが破ろうが、何の意味もありはしない。そんなことに何の意味もありはせん。俺より先にお前が眠りにつく。ただそれだけのことだ。そう思わんか？　お前、自分の目を見てみろ。まるで太陽からやってきた石炭のようだなあ。頭蓋骨の中にはめこまれて、いつまでも輝き続ける。まるで俺の夢のようだ――いつかの歌を歌ってくれんか。（歌う）ヒワ鳥よ――

（アタウアルパ、何節かを口ずさむ）

空しいなあ――なんと空しい――（突然の苦痛に、ほとんど憎しみをこめて）おい。俺は一体、お前をどうすればいいんだ？

Ⅷ

（舞台奥中央に、赤いライトがつく。老マルティンが太陽の部屋に登場。激しい音楽、破壊音、照明暗くなり、今度は舞台の上の兵士たちが照らし出される）

老マルティン　九つの爐が三週間燃え続け、一日四百四十ポンドに及ぶ世紀の逸品が次次に鎔かされて太い延べ棒に変えられていった。歴史上の最大の略奪であった。ジェノヴァやミラノの略奪、いやローマの略奪さえも凌駕する略奪であった。早速分配が始められた。（退場）

ディエゴ　フランシスコ・ピサロ将軍、五万七千二百二十黄金ペソ。ヘルナンド・デ・ソト副官、一万七千七百四十黄金ペソ。聖なる教会、二千二百二十黄金ペソ。

（エステテとデ・カンディア登場）

エステテ　そしてすべての五分の一を、いうまでもなく国王陛下に！
ピサロ　監督官、うまいところへあらわれるものだな。
エステテ　そのようだ！　おお副官殿。
デ・ソト　監督官殿。
ピサロ　デ・カンディア、ご苦労だった。
デ・カンディア　只今帰りました。（ピサロのイヤリングを指して）ほう、こちらじゃ暮しも随分優雅になっているようですな。男が宮廷の伊達男のように耳飾りをつけている。
ピサロ　最初に耳飾りをつけたのはお前のほうだ。俺はただ流行に従っているだけさ。
デ・カンディア　光栄です。
ピサロ　援軍の情報は？
デ・カンディア　なにもありません。
エステテ　海岸まで迎えを出したが無駄だった。
ピサロ　では、われわれは切り捨てられたわけか。駐屯地はどんな様子だ？

デ・カンディア　スペインの正義がすべてを支配しています。連中はあらゆる理由をつけて片っぱしからインディオを吊し首にしている。将軍の友だちのインカ王はどうしておられます？　いつ吊しましょうか？

（間。ピサロは耳からイヤリングをむしりとって、床に叩きつける）

ピサロ　分配を済ませろ。

（荒荒しく去る。一同見送る）

デ・ソト　続けるんだ、ディエゴ。残りを発表しろ。——さあ、何をしている！

ディエゴ　残りの人員、すなわち騎兵、歩兵、書記、鍛冶屋、桶屋、その他の者で、九十七万、一千黄金ペソを分配する！

（歓声。ロダス登場）

サリナス おっ、どうだい、仕立屋さんの御入来だ。大将、景気はどうだい？
ロダス 腹が減った。俺の分け前はいくらだ？
サリナス けつの穴に一発。それがお前の分け前さ。
ロダス ハ、ハ、今日は冗談の日かよ。俺だって分け前をとる権利はあるんだ。
ドミンゴ 何に対する分け前だよ？
ロダス 俺はあとに残ってよ、お前らのうしろを守ってやったんだ。分け前を貰って当り前じゃねえか！
デ・ソト ロダス、お前には分け前にあずかる権利はない。お前は俺たちと一緒に死にたくないといってついてこなかった。だからお前には分け前はない。これが臆病者にふさわしい報いだ。

（全員賛同。男たちは舞台奥に陣どって骰子《さいころ》賭博を始める）

（エステテに）私は将軍の様子を見てくる。将軍が、いつまでもあのように苦しんでいるとは気の毒なことだ。戦さに勝ったんだから、もう少し気分も落ち着いているかと思ったが。

デ・カンディア 新しい富のせいだろう。突然、しかもこれほど途方もない分量だ。将軍にとってもさぞ重荷であるに違いない。

デ・ソト 将軍にとっての重荷は、兵たちの身に対する気遣いであり、われわれのおかれている現在の状況に対する懸念だ。われわれは将軍の心労を軽くするため、できる限りの努力をするべきだと思う。(退場)

デ・カンディア 全くだ。たった一回喉をかき切るだけで、みんながほっとするんだが。

エステテ そなたがかき切ってくれれば、国王陛下もさぞやお喜びになるだろうに――

デ・カンディア 私が? ああ、私はスペイン人でないからインカ王との約束を守る必要がないということか。

エステテ そう。そなたはスペイン王の臣民ではない。従ってスペイン王はそなたのしたことに対して責任を負う必要がない。そなたのしたことに関してはヴェニス王が責任をとるべきだが、ヴェニスには王はないから、ますます好都合というものだ。

デ・カンディア なるほど。人格高潔なる監督官殿も腹の中は真っ黒というわけだ。よしわかった。さあ将軍のところへ行って、あの土人野郎を殺すようにいうんだ。そしてこう付け加えてほしい。スペインがこれ以上待たせるなら、ヴェニスが自ら手を下す、とな。

（エステテ、デ・カンディア、退場。老マルティン登場）

IX

（緊張のシーン。そして、盛り上がる暴力のシーン。兵士たちは誰が誰だか分からぬほど汚れているが、財宝の中からくすねた装飾品やイヤリング、あるいは頭飾りなどを身につけ骰子で賭博をしている。舞台奥では一列に並んだインディオたちが、無言で兵士たちを眺めている。インディオたちは鳥の鳴き声をたてる楽器を持っている。太鼓が鳴り始める。ピサロ、よろめきながら登場。彼は続くシーンの間、片足をひきずりながら、舞台を横切って右へ左へ、檻の中の動物のように歩きまわる。今のピサロにとって、自分の心の痛み以外は一切眼中にない）

老マルティン 兵士たちのモラルは果てしなく頽廃していった。来る日も来る日も、われわれは一人で悩み続ける将軍を眺めて過し、そして、インディオたちは、そんなわしたちを見守り続けた。今にも捕われの王が合図を出して「さあ、立ち上がれ、スペイン人たちを殺すのだ」と命じるのを待っていたのである。

ドミンゴ　よし、骰を振れ！

ペドロ　四が二つだ。

（ファンが骰を振って勝つ）

ファン　（ペドロの延べ棒をつかむ）さあ、これはいただきだ！

ペドロ　何するんだ、ファン！

ファン　よこせってば！（ひったくる）

ドミンゴ　山の中に奴らの軍隊が集合しているっていうじゃねえか。五千人からの数だっていうぜ。

ヴァスカ　ああ、俺も聞いた。

ドミンゴ　ブラスがいうにゃよ、奴らの中には人食い人種もいるらしいぜ。

（鳥の鳴き声）

サリナス　出鱈目だよ。そんな馬鹿な話、ありっこねえ。そんな話には耳をかさねえこった。

ロダス　お前が奴らに串焼きにされるところを見てえもんだ。

ヴァスカ　（骰子を振って）ホラ、出ろ、出ろ、出ろ！

ロダス　おい、俺も入れてくれよ。

ヴァスカ　失せやがれ。博奕打ちたきゃ金を持ってきな。

ロダス　畜生、覚えてやがれ！

ドミンゴ　そのインカの軍隊を率いているのがよ、インカ一の将軍だってよ。今、土人の間じゃその将軍の噂で持ちきりだ。

ヴァスカ　何てったっけ、名前は――ルミ――ルミ――

ドミンゴ　そうそう、ルミナギ、だったかな、なんかそんな名前だ。

（舞台奥のインディオたち、低い声で、おびやかすように歌う。「ルーミン――アーグイ！」兵士たち脅えてインディオたちを見る。鳥の鳴き声）

サリナス　いいから早くやろうぜ。
ヴァスカ　何を賭ける？　太陽か？
サリナス　太陽だ！
ヴァスカ　出ろよ、出ろよ、出ろよ、出ろよ！（骰子を振る）キングと十だ。ざまあみろ！
サリナス　聖母マリア様、わが魂を救い、わが骰子に祝福を与えたまえ！（骰子を振る）キングが二枚だ！　やったぞ！　悪く思うな、お前の太陽はいただきだ。
ヴァスカ　勝手に持ってきな。お前が持ち上げられるかどうか見ててやらあ。
（サリナスは身を屈めて、巨大な黄金の輪を持ち上げようとする。ヴァスカ笑う。鳥が狂ったように鳴く）
ロダス　ああ、持ち上げることもできねえほどの金だ。それなのに俺は賭けさせてもらえねえ。
サリナス　これで我慢しといてやらあ。

(サリナス、延べ棒を三本つかんで立ち去ろうとする。ロダス、彼をつまずかせ、サリナス倒れる)

この野郎、ぶっ殺してやる!

(サリナス、ロダスにとびかかり、延べ棒で殴りつける。仕立屋大声で叫び、別の延べ棒を取って殴り返すうち、全員入り乱れての大乱闘になる。兵士たちが叫び、鳥たちが狂ったように鳴きわめく中を、将軍はあたりのことは一切眼中になく、ひたすら左右に往復運動することをやめぬ。遂にサリナスがロダスの首をしめ、息の根をとめようとしているところへ、デ・ソトがエステテと二人の神父を従えて駆けこんでくる。神父たちは怪我人の介抱にあたる)

デ・ソト　やめろ!　ちょっとでも刺戟してみろ。奴ら一遍に襲いかかってくるぞ!

(沈黙。舞台奥のインディオたち全員立ち上がる。兵士たち、不安の面持ち

で彼らを見つめる)

おい、お前! お前は見張りに立て! お前! お前も一緒に行け! お前は東の門だ! 残りは全員宿舎へ入れ。急げ!

(兵士たち退場。エステテと神父たちは残る)

X

デ・ソト　（ピサロに）奴らが襲ってくる兆があります。今のうちに反乱の火を消しとめておかないと、手のつけられぬことになります。
ピサロ　俺にどうしろというんだ？
デ・ソト　一か八かの賭けになりますが、他に道はありません。王を釈放なさい。
ピサロ　王を釈放したらどうなる？　俺たちの小っぽけな部隊は五分で消滅だ。俺たちの物語りは永久に忘れられてしまう。そして、いつか誰かがやってきて、このペルーを征服する。俺の名前など残りもしないだろう。
デ・ソト　では将軍が王を殺した場合、一体どんな名が残るというのです？
ピサロ　少なくとも征服者という名は残るだろう。
デ・ソト　自分で誓いを立てておきながら、自らその誓いを破り、囚われの王を虐殺した男——これが歌の中にあなたが残す名です。

ピサロ　かまわん。俺は生きてその歌を聞くことはない。どうせ死ぬんだ。俺が何をしようとかまうもんか。どうせ同じことじゃないか。

デ・ソト　本気でおっしゃっているのならそれもいいでしょう。しかし私には本気とは思えません。

ピサロ　俺にはお前がわからん。王を釈放したらわれわれは全滅するぞ。副官の身でありながら、なぜ自らの隊の全滅を進言するのだ？

デ・ソト　インカ王の死を進言することはできぬからです。

ピサロ　お前は以前俺の小姓に、こちらが連中を殺さなければ、この地に生れたばかりのキリスト教は死ぬことになると話した。今、お前はキリスト教の死を進言しているのだ。

デ・ソト　そんなことはいっておりません。

ピサロ　いっているのと同じではないか。

デ・ソト　いえ、同じではありません。キリストは愛です。そして愛は——

ピサロ　おいおい、何だと？

デ・ソト　王は今、愛を知りました。王は将軍を信じています。王を信じてあげてください。それだけがあなたのとるべき道です。

ピサロ　何だそれは？　寝呆けたことをぬかすな。頭までふやけてしまったのか。「信じてあげてください」だと？　ここの掟を忘れたのか？　殺すか殺されるかだ。お前自身がそういったじゃないか、慈悲をかけるのはあとでよい、と。

デ・ソト　今のあなたには当てはまりません。あなたは黄金と引き換えに王の釈放を約束しました。私はあなたがその約束を交さぬよう神に祈りました。しかしあなたは約束を交された。今となっては約束を守る以外道はありません。

ピサロ　約束は守らん。ペルーの支配者は俺だ。ここでは俺は絶対なのだ。約束を守ろうが守るまいが俺の自由だ。俺はどちらの道でも選ぶことができる。

デ・ソト　約束をする前ならどちらの道でも選べたでしょう。しかしあなたは王を釈放するという道を選んでしまったのです。

ピサロ　では選び直せばよい。

デ・ソト　選ぶということはそういうことじゃないでしょう。私は言葉をもてあそんでいるわけではありません。王を釈放するという道を選んだ以上、そのことに責任を持つ、それが選ぶということじゃありませんか。

ピサロ　俺は選び直すという道を選ぶのさ。

デ・ソト　違います。あなたが王を釈放しないのは恐怖からです。恐怖があなたを支配しているのです。あなたは選んでいるのではない、支配されているのだ。

エステテ　国王陛下を代理して一と言いわせていただきたいのだが――

ピサロ　わかっている。王を殺せというのだろう。

エステテ　その通り。他に道はない。

ヴァルヴェルデ　兵士たちは恐怖におののいている。あんたは兵士たちのことが心配ではないのかね？

ピサロ　さて、どうかな。副官は心配しておらぬようだが。

デ・ソト　私は兵のことを心配しております。しかし、本当に心配なのは将軍のことです。自分でもなぜかはわかりませんが。（退場）

エステテ　問題は簡単明瞭だ。将軍は国王代理であり、国王の名においてこの地を治めるものにすぎない。従って、理由のいかんにかかわらず、国王の領土を危険にさらすことは許されぬのだ。

ピサロ　国王が一体俺になにをしてくれたというんだ？　俺が金《きん》を見つけてくる。すると奴はその金の中から俺の給料を払う。統治すべき土地を見つけてやる、すると奴は俺を統治者に任命する。結構な話だよ！　俺は今回の探検に備えて何年もの間苦労を重ねてきた。食うものも食わず、傷だらけになりながら、俺が血のにじむ努力をしている間、お前の聖なるローマの禿鷹は一体何をしていたか？　奴の嘴を向うにむけて坐っているだけだ。そして俺が奴の意地汚い欲望を満たすに足りるだけの黄金を拡げて見せた時、初めて俺のほうを振り返るのだ。もし俺がこの探検に失敗したとしても、奴はその高貴な羽を、たった一とゆすりするだけで、俺のことを切り捨ててしまうだろう。結構じゃないか。今度はこっちが奴を切り捨ててやる！　フランシスコ・ピサロがカルロス五世を切り捨てるのだ。帰って奴にそう伝えろ。

エステテ　愚劣だ。

ピサロ　確かに愚劣だ。しかし、俺が王を切り捨てるのが愚劣だというなら、もう少し愚劣でない議論を吹っかけることだ。

エステテ　つむじ曲がりめが。お前にとってアタウアルパとは何者なのだ？

ピサロ　俺が命を保証した男だ。

エステテ　俺が命を保証した男？　何と古風な。まるでお前の大嫌いな騎士のようない草ではないか。もしお前が絶対の王になりたいなら、まず第一に学ばねばならぬことは、自分の意志で行動するということだ。王との約束など、平気で踏みにじれるようでなければならぬ。それができるまではお前はただ、成り上がろうとしている豚飼いにすぎぬ。

（ピサロ怒りをこめて振り返る）

ヴァルヴェルデ まあ聞きなさい。異教徒と交した約束にキリスト教徒が縛られることはない。そなたはこのことだけを考えるのだ。百七十名の敬虔なるキリスト教徒の命が、たった一人の土人のために危険に曝されている。そなたは一人の土人のために百七十人のキリスト教徒を犠牲にするのか？

ピサロ 命は目方で計るわけにはいかぬ。十の命が必ずしも一つの命より重いとは限らない。

ヴァルヴェルデ 十の良い命が悪い命一つにまさることは確かだ。そして、この男の命は悪い命だ。ここの民はあの男の手に口づけして、命の力を授かろうとする。

ピサロ キリスト教徒が神父に対してするのと全く同じにな。あんたはこれまで人人に対して神の役を演じてきた。あんたがインカ王を憎むのは、彼のほうがあんたより上手に神を演じるからに過ぎない。

ヴァルヴェルデ 何だと？

ピサロ 教会など糞でも食らえ！　地上のあらゆる教会、歴史上のあらゆる教会、全部糞食らえだ。俺はお前を憎む。お前の言葉はこうだ。「私が殺せと命じた者を、お前は殺せ。お前は許されるであろう！」われわれの剣を抜かせるのは、いつもお前たちの白い指だ。お前たち坊主ども、よくも敵の中へ斬りこんでゆく兵士たちを祝福することができるな。お前らはいけしゃあしゃあとして叫ぶ。切れ！　引き裂け！　目玉を潰せ！　キリストの御名において！——心優しい神父にうかがいたい、もしキリストがこの場にいたなら、彼はインカ王を殺すだろうか？　（間）どうなんだ。デ・ニザ神父は何にでも答えを持っておられる。あんたの答えを聞こう。俺はインカ王を殺すべきかどうか？

デ・ニザ　私を罠にかけようとしておられますね。殺すということがいかに恐ろしいことかということは私にだって将軍と同じくらいよくわかります。しかし殺すよりも悪いことがある。それは、悪に対して目をつぶることです。初めてこの国に足を踏み入れた時、私はここが楽園であると思いました。しかし、実はここは地獄だったのです。この国では、人人はまるで去勢されてしまったようです。去勢された人たちが、あらゆる選択を奪われて生きる国、それがこの国なのです。

ピサロ　ではキリスト教徒の国ではどうなっているというんだ？　みんな不幸せで、憎しみに満ちているじゃないか。俺は百姓だ。そして百姓というものは金を出す時には、その値打ちだけのものをほしがるものだ。もし俺が神を買いに行ったとしよう。俺はどちらを買うと思う？　血にまみれた死をもたらすヨーロッパの神か、それとも、その王国をまるで玉蜀黍のように甘く静かに保つペルーのアタウアルパか？

デ・ニザ　なるほど。将軍はその玉蜀黍を支える茎になって満足なさるわけですね？

ピサロ　その通りだ！　太陽の国の連中は馬鹿じゃない。あんたらが屋台でどんなインチキな品を売っているか、ちゃんと見抜いている。選択。餓え。未来。連中はあんたらの売り物をちらりと見てそのまま通り過ぎてしまう。連中はここで大自然の一部として生きている。希望や絶望とは無縁の世界にな。

デ・ニザ　そして命とも無縁の世界に。――なぜそのように自分をいつわられるのです、将軍。あなたは御自分が大自然の一部などではないことを御存知ではありませんか。あなたも御自分の中に、自然とは相反する何ものかをお持ちのはずです。誰でもそうなのです。それが人間というものなのです。人間が動物と違うのはそこなんです。一体それは何なのか？　何だと思われます、この胸の中のこの痛みは？　われわれを駆り立てて、くる日もくる日も時間の檻に体をぶつけさせるこの痛みは一体何なのか？――これこそが神なのです。この胸の痛みゆえにこそ、あなたは永遠なるものを受け入れることになるのです。将軍、神を受け入れなさい。インカ王が地上に作り上げている偽の永遠などにまどわされてはなりません。ペルーは魂の墓場です。われわれに宿る自由な魂のために、それは滅ぼされねばならないのです。

ピサロ　ほら見ろ、キリスト教の愛が正体をあらわしたぞ。自分の魂を救うためには、人を殺さねばならんというわけだ！

デ・ニザ　愛を救うためには、愛なきものを殺さねばならぬのです。

ピサロ　ホッホッホォ、あんたは愛の裁判官だ！　教会以外の救いは一切認めない。教会以外の愛は愛とは認めない！　何という思い上がりだ！――（率直に）俺は愛が何であるかを知らん。しかし、今俺がアタウアルパに対して抱いているこの気持ちを踏みにじって、どこに愛があるかといいたいね。

ディエゴ　（ピサロのせりふのあと、一と間あって駆けこんでくる）将軍！　将軍！　また喧嘩であります。死亡者が一名出ました。

ピサロ　誰だ？

ディエゴ　ブラスであります。奴がナイフを抜いたんで、足を狙って撃ったら、奴が倒れたんで腹に当たっちまったんで――

ピサロ　喧嘩に対する処罰だ。よくやった。

ディエゴ　ちょっとお話してよろしいでありますか？

ピサロ　何だ？　早く王を殺せという話か？

ディエゴ　そうであります。他に方法はありません。みんな狂い始めております。みんな死の恐怖におびえています。

ピサロ　じゃあおびえるがいい。死の恐怖に直面するがいい。俺がお前たちに約束したのは黄金だ。生命の安全ではない。お前たちは黄金を手に入れた。いざりは金の松葉杖を突け。喘息持ちは金の痰を吐け。俺との約束は終ったのだ。

ディエゴ　いえ、俺にとっては終っておりません。俺にとっちゃ、将軍は世界一の将軍であります。そして俺たちは世界一の軍隊であります。

ピサロ　ピサロ軍団か？

ディエゴ　そうであります。ピサロ軍団であります。

ピサロ　ハッ、軍団！　聯《れん》隊！　馬鹿馬鹿しい！――しっかりしろ、お前は人間に生れたんだぞ。貴族でもなければ騎士でもない。ただの人間だ。お前は千ものさまざまに違った愛を感じることができるはずなのだ。お前の感じる愛は孤独や恐怖によって強制された愛ではない。本物の愛だ。お前はその本物の愛を、軍隊の愛、国旗の愛、カルロス五世の愛、イエス・キリストの愛ととりかえるつもりか？　これらの愛と称するものこそが、お前を縛りつけていたのだ。お前を死に向かって追い立てていたのだ。

ヴァルヴェルデ　お前を死刑にしてやる。スペインへ帰ったらお前を査問会にかけてやる。今、お前がいったことによってお前を火あぶりの刑にしてやる。

ピサロ　俺がインカ王を釈放すれば、あんたは二度とスペインへは帰れぬ。

エステテ　気でも狂ったか。いいか、よく聞け。今日の日没までにインカ王を殺して地に埋めるのだ。さもないと、私自身が剣を振るうことになるぞ。

ピサロ　アタウアルパ！

（アタウアルパ、若いマルティンと登場）

この連中はお前を殺したくてうずうずしている。お前の血で讃美歌を書いて、連中の神に捧げたいんだ。しかし奴らはお前より先に死ぬ。俺が約束する。

（ピサロ、黄金を縛るのに使った長いロープで、自分の手とアタウアルパの手を結びつける）

そら——いやいや、こっちも縛るんだ。さあこれでよい。もう誰もお前に手出しをすることはできんぞ。先に俺を殺さん限りはな。

エステテ デ・カンディア！

(デ・カンディア登場。抜いた剣を提げている)

デ・カンディア 感動的な情景ですな。看守と囚人か。しかし、それもこれでおしまいさ。将軍、あんたはわれわれを皆殺しにした上で、この土人と手に手をとって楽しく踊ろうという寸法らしいが、この俺がそうはさせんぞ。

(ピサロ、若いマルティンの鞘から剣を抜き放つ)

ディエゴ (剣を抜いて) 失礼でありますが、将軍、やむをえません。

エステテ (剣を抜いて) もうおしまいだ、ピサロ。お前は全軍を敵にまわしたのだ。

ピサロ デ・ソト！

デ・カンディア デ・ソトが剣を抜いてみろ。その場で腕を切り落してやる。

ピサロ 切り落されるのはお前の腕が先だ！ さあこい！

（ピサロ、デ・カンディアに向かって突進するが、アタウアルパは唸り声をあげてロープを引き、ピサロを引き戻す。間）

アタウアルパ お前のことなど、朕の眼中にはない。朕にとってお前は存在しないも同然だ。

ピサロ 俺はまだここの指揮官だ。連中は俺に従うのだ。

アタウアルパ 彼らは朕を殺す。お前が天の呪い、地の呪いをこめて叫ぼうともだ。（全員に対し）さがれ。朕はこの者と話さねばならぬ。

（王の声にこめられた威光に打たれて、一同退場。あとにはロープで結ばれた将軍と王、それに若いマルティンが残される）

XI

アタウアルパ　心配することはない。あの者たちには朕を殺すことはできぬ。

ピサロ　どういう意味だ？

アタウアルパ　死なねばならぬ人間が、永遠の生命を持つ神を殺すことはできない。

ピサロ　さあ、それはどうかな。

アタウアルパ　朕をこの地上から連れ去ることができるのはわが父だけだ。しかし、朕がお前たちのような誓いを守れぬ者たちの手にかかったとあれば、父も朕を受け入れてはくれまい。お前はこの地で王となるかも知れぬ。しかし神になることは決してないのだ。朕は四つの方角の神だ。お前が今夜朕を殺したとしても朕は死にはせぬ。明日の朝、朕の父なる太陽が夜明けの最初の光で朕の軀に触れた時に、朕はよみがえるのだ。

ピサロ　（驚嘆して）お前、それを信じているのか？

（間）

アタウアルパ　わが民なら誰でも朕が不死だということを知っている。だからこそ、朕がお前たちに捕われていても騒がぬのだ。

ピサロ　お前は決して死なない。そしてみんながそのことを知っている――

アタウアルパ　そうだ。

ピサロ　俺が何度も太陽を頭に戴いたお前の夢を見た。あの夢の意味はこれだったたのだろうか？　お前は俺を選んであの夢を見させたのか？

若いマルティン　将軍、出鱈目です。そんな馬鹿なことがあるわけがありません。

ピサロ　そうかな？

若いマルティン　死んだ人間が立ち上がって歩き出すなんて、そんなこと、ありえないじゃありませんか。

ピサロ　ではお前、キリスト教の教義を唱えてみろ。「われ、神の子、イエス・キリストを信ず。ポンティウス・ピラトにより、十字架にかけられて死に、埋葬され――」そのあとをいってみろ。

若いマルティン　はい。

ピサロ　どうした？

若いマルティン　はい。「埋葬され、地獄に降り、しこうして三十日ののち、死よりよみがえりしがゆえに――」

（若いマルティンの声、消える。インカ王、無言で見つめている）

ピサロ　お前はそれを信じていない！

若いマルティン　信じています！　心の底から信じています！

ピサロ　しかしそんなことはキリストの身にしか起らないというのだろう。しかし、それが起ったとしたらどうだ。この、地の果ての、学者も知らぬこの土地に、天まで届く山山に守られ、本当の神神がいたとしたらどうだ？　真の平和の創造主、時のくびきに縛られぬ、本当の神神がいたとしたらどうする？

若いマルティン　そんなことは、ありえません。

ピサロ　われわれの人生に意味を与える道はただ一つ。時を吹き飛ばして永遠の生を生きること、個個の人格の中に全体を宿らせることだ。汝自ら神となれ、しからずんば絶望のうちに死ぬ、これが掟だ。――あの男を見ろ、いつもあんなに静かだ。まるで人生も死もこの男には歯が立たぬようじゃないか。この男が本当に死を免れているとしたらどうだ、マルティン。俺が神を狩りする旅に出て、神を生け捕りにしたのだとしたらどうだ、自らの生命をよみがえらせ、よみがえらせてはとこしなえに生きる神を見つけたとしたらどうだ？

若いマルティン　しかし、一体どうやったらよみがえることができるのです？

ピサロ　生命の源泉に戻ることによってだ。生命の源泉なる神、つまり太陽へだ。

若いマルティン　太陽！

ピサロ　太陽で何が悪い。それなしにはわれわれが生きることのできぬもの、それ以外にどんな神がある。俺たちは太陽を崇める花、土に生える向日葵と同じだ。夜や寒さや光のない日日の中で、神を求めて顔をめぐらせるのだ。俺が知っているただ一つの神、それは太陽だ。俺は太陽を食って歩く。俺は太陽を飲んで歌う。太陽の下では俺たちの気もゆるみ、俺たちは笑う。この俺でさえもな。（彼は笑い出すが、その笑いは疲れ果てている）

若いマルティン　将軍、少しお休みになったほうが――

（間）

ピサロ うん？ そうか——そうだな。（苦苦しく）こいつの聡明なことはどうだ。この何ヶ月かの恐ろしい毎日、こいつは俺がいったことを一から十まで理解していたのだ。俺が人知れず胸に抱いていた痛みもすべてこいつは聞いていた。そして、これがこいつの復讐なのだ。この不毛の冗談が。ああ、こいつはどれほど俺を憎んでいることだろう。（ロープを引っ張る）そうだ、このずる賢い私生児め！ 見ろ、マルティン、俺のつかまえた神をよく見るんだ。俺は太陽に綱をつけたぞ！ 太陽は俺の思いのままだ。昇らせるのも（彼はインカ王の腕を引っ張り上げる）沈ませるのも！

（ピサロ、インカ王を投げ倒してひざまずかせる）

若いマルティン 将軍！

ピサロ さあ、お前を永久に沈ませてやる！ どうせふざけるなら二人でふざけよう。お前は自由がほしいんだろう？ よし、お前に自由をやろうじゃないか。お前は自由だ！（彼はアタウアルパのまわりをぐるぐるとまわる）ここから出て行くがよい！　連中はお前を止めるだろうが、かまうことはない。お前は不死身なんだからな。連中はお前を殺すだろうが、かまうことはない。お前の父なる太陽が、お前を再びよみがえらせてくれることになっているんだからな。さあ行け！　立つんだ！——さあ行け！　立つんだ！——さあ行け！——さあ行け！——さあ行け！——さあ行け！——さあ行け！——さあ行け！

（彼は突然インカ王のまわりを狂ったようにまわり始める。ロープは長さ一杯に延びている。アタウアルパはピサロの動きにつれて回転し、宙返りを打つが、やがて足を踏んばって回らぬようにこらえる。アタウアルパは緊張で歯を剝き出し、あたかも荒馬を馴らそうとしているかのようだ。遂にピサロは疲れ果てて地面に倒れる。沈黙。聞えてくるのは、うちひしがれた老人の発する、深い呻き声だけである。インカ王は静かにロープを引き寄せ、おもむろに口を開く）

アタウアルパ　ピサロよ、お前はやがて死ぬ。そして、お前は、自分の神を信じてはいない。お前が震えたり、誓いを破るのはそのためだ。朕を信じるがよい。お前は誓いを守る力を与えられ、喜びに満たされるだろう。朕はお前のために偉大な力を使おう。朕は死を飲みこみ、そして吐き出してみせる。

（間。このくだりは非常に静かに演じられる）

ピサロ　（ささやくように）そんなことは不可能だ。
アタウアルパ　できる。朕の父がそれを望むなら、それは可能だ。
ピサロ　望まなかったらどうなる？
アタウアルパ　彼は望む。父の民はまだ朕を必要としている。朕を信ぜよ。
ピサロ　不可能だ。
アタウアルパ　信ぜよ。
ピサロ　しかしどうやって——どうやって信じればよいのだ？
アタウアルパ　まずお前は朕から霊の力を授からねばならぬ。
ピサロ　もういい！　さあ行くんだ。いや、行かなくてもいい。どっちでも好きなようにしろ。だが俺のことは放っておいてくれ。俺はもう何も受けとりたくないんだ。

アタウアルパ　朕の言葉を受けとれ。朕の与える安らぎを受けとれ。お前の傷口に水を注いでやろう。朕を信じるのだ。

（永い沈黙。二人の周囲の照明、次第に暗くなってゆく）

ピサロ　どうやればいいのだ？

（老マルティン登場）

老マルティン　どう話せば信じてもらえるだろうか？　やがて手のひらで目隠しをしたように夜になり、雪をいただく山山にぐるりととり囲まれたわしらの世界の上に、大きな星たちがぎらぎらと輝き始める頃、アタウアルパはピサロの懺悔を受けたのだ。それはインカの流儀で行われた。ピサロはイチウの草と石を渡され、その草の中に一時間以上も話し続けた。通じない言葉でな。彼が一体何を話したのか、知っている者は誰もいない。懺悔が済むと、王は石でピサロの背中を打ち、草を投げ捨てて、清めの印を結んだのである。

ピサロ もし、俺の中に祝福が宿っているなら、俺の鳥よ、その祝福を空の高みへ運んでくれ。俺の鳥よ、空高く飛べ。そして、もう一度俺のところへ戻ってくるのだ。

（インカ王、若いマルティンからナイフを受けとり、ロープを切る。彼は舞台奥へ移動する。将兵たち全員登場。続くシーンの間、舞台奥の太陽の中に一本の柱が立てられ、アタウアルパはそこに向かって引きすえられる）

XII

老マルティン　インカ王は急ごしらえの法廷で裁判を受けることになった。王の罪状は王位の簒奪、兄殺し、偶像崇拝、そして複数の妻を娶ったことによるものであった。これらすべての罪状に対し、判決は――

エステテ　有罪。

ヴァルヴェルデ　有罪。

デ・カンディア　有罪。

ディエゴ　有罪。

老マルティン　刑はその夜ただちに実行に移される運びであった。アタウアルパに対する宣告がくだされた。

エステテ　火あぶりによる死刑とする。

（舞台奥、太陽への照明、明るくなり、アタウアルパは大きな叫び声をあげる）

ピサロ　待て！　火あぶりはいかん！　体がそのまま残るように死なすんだ！

ヴァルヴェルデ　彼が偶像崇拝を悔い改め、洗礼を受けてキリスト教徒となるなら、慣例によって慈悲が与えられよう。

老マルティン　つまり、火あぶりのかわりに絞首刑になるということだ。

ピサロ　いわれたとおりにしろ！　お前の父親を否定するのだ！　このままではお前の体は焼かれて灰になってしまう。夜明けになっても、太陽の光を浴びて復活するべき体が残らないことになってしまうぞ。

（若いマルティンは叫び声をあげ、恐怖に駆られて走り去る）

洗礼を受けるんだ。他に道はない。

（インカ王は降伏の身ぶりをして、ひざまずく）

老マルティン　こうしてアタウアルパはキリスト教徒になった。

（デ・ニザ、舞台奥に登場。水を入れたボウルを持っている）

デ・ニザ　私はここに、今日この日の聖者である、洗礼者ファンの名に因み、汝をファン・デ・アタウアルパと命名する。

エステテ　一五三三年、八月二十九日。

ヴァルヴェルデ　汝の魂が、神と天使たちに喜びをもって迎えられんことを！

兵士たち　アーメン！

（インカ王は突然頭をあげ、自分の衣服を引き裂き、巨大な声で称える）

アタウアルパ　インティ！　インティ！　インティ！

ヴァルヴェルデ　何と申しておる？

ピサロ　（同じように称える）太陽よ。太陽よ。太陽よ。

ヴァルヴェルデ　殺せ！

（兵士たち、アタウアルパを引きずり起して、柱に押しつける。ロダスがアタウアルパの首に縄をかける間、舞台前面の兵士たちはラテン語の祈りを唱えている。やがて暗闇の中から「インカ！」という大きな叫びが聞え、ペルーの君主たる王は絞首刑に処せられる。彼の絶叫も、のたうちまわる動きも静まり、彼の体はだらりとぶら下がる。死体は死刑執行人たちの手で下へおろされ、兵士たちによって舞台中央へ運ばれてピサロの足もとに放り出される。全員退場。ピサロだけが、まるで石になってしまったように立ちつくしている。やがてドラムの音が打ち鳴らされ、インディオたち登場。薄暗い舞台の上はゆっくりと彼らで一杯になってゆく。インディオたちは黒と赤土色の衣をまとい、黄金で作った、古代ペルーの大きな葬儀用マスクをかぶっている。一同、うつ伏せになった死体のまわりに集まり、奇妙な節廻しの、復活の祈りを唱える。祈りの間には時折大鼓が打ち鳴らされ、大鼓のあとの長い長い沈黙の間、インディオたちは、黄金のマスクの大きな三角の目で、物問いたげに空を見上げる。三度大きな叫びが聞え、その叫びに答えるように太陽が昇る。太陽の光がアタウアルパの死体を照らす。アタウアルパは動かない。マスクをしたインディオたち、驚いて見守るが、やがて驚きは不信に、そして不信は絶望に変り、彼らは落胆して頭を垂れ、足どり重く退場してゆく。ピサロだけが死せる王とともに残される。ピサロ、死体をじっと見つめる。沈黙。突然ピサロは死体を激しく平手で打つ。死体、ごろりと転がって仰向けになる）

ピサロ　だましおったな！　この俺をだましおった！　こいつめが俺を――（しばし身をよじって泣くが、突如、自分が泣いていることに気づき、頬の涙に触ってみる。そして、それをつくづくと眺める。ピサロの頭に射している太陽の光は、次第に明るくなってゆく）これは何だ？　何だこれは？　生れてこの方、俺は涙を流したことなど一度もなかった。今の今まで。それがどうだ、見ろ。（膝をついてアタウアルパに見せようとする）そうか、お前にはもう俺が見えないんだったな、アタウアルパ。お前の目は曇った琥珀玉のようだ。叩けばコッコッと音がするだろう。アタウアルパ、お前は俺に安らぎをくれるといったが、駄目だったな。お前の森の中では、今でも鳥たちが鳴き叫んでいる。お前は俺に喜びをくれるといったが、駄目だったな、アタウアルパ。わしの息子。たった一つの喜びは、死ぬことの中にしかない。俺は二つの憎しみの間で生きてきた。俺は二つの闇の間で死んでゆくだろう。見えなくなってしまったまなこと、何も見ぬ空の間でだ。お前のまなこは、かつては盲てはいなかった。しかし、空は何も見はしない。空の上に慰めはあるのだろうか？　空は何の感情も知りはしない。しかし、俺たちには感情がある。これは確かなことだ。マルティンの希望、デ・ソトの名誉、そして俺をとりこにしたお前の信頼——人間だけが感情を持つことができるのだ。これは驚くべきことだ。そうとも、実に不思議なことなのだ。冷たい沈黙の中に腰をおろし、自分の吐く温い息を、甘い歌に変えることができるとは、実に不思議なことじゃないか。まるで砂漠の中に泉を湧き出させるようなものだと思わんかね。神はお前の爪に書かれた名前に過ぎなかった。しかし神という名は、嘆きと残忍さとの始まりなのだ。そして、死後の世界に希望を持たず、しかも神を作り出すというのは、確かに不死の営みだ。俺は疲れた。お前はどこへ行ってしまったんだ。こんなに冷たくなってしまって。お前を温めてやりたいが、もう無理だ。とても温めてはやれん。俺ももう冷たくなってきた。俺たちのまわりには死という名の雪が降っているんだ。まるで見えるようじゃないか。なにもかもおしまいさ。俺もすぐに追いかけてゆくからな。あと、やってくるのは安らぎだけさ。俺とお前は同じ土に埋められる。父と息子が自分たちの土地に埋められるのだ。そして、太陽は空っぽの牧草地をさまよい続けるだろう。

（老マルティン登場）

老マルティン　こうしてペルーは滅亡した。わしらはこの国に貪欲と、餓えと、十字架をもたらした。文明人になるための三つの条件だ。台地で歌っていた家族たちの姿は今はもうない。彼らのかわりに、今では奴隷たちが地の底をはいずり、彼らは歌わない。ペルーは沈黙の国だ。すべては貪欲によって凍りついてしまった。スペインもまた没落した。黄金を鱈腹食ってふくれあがり、今やもう息も絶え絶えだ。

ピサロ　（歌う）「心はどこだ、ヒワ鳥よ」

老マルティン　そして、将軍もまた滅んでいった。わしの主人だった将軍。自らの栄光から生れた男と呼ばれた将軍。のちに彼は、援軍を率いてやってきた仲間に殺されて死ぬ。しかし、本当のことをいうなら、将軍は、あの朝坐りこんだまま、二度と再び立ち上がりはしなかったのだ。

ピサロ　（歌う）「羽根はどこだ、ヒワ鳥よ」

老マルティン　当時の仲間で生き残ったのは、今ではわしだけになってしまった。今のわしは土地も持っておれば奴隷も持っている。しかしこの四十年間、一片の希望をも持たずに過ごしてきたのだ。希望の美しい花は、荒荒しく振るい落されてしまった。そしてそのあと、わしのとり入れる木の実は常に酸っぱく、齢を経ても、決して甘くなってゆこうとはしない。

ピサロ　（歌う）「黍を盗めば、ヒワ鳥よ。裂かれてしまうぞ、ヒワ鳥よ」

老マルティン　将軍。あんたには世話になった。だから今そのお返しに、あんたの物語りをしたわけなのだが、しかしこれはわしにとって、決して喜びではなかった。どの道、わしにはもう喜びなどありはせぬのだ。若かりし日、あんたに従い、黄金を求めて海を渡った、あのような喜びは、もう二度と再びありはしないのだ。そして、それを失う悲しみもな。神の救いが、あんたがたにあらんことを。

（退場。ピサロ、アタウアルパの死体のそばに横たわり、彼に向かって歌

う）

ピサロ　（歌う）「これがさだめだ、ヒワ鳥よ、盗人鳥のヒワ鳥よ」

（太陽の光がぎらりと観客の目を射る）

芝居の終り。

音楽のリスト

1　オルガン音楽（4分45秒）録音。
2　太陽が開く（35―40秒）オーケストラと歌。
3　王宮のシーンの最後（15―45秒）オーケストラ。
4　アタウアルパ、ピサロを招く。オーケストラ。
5　森の中の鳥の叫び（6分まで）4トラック録音による鳥の声、ブラス、インディオたちの「鳥笛」そして「グエロス」
6　「仕事の歌」のイントロダクション。オーケストラ。
7　「仕事の歌」小さなマラカスや、小さなドラムを持ったインディオたちによって歌われる。
8　ヴィラク・ウムの使節団、到着。（5秒）同退場（5秒）オーケストラ。
9　インディオたちの王を讃える歌。オーケストラと歌。
10　舞台外から聞えてくる、スペイン語の「テ・デウム」録音。
11　大登攀（6分まで）オーケストラ（フレクサトン2つ）
12　カハマルカへの行進（1分―1分20秒）オーケストラ、ブラス、インディオの奏でる鈴、小さなシンバル、「親指ピアノ」、大型のマラカス。
13　大殺戮（1分―1分30秒）オーケストラ、ブラス、インディオのつけている鈴。
14　インディオの悲しみの歌。歌。
15　アタウアルパ、黄金を持てと命令。（35秒）オーケストラ。
16　アタウアルパの着換えと食事。インディオたちのハミングと「クロテイル」「親指ピアノ」「音のする食器」
17　第一の黄金行列。オーケストラ、ブラス、インディオたちのハミング。
18　「ヒワ鳥の歌」アタウアルパが歌う。
19　第二の黄金行列。オーケストラ、ブラス、インディオたちのハミング。
20　賭博のシーン。オーケストラ、ブラス、インディオたちの威嚇の声、インディオの奏する「鳥笛」「グエロス」

21 アタウアルパの絞首刑。オーケストラ。

22 死の歌。

楽器の編成

インディオたちは舞台において次の楽器を奏する。

ドラム、2。（インディオの「タブラス」あるいは二連のボンゴ2台）

吊り下げられたシンバル、2。（インディオ式の把手がついている）

非常に大きなマラカス、2組。

非常に小さなマラカス、1組。（長い把手がついている）

グエロス、4。

竹製の「鳥笛」（スライド・リコーダー）12。（インドの民芸品店で売っている）

「親指ピアノ」（シガー・ボックス型の共鳴板であって、スティールの舌がついている。演奏に際してはこの舌を、硬くて軽い棒で打たねばならぬ）

オーケストラは四人のパーカッショニストから成る。

四人のパーカッショニストは次の楽器を分配して受け持つ。

吊り下げられたシンバル、6。

ボンゴ、4組。

大きな太鼓、1。

シロフォン、1。

グロッケンシュピール、1。

ライオンの吠えるドラム（ストリング・ドラム）、2。

グエロス、2。

トライアングル、5。

クロテイル（小さなシンバル）、3組。

橇の鈴、2揃い。

ウッドブロック、1。

スラップスティック、4。

大きなフレクサトン（楽器として用いられる鋸である。刃渡りおよそ5フィート6インチ、つまり1メートル65

センチである）

小さなフレクサトン、1。

大殺戮

インディオたちは大殺戮のシーンにおいて、またカハマルカへの行進シーンにおいても、全員が袖にそって、小さな鈴をずらりとつけている。これは、インディオたちがリズミカルに動くことによって、鈴のリズムを作り出すことができ、また、それによって、オーケストラが鳴り響く中においても観客の音楽的、演劇的注意を舞台の上に惹きつけることができるようにするためである。なお、大殺戮の音楽の一部分においては、この効果を強調するため、オーケストラが全く沈黙してしまう個所がある。

森の中の鳥の叫び（第一幕）

賭博のシーン（ルミナギ）（第二幕）

これらのシーンにおいてインディオたちは兵士たちのセリフをきっかけに「鳥笛」及び「グエロス」を鳴らし、大きな叫び声を発する。それらの音は、録音された鳥の声や、オーケストラの演奏と対位法をなして、脅迫や危険のシーンを劇的な興味の中心に近づける。

仕事の歌

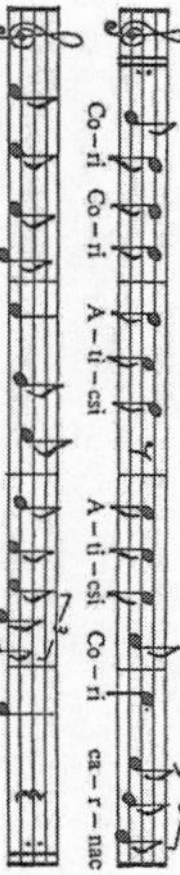

インディオたちは全員このメロディをハミングしながら登場する。ハミングは二人の女によって伴奏される。一人は小さなマラカスを持ち、一拍ごとに一方のマラカスを鳴らす方法でリズムを刻み、もう一人は小さなドラムで正確なリズムを打っている。（ドラムは「タブラ」と称する木のドラムである）仕事が始まると、女はこの歌を二度歌い、続いて残る全員がハミングを開始し、そ

れはスペイン人たちが話している間も続き、労働者全員が退場して初めてやむ。

ヒワ鳥の歌

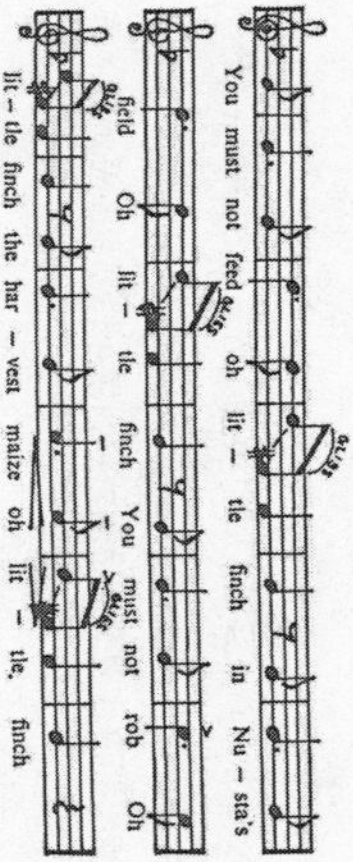

非常に単純に歌われる。テンポ・ルバートは行わない。アクセントづけや強弱は、言葉の意味によって行う。グリッサンドは鳥が獲物目がけて急降下する如く滑らかに行われねばならない。

ハミング

アタウアルパの着換えと、食事のための音楽である。

インディオたちはシーンを通じて全員がこのメロディをハミングし続ける。

アタウアルパの着換えを手伝うインディオたちは、全員が手首からクロテイル（古代中国のシンバル）を下げている。（クロテイルを下げている紐の長さは約15インチである）食事係のインディオたちはクロテイルをつけていないが、黄金の皿類は、すべて縁に小さな鈴をぐるりとぶら下げている。皿類はまた二重底になっている。（一番下の底はドラムの皮を張られている）二重底の間には乾いた豆や、石粒などが入れられて、皿が動くと音を立てるようになっている。これらの皿の「演奏」は、皿の登場から始まり、アタウアルパが最初の食物の一片を口にするまで続けられねばならない。アタウアルパが食べている間、皿もクロテイルも沈黙を守り、親指ピアノの伴奏によるハミングだけが継続する。（親指ピアノのキーは適当に。しかしリズムは「仕事の歌」と同じリ

ズムを用いる)

黄金行列

「仕事の歌」のハミング。低いキー、遅いテンポで。

あとがき

ピーター・シェファー（劇作家のアンソニー・シェファーは双生児の兄弟である）は一九二六年五月十五日、リヴァプールに生まれ、ロンドンのセント・ポールズ・スクール、ケンブリッジのトリニティ・カレッジで教育を受けた。イギリスで炭鉱夫として働いたり、ニューヨークで図書館勤めをしたりしたあと、評論家としての活動を開始し、一九五八年、最初の戯曲「ファイヴ・フィンガー・イクササイズ」を発表、これがロンドンで上演されるや、一年間ロングランの大当りとなって、イギリスではイーヴニング・スタンダード賞を、翌年アメリカでは、劇評家たちによる、年間ベスト外国作品に選ばれて、劇作家としての華華しいデビューとなった。以下参考のため彼の劇作を列挙しておこう。括弧内は初演を示す。

Five Finger Exercise (London, 1958)
The Private Ear and The Public Eye (London, 1962)
The Merry Roosters Panto (London, 1963)
The Royal Hunt of the Sun (Chichester, 1964)
Black Comedy (Chichester, 1965)
A Warning Game (New York, 1967)
White Lies (New York, 1967)
it's about Cinderella (London, 1969)
The Battle of Shrivings (London, 1970)
Equus (London, 1973)
Amadeus (London, 1979)

シェファーは、興業的に当りをとりながら、常に高い評価をかちえている数少ない劇作家であるが、徒党を組むことを好まず、常に独立独歩の人であることは、処女作「ファイヴ・フィンガー・イクササイズ」が、アングリー・ヤングマンの時代に書かれながら、彼らとは全く一線を画し、非常に緻密に練り上げられた、職人芸ともいうべき練達の手法によるウエルメイドの家庭劇であったことからも知れよう。シェファーの守備範囲は非常に広く「ブラック・コメディ」のようなファルスから「ザ・ロイヤル・ハント・オヴ・ザ・サン」の如きエピックに至るまで多彩な技法を駆使するが、いずれの作品も深刻に対立する二人の主人公の葛藤の上に構築されていることを特徴とする。「エクウス」の少年と精神分析医然り、「アマデウス」のモーツァルトとサリエリ然り、そして「ザ・ロイヤル・ハント・オヴ・ザ・サン」におけるピサロとアタウアルパ然りである。

ピサロの立場は岸田秀のいう「ヨーロッパという伝染病」乃至、柄谷行人のいう「建築への意志」を思わせるし、アタウアルパの立場はイリイチの「ヴァナキュラーな世界」を思わせて興味深いが、しかしこのような文化的、乃至、パラダイム間の葛藤は、実は手品の仕掛けにすぎず、シェファーはこの仕掛けを使って、より深く、より根源的な、人間の存在そのものに根ざす対立へと観客を導いてゆく。

愛と憎しみ、希望と絶望、信頼と裏切り、純粋と打算、崇高と汚辱、祈りと呪い、偉大と矮小、純真と卑劣、許しと拒絶、連帯と孤独、等の対立を、グロテスクな事件の連鎖のうちに綯いまぜて、シェファーは、胸の詰まるようなやり方で、人間という不可解な縄をあざなってゆくのである。

学習者のために若干の参考書を掲げておこう。

Critical Study: *Peter Shaffer* by John Russell Taylor, London, Longman, 1974.

Methuen's Study-Aids: *Notes on Peter Shaffer's THE ROYAL HUNT OF THE SUN* compiled by Valerie L. Barnish, London, Methuen Educational Ltd, 1975.

History of the Conquest of Peru by W. H. Prescott, Everyman.

最後に日本語版について一言。

私が本書の翻訳を引き受けることになったのは、「ザ・ロイヤル・ハント・オヴ・ザ・サン」日本初演（一九八五年、邦題「ピサロ」）のためであった。話を持ってきたのはピサロをやることになった俳優山崎努氏である。

通常、外国の芝居を上演する際には、翻訳家が翻訳したものを、実際に舞台で俳優が喋る台詞にするために全面的に手を入れるらしいのだが、そのような無駄を省くために、初めから喋れる台詞として訳してくれということであった。なるほど！　そのような仕事に、私はまさに適している。日本で一人、とはいわぬが、十人の中には間違いなく入る自信がある。私は喜んで引き受けた。

私は、はっきりと具体的な上演を意識して翻訳の作業を進めた。ということは、翻訳の仕事の中に、演出や演技が先取りされてしまうということを意味する。俳優諸君や演出家には内緒で、私は自分の解釈とプランに従って役を作り、演技し、リズムとテンポを作り出して、頭の中でこの芝居の上演を繰り返した。楽しい日日であった。

今、私は、この、頭の中での上演を終えて、現実の演出家、俳優諸君、そしてスタッフ諸氏にこの芝居を渡そうとしている。単にナチュラルな演技だけではなく、マイムから楽器の演奏、そして様式化されたさまざまな動きを要求してくる、この、シェファーのいう「トータル・シアター」の成功を、あとは客席に腰をおろして見守りたいと思いつつ。

訳者

一九八五年四月。

アマデウス

倉橋健・甲斐萬里江訳

テキストに時々出てくる＊　＊　＊の印は、場面の変化を示す。しかし、劇の流れは中断されない。場面は終始切れ目なく次の場面へ移る。

登場人物

アントニオ・サリエーリ（＊1）
ヴォルフガング・アマデウス・モーツァルト
コンスタンツェ・ウェーバー（モーツァルトの妻）
ヨーゼフ二世（オーストリア皇帝）
ヨハン・キリアン・ヴァン・シュトラック伯爵（侍従長）
フランツ・オルシーニ＝ローゼンベルク伯爵（帝室歌劇場総監督）
ゴットフリート・ヴァン・スヴィーテン男爵（帝室図書寮長官）
〈ヴェンティチェッロ〉（＊2）二人（情報、ゴシップ、噂話の伝達屋）
ヴァルトシュテッテン男爵夫人の家令
サリエーリの従僕（せりふ、なし）
サリエーリの料理人（せりふ、なし）
テレサ・サリエーリ（サリエーリの妻。せりふ、なし）

カテリーナ・カヴァリエリ（サリエーリの弟子。せりふ、なし）

ウィーンの市民たち

二人の〈ヴェンティチェッロ〉は、第一幕のパーティの場面では、紳士の役も演じる。

ウィーンの市民たちは、必要に応じて、家具を動かし装置を運びこむ召使い、テレサ・サリエーリ、カテリーナ・カヴァリエリなどの役も演じる。いずれの役も、せりふはない。

時・場所

一八二三年十一月のウィーン。

回想場面は、一七八一年から一七九一年にかけて。

作者の覚え書

――舞台装置について――

『アマデウス』は、いろいろな舞台装置で演じることができるし、また演じられなければならない。この脚本で指示した装置は、舞台美術家ジョン・ベリーのすぐれた原案におうところ大で、それが演出家ピーター・ホールの協力のもとに舞台化されたのである。もちろん私はこの装置に全面的に賛成であり、賞賛の念をこめてここに記することにした。

ベリーの装置は、基本的には、きれいな寄木細工模様の長方形の床から出来ていた。これは、淡青色のプラスティックの舞台にはめこまれており、長い方の辺が客席に向って直角になっていた。プラスティックの表面は、照明の変化に応じて、砲金《ガンメタル》のような灰色、鮮やかな青、あるいはエメラルド・グリーンなどと、さまざまに色彩を変えながら、俳優たちの姿を映しだす。装置全体は明らかに現代的であるが、それとなくロココ調を感じさせるものがある。衣裳や調度類は、豪華でロココふうである。上演の際は、この点をかならず守ってほしい。

長方形は主として室内――サリエーリの客間《サロン》、モーツァルトの最後のアパート、宮廷の部屋、オペラ・ハウス等――を表わす。舞台奥に、大きなトランペットを吹く金色の天使《ケルビム》たちをあしらった壮麗なプロセニアムがあり、スカイ・ブルーの立派なカーテンがさがっている。カーテンは上にあがりながら左右に開き、カーテンがあがると、前方の本舞台とほぼ同じ幅の空間《スペース》が現れる。この空間のうしろにはみごとな背景幕《バック・ドロップ》がさがり、ここに、劇場の真紅の桟敷席《ボックス》や、金縁の鏡と金色に輝く暖炉がある華やかなシェーンブルン宮殿の広い壁面が、みごとなスライドによって映し出される。ここにはまた、噂話にふけるウィーン市民のシルウェットや、オーストリア皇帝ヨーゼフ二世をはじめ、きらびやかに正装した宮廷人たちの姿も現れる。舞台後方のこのみごとな空間は、ロココ時代の巨大な覗きからくり《ピープ・ショウ》を思わせるものがあり、この脚本では〈ライト・ボックス〉と呼ぶことにする。

＊　＊　＊

客席の照明が暗くなるまで、舞台の上に四つのものが見えている。下手には、木の長方形の床の上に、小さなテーブル。その上には脚付き菓子皿《ケーキ・スタンド》がのっている。同じく長方形の床の中央奥寄りには、後ろ向きに置かれた十八世紀の車椅子。上手には、反射するプラスティックの舞台の上に、象眼細工のピアノ。上からは、乳白色のガラスのほやがたくさんついた大きなシャンデリアがさがっている。

ト書きの左右の指示は、すべて観客席から見たものである。

時と場所の変化は、照明によって示される。

この脚本を演じるにあたって、劇の展開は絶えず持続されなければならない。これは、十八世紀のお仕着せ姿の俳優が演じる召使いを使うことによって、可能になる。劇の進行に応じて、さりげなく的確に家具を動かしたり、小道具を運んだりするわけである。テーブル、椅子、コートなどを運んで絶えず出入りしても、演劇の楽しい逆説《パラドックス》によって、彼らの動きはほとんど目立たないし、目ざわりにはならない。これこそがこの作品にふさわしい演じ方で、それによっていかにもモーツァルトらしい軽快さや、優雅さ、躍動感が舞台に表現される。

第一幕

ウィーン

暗闇。

すさまじい囁きが劇場を満たす。

初めのうちは、ひゅっひゅっと弥次るような音の中から、劇場のあちこちで繰返される「サリエーリ！」という言葉だけが、わずかに聞きとれる。「暗殺！」という語も、かすかに聞きとれる。

囁き声は重なり合い、音量を高めて、不気味な烈しさで空気を切りつける。

やがて舞台奥に照明がはいり、十九世紀初めのシルクハットやスカートに装った男女たちのシルウェットが現れる……ウィーンの市民たちで、ライト・ボックスの中にかたまって、スキャンダルをしゃべり合っている。

囁き合う人々

サリエーリ！……サリエーリ！……サリエーリ！

舞台手前の車椅子に、客席に背を向けて、老人が坐っている。照明がやや明るくなり、古びた帽子《キャップ》をかぶった頭の先だけがのぞいて見える。あるいは、ショールにくるまった肩も見えるかもしれない。

サリエーリ！……サリエーリ！……サリエーリ！

当時の丈の長い上着をまとい、シルクハットをかぶった中年の紳士が二人、両側からあわただしく登場。二人の〈風《ヴエンティチエツロ》〉で、劇の中で、事実や風評やゴシップを伝える役である。

二人は早口で……特に、この最初の登場では、非常に早く……しゃべるので、この場面は、急テンポの怖しい序曲《オーヴァチュア》の感がある。二人は、時にはたがいに相手に向って、時には観客に向って、話しかけるが、いずれにせよ、情報を常にまっ先にキャッチする人間特有の、せきこんだ話し方である。

〈風〉一　まさか。
〈風〉二　まさか。
〈風〉一　まさか。
〈風〉二　まさか。
囁き合う人々　サリエーリが！
〈風〉一　噂だ。
〈風〉二　聞いたぞ。
〈風〉一　聞いたぞ。
〈風〉二　噂だ。
〈風〉一と二　信じられん。
囁き合う人々　サリエーリが！
〈風〉一　町中の噂。

〈風〉二　いたるところで。
〈風〉一　カフェで。
〈風〉二　オペラ座で。
〈風〉一　公園（＊3）で。
〈風〉二　貧民街で。
〈風〉一　メッテルニッヒ（＊4）までが言っているとか。
〈風〉二　ベートーヴェンまでが……昔の弟子の。
〈風〉一　でも、なぜ？
〈風〉二　今さら？
〈風〉一　三十二年後に！
〈風〉一と二　信じられん！
囁き合う人々　サリエーリが！
〈風〉一　一日中、喚いているとか！
〈風〉二　夜通し、叫んでいるとか！
〈風〉一　アパートにこもりっきり。
〈風〉二　一歩も出かけず。

〈風〉一　もう一年も。
〈風〉二　もっとだ。もっと。
〈風〉一　たしか七十歳。
〈風〉二　いや、もっとだ。
〈風〉一　アントニオ・サリエーリが……
〈風〉二　名高い音楽家が……
〈風〉一　叫ぶなんて！
〈風〉二　わめくなんて！
〈風〉一　考えられん！
〈風〉二　本当とは！
〈風〉一　思えん！
〈風〉二　信じられん！
囁き合う人々　い、い、い、サリエーリが！
〈風〉一　言い、い、いだしたのは誰か、知っているぞ！
〈風〉二　知っ、い、い、ているぞ、言いだしたのは誰か！

老人が二人、舞台の両側から出てくる……一人は干からびたような痩身、一人は肥満漢。サリエーリの従僕および菓子作りの料理番である。

〈風〉一　（従僕を指して）サリエーリの召使いだ！

〈風〉二　（コックを指して）サリエーリの料理人《コック》だ！

〈風〉一　召使いは聞いた、主人が喚くのを！

〈風〉二　コックは聞いた、主人が叫ぶのを！

〈風〉一　なんたることか！

〈風〉二　なんたるスキャンダル！

〈風〉たちは、舞台奥左右へ急ぎ、それぞれ、無言の情報提供者たちから、ニュースを仕入れる。

〈風〉一は、従僕に熱心に話しかけながら、一緒に舞台前方に出てくる。

〈風〉二は、コックに熱心に話しかけながら、一緒に舞台前方に出てくる。

〈風〉一　（従僕に）何と言っている、お前のご主人は？

〈風〉二 （コックに）何と叫んでいる、宮廷楽長は？
〈風〉一 一人とじこもって……
〈風〉二 昼も夜も……
〈風〉一 どんな罪を犯したと怒鳴っている？
〈風〉二 あの年寄りは……
〈風〉一 あの世捨て人は……
〈風〉二 どんな恐しいことを聞いた？
〈風〉一と二 聞かせろ！ 聞かせろ！ さあ早く！ 何と叫んでいる？ 何と？ 何と？

従僕とコックは、サリエーリを身振りで示す。

サリエーリ （絶叫して）モーツァルト!!!

沈黙。

〈風〉一　（囁き声で）モーツァルト！
〈風〉二　（囁き声で）モーツァルト！
サリエーリ　Perdonami《ペルドーナミ》, Mozart《モーツアルト》! Il tuo《イルトウオ》 assassina《アサッスィーノ》 ti chiede《ティキエデ》 perdono《ペルドーノ》!（＊5）
〈風〉一　（信じかねて）「許してくれ、モーツァルト！」
〈風〉二　（信じかねて）「許してくれ、君を暗殺したことを！」
〈風〉一と二　なんてことだ！
サリエーリ　Pietà《ピエタ》, Mozart《モーツアルト》, Mozart《モーツアルト》, Pietà《ピエタ》!（＊6）
〈風〉一　「憐れみを、モーツァルト！」
〈風〉二　「モーツァルト、憐れみを！」
〈風〉一　興奮すると、イタリア語でしゃべるのだ！
〈風〉二　いつもは、ドイツ語だが！
〈風〉一　Perdonami《ペルドーナミ》, Mozart《モーツアルト》!
〈風〉二　「許してくれ、モーツァルト！」
従僕とコックは、左右に分れて、舞台の両側に静かに立つ。間。
〈風〉一と二は、強いショックを受けて、胸に十字をきる。

〈風〉一 昔、噂が流れた。

〈風〉二 三十二年前のこと。

〈風〉一 モーツァルトが死の床で。

〈風〉二 言ったと、一服盛られたと。

〈風〉一 ある男を名指しで非難して。

〈風〉二 その男とは、サリエーリだったとか。

〈風〉一 でも、誰も信じなかった。

〈風〉二 死因は、わかっていた。

〈風〉一 梅毒(*7)だ、確かに。

〈風〉二 彼も人の子。

間。

〈風〉一 (ずるそうに) でも、もしモーツァルトの言う通りだとしたら?

〈風〉二 もし本当に殺されたとしたら?

〈風〉一　それも、彼に。宮廷楽長に！

〈風〉二　アントニオ・サリエーリに！

〈風〉一　ありえない。

〈風〉二　信じられん。

〈風〉一　でも、なぜ？

〈風〉二　でも、なぜ？

〈風〉一と二　一体なぜ、そんなことを？

〈風〉一　それに、今さら、なぜ告白を？

〈風〉二　三十二年も経って！

囁き合う人々　サリエーリが！

サリエーリ　Mozart《モーツアルト》！　Mozart《モーツアルト》！　許してくれ、君を暗殺したことを！

間。二人はサリエーリを見つめる……そして、顔を見合わせる。

〈風〉一　どう思う？

〈風〉二　どう思う？

〈風〉一　信じられん？

〈風〉二　おれもだ！

〈風〉一　それにしても……

〈風〉二　あり得るだろうか？

〈風〉一と二　（囁き声で）やはり、やったのだろうか？

囁き合う人々　サ、リ、エ、ー、リ、が？

〈風〉一と二は、退場。

従僕とコックは、舞台の両側に残っている。サリエーリはくるっと車椅子を回して、観客をじっと見つめる。古びた、しみだらけのガウンを着、ショールをまとった、七十歳の老人である。彼は立ちあがり、よく見さだめようとするかのように目をこらして、観客を見る。

＊　＊　＊

サリエーリのアパート

一八二三年十一月。深夜。

サリエーリ　（観客に呼びかける）Vi《ヴィ》 Saluto《サルート》! Ombri《オムブリ》 del《デル》 Futuro《フトゥーロ》! Antonio《アントニオ》 Salieri《サリエーリ》…

…a《ア》 vostro《ヴォストロ》 servizio《セルヴィーツィオ》! 未来の霊魂たちよ、ご挨拶申しあげる！　アントニオ・サリエーリより、ご機嫌ようと！

街路の時計が、三時を打つ。

見える、見えるぞ……重なり合って、生れ出る順番を待っているのが。未来の亡霊たちよ！　姿を現わせ！　頼む。姿を見せてくれ。この埃だらけの、古ぼけた部屋に来てくれ……今は、一八二三年の暗い十一月の深夜……そして、わしの懺悔の聴き手となってくれ！　ここに来て、明け方まで共に過してくれぬか？　夜明けまででいい……六時まで！

囁き合う人々　サリエーリ！……サリエーリ！……

ウィーンの市民たちの前に、ゆっくりとカーテンがおりる。絹の幕の上に、背の高い窓がいくつか、おぼろげに映し出される。

サリエーリ　あれが聞こえるか？　ウィーンは中傷の街。誰もかれもが、噂話。わしの召使いまでも。今では、二人しかおらぬが……（と、彼らを指さし）二人とも、五十年前、わしがこの地に初めて来た時から、仕えている。従僕と菓子作り。一人はわしの顔をあたり、もう一人は腹をくちくさせてくれる。（二人に向って）「二人とも、退ってよい！　今夜は寝ない！」

二人は驚く。

「明日の朝、六時きっかりに来てくれ……ご主人さまの髭剃りと食事の世話に！」（二人に微笑みかけ、手をたたいて、退ってよろしいと合図する）Via《ヴィア》, via《ヴィア》, via《ヴィア》, via《ヴィア》! grazie《グラツィエ》!（＊8）

二人は、とまどいながら、お辞儀をして、舞台から出てゆく。

あの驚きようはどうだ！……あすは、もっと驚くぞ。そうとも！（はっきり見さだめようと、観客をじっとのぞきこんで）ほう、現われてはくれぬか？　わしには、お前たちが必要なのに……是が非でも！　死の淵にある者が頼んでいるのだ！　どうすれば、姿を現わしてくれる？　人間の姿をとり、わしの最後の観客となってくれる？……魔術をもって呼び出すのか？　オペラで、よく使う手だ！　そうだ。魔法だ！　それしかない。（立ちあがる）では、魔術をかけてやろう——遙か未来の霊たちに……よく見えるように。

彼は車椅子から離れて、ピアノの方へ急ぐ。ピアノのそばに立つと、節の区切れ目ごとに、レチタティーヴォ・セッコふうにピアノの装飾的旋律を挿入しながら、かん高い、かすれた声で歌い始める。その間に、客席の照明が徐々に明るくなり、観客を照らし出す。

サリエーリ（歌う）

〽未来の霊よ！

後の世の幻よ！
避けがたき者よ！
心あらば、
現われよ……
いまだ生れざる者よ！
憎しみを知らぬ者よ！
人をあやめしことなき者よ！
現われいでよ……後の世の人々！

（せりふにもどって）ほうれ。うまくいった。お前たちが見えるぞ！　これこそ腕のみせどころ。なにしろ、騎士《シュヴァリエ》のグルックに鍛えられたからな……幻を呼び出すのは、グルックのお家芸だった。それもそのはず。あの頃、オペラに神や亡霊が出なきゃ、客はおさまらなかった。それがきょう日は、ロッシーニ以来、床屋（＊9）が主役というわけだ。

間。

Scusate《スクザーテ》(*10) 失礼。霊を呼び出すのは、大仕事だ。疲れた。一口、何かつまもう。（菓子の盛り皿の方へ行く）いささか、はしたなくはあるが——。実は、わしが諸君に告白せねばならん第一の罪は、この食い意地だ。菓子には目がない。子供じみた……イタリア式食欲！　実のところ、生れ故郷の北イタリアの砂糖菓子とは、生涯縁が切れなかった。三つの時から七十三歳の今日まで、粉砂糖をまぶしたアーモンドの味を忘れることはできなんだ。（舌なめずりせんばかりに）それに、ミラノ風ビスケット！　シエナ風マカロン！　ピスタチオ・ソースをかけたスノウ・プディング！……どうか変な奴だと思わんでほしい。人は誰しも、故郷《ふるさと》への愛を、何らかの形で胸に抱いているのだ……わしの両親は、オーストリア領ロンバルディに住む商人夫婦だった。彼らにとって、世界とは、レニャーゴの町(*11)、わしが出て行きたくてたまらなかった小っぽけな町だ。彼らにとって、神とは、ウィーンのほんの少し先の天国に住む、ハプスブルク家の皇帝陛下のこと。その神に求めたものは、商売繁昌、どうぞお構いなく……平凡に暮させて下さい、ということだけ。だが、わしが求めたものは、まったく違う。

間。

わしは、名声が欲しかった。みせかけではない、本物の名声が。彗星のように輝き、ヨーロッパの天空をよぎりたかった。それも音楽によって、絶対的な音楽！　音楽の調べは、いいか悪いか、それしかない、絶対に！　〈時の流れ〉も、それを変えることはできぬ。音楽は、神の芸術なのだ。（回想につれて、心を高ぶらせる）わしは、十歳にして、ふと耳にする楽の音《ね》に、目眩めく思いを味わった！　十二の時には、もう田園をさまよい歩き、神へのアリアや讃歌を口ずさんでいた！　わしの願いは、イタリアの長い歴史の中で神の栄光を称えてきた多くの作曲家の列に加わることだった！　日曜日には、教会で、はげ落ちかけた壁に描かれた神のみ姿に、じっと見入ったものだ。キリストではない。ロンバルディのキリスト像ときたら、どれもこれも、両手に仔羊を抱いて、作り笑いを浮かべた阿呆ばかり。違う。わしが言うのは、桑の実色の長衣《ローブ》をまとい、この世を商人《あきんど》の目で見すえる、蠟燭の煙にくすんだ神。商人《しょうにん》たちが奉納した神だ。その目は、取り消しのきかぬ真の契約をとり交してくれる。「汝、我に捧げよ……我、汝に与えん！　それだけでいいのだ！」（興奮して、甘いビスケットを食べる）ある夜、わしは〈彼〉に会いに行った……そして、自分で契約を結んだ！　信じたことは行う、純真な十六歳の少年だった。わしは〈契約の神〉の前にひざまづき全身全霊をこめて祈った。

　サリエーリはひざまづく。観客席の照明は、ゆっくりと消える。

「主よ、私を作曲家にし給え！　そして、名声を与え給え！　その代り、潔く美しく生きます。人々の生き方をより善くするよう、努めます。数々の音楽であなたを称えるべく、一生を捧げます！」わたしがアーメンと言うと、神の目が輝いた。（神の声で）「Bene《ベネ》(*12). 行け、アントニオ。我と人類に仕えよ――汝、祝福されん！」……「グラッチェ！」と、わしは答えた。「私は、命ある限り、〈あなた〉の僕《しもべ》です！」

　サリエーリはふたたび立ちあがる。

　その翌日だった、わが家の知合いの一人が不意に――忽然と――現れ、わしをウィーンに連れてゆき、音楽を習う金を出してくれた！

　間。

その後間もなく、オーストリア皇帝に拝謁し、その寵愛を頂いた。確かに、契約は受け入れられたのだ！


　間。

わしがイタリアを離れたその同じ年、ある天才少年がヨーロッパで演奏旅行をしていた。わずか十歳の、奇跡の巨匠《マエストロ》。ヴォルフガング・アマデウス・モーツァルト。

間。サリエーリは観客に微笑みかける。

　間。
さて——皆様がた！　これよりご覧にいれましょう……一回限りの公演を……わが最後の作品、題して『モーツァルトの死、または、我それをなせしや？』……わが人生最後の夜、これを後世の人に捧げる！

サリエーリは、深々とお辞儀をしながら、古びた化粧着《ガウン》のボタンをはずす。身を起こすと——みすぼらしいガウンと帽子を脱ぎ捨てて——まっ青な上衣《コート》をまとった、人生の絶頂にある若々しい姿に変る。一七八〇年代の、成功せる作曲家らしい優雅な服装である。

＊　＊　＊

時代が十八世紀に変る

背後に、音楽が静かに流れる。サリエーリの穏やかな弦楽曲。召使いたちが登場。一人はガウンとショールを持ち去る。もう一人は、飾り粉《ヴィッグ・パウダー》をふった鬘がのっている鬘台を運びこみ、テーブルの上におく。第三の召使いは椅子を一脚運んできて、舞台の下手奥寄りにおく。

舞台後方の青いカーテンが左右に開きながら上ると、皇帝ヨーゼフ二世と貴族たちが、金色の光をあびて現れる。

その背後に、金色に輝くいくつかの鏡と大きな暖炉が一つ。皇帝は筒状に巻いた文書を手に椅子に坐り、音楽に耳を傾けている。フォン・シュトラック伯爵、オルシーニ＝ローゼンベルク伯爵、ヴァン・スヴィーテン男爵や、僧《スー》服《タン》を着た僧侶も、音楽に聴きいっている。鬘をつけた、老いた廷臣が登場し、ピアノの前に坐る。宮廷楽長ボンノである。サリエーリは鬘台の鬘を手に取る。

サリエーリ　（若い男の声で。活気と自信に溢れて）場所は、ウィーン。時は——まず——一七八一年。まだ啓蒙主義の時代だ。あのおぞましく、血腥いフランス革命前のうららかな時代。わたしは三十一歳。ハプスブルク家のために、すでに数多くの作品を書いた宮廷作曲家だ。立派な邸も手に入れた。立派な妻もいる……テレサだ。

テレサが登場。

肥った、物静かな婦人。舞台奥の椅子に、背すじを伸ばして坐る。

別に、皮肉っているのではない。わたしが家庭の伴侶に求めた性質は、ただ一つ……情熱の火は要らぬということ。この点、テレサはお誂え向きだった。(儀式めいた手付きで、飾り粉をふった鬘をかぶる) それに、すばらしい弟子もいる、カテリーナ・カヴァリエリだ。

カテリーナが反対側から颯爽と登場。二十歳の美しい娘。弦楽曲は声楽に変る。かすかにコンチェルト・アリアのソプラノが聞える。テレサと同様、カテリーナの役もせりふはない。しかし、登場してピアノのそばに立つと、激しい身振りで、情熱的に歌っているマイムをする。ピアノの前に坐ったボンノは、感動しながら伴奏をつける。

陽気な瞳と食べてしまいたいような愛らしい唇をもった、溌剌とした生徒だった。わたしはカテリーナに恋をした……少なくとも欲情を覚えた。しかし、神への誓い故に、指一本触れはしなかった。時たま、歌い方を教えるふりをして、脇腹を押えたりはしたが。わたしの野心は、消しがたい炎となって燃えていた。目指すゴールは、首席宮廷楽長。当時その地位にあったのが、ジュゼッペ・ボンノ……（と、彼を指さして）……七十歳。どうやら不死身とみえる。

サリエーリを除いて、ほかの全員は急に動かなくなる。サリエーリは観客に話しかける。

皆さんが、やがてこの世に生れ出た時、きっと聞かされるだろう、十八世紀の音楽家は召使いも同様だったと。金持ちに仕える奴隷だったと。その通り。だが、間違いでもある。確かに我々は召使いだった。だが、教養ある召使いだった！　我々は、その学識によって、人々の人生に花をそえたのだ！

壮麗な音楽が響く。皇帝は坐ったままだが、ライト・ボックスの四人……シュトラック、ローゼンベルク、ヴァン・スヴィーテン、僧侶……は、ゆっくりと主舞台《メイン・ステージ》へおりて来て、舞台前方へ威風堂々と進み、ぐるっと一巡して、ふたたび奥へ向い、もとの場所にもどる。僧侶のみは退場。テレサとカテリーナも、それぞれ、上手と下手から退場。

（音楽にかぶせて）我々は、平凡な人たち――ふつうの銀行家、どこにでもいる司祭、ありふれた軍人や政治家、あるいは、その女房たち――を相手に、彼らの凡庸な人生を聖なるものへ高める。彼らの午後の一刻《ひととき》を、弦楽三重奏（＊13）で和らげる！キタローネ（＊14）の音色で、夜をつらぬく！もったいぶった行列には行進曲、情事《いろごと》にはセレナーデ……狩にはホルン、戦争にはドラム！この世への登場にはトランペットが高鳴り、退場に際してはトロムボーンが咽《むせ》ぶ！彼らの日々の面影が今も残るのは、我々あればこそ。彼らの政治がとうに忘れさられても、我々の音楽は生き続ける。

皇帝は筒状に巻いた文書をシュトラックに渡して、退場する。あとに残ってライト・ボックスの中に立っている三人は、三枚の聖画《イコン》を思わせる。オルシーニ＝ローゼンベルクは、肥った、尊大な男。六十歳。フォン・シュトラックは、固苦しく、とり澄ましている。五十五歳。ヴァン・スヴィーテンは、教養があり、まじめ。五十歳。三人にあたっている照明が、少し弱くなる。

我々のことを召使い扱いする前に、伺いたい、誰が誰に仕えたか？　そして、諸君の時代に、一体誰があなた方の名を後世に残すか？

二人の〈風〉が両側から急いで入ってきて、舞台の前方に来る。彼らは鬘をつけ、十八世紀後半の上等な服装。その態度は、前の場面より狎れ狎れしい。

〈風〉一　（サリエーリに）もし！

〈風〉二　（サリエーリに）もし！

〈風〉一　もしもし。

〈風〉二　もしもし、もし。

サリエーリは、二人に少し待つように命じる。

サリエーリ　わたしは、この音楽の都で、もっとも成功した若き音楽家だった。ところが、突如として、何の前触れもなく……

二人は両側から熱っぽくサリエーリに近づく。

〈風〉一　モーツァルトが！

〈風〉二　モーツァルトが！

〈風〉一と二　モーツァルトがきます！

サリエーリ　これは、わたしの〈そよ吹く風〉。いろんな噂を囁いてくれる。（ポケットから貨幣を取り出して、二人に一枚ずつ与える）大きな都会で成功するには、陰で何が行われているか、的確に知るのが肝心。

〈風〉一　モーツァルトがザルツブルクを出た。(*15)

〈風〉二　演奏会を開くつもりで。

〈風〉一　会員を募っている。

サリエーリ　もちろん、モーツァルトのことは、数年前から知っていた。全ヨーロッパで、その才能は話題の的だった。

〈風〉一　五歳で、最初の交響曲を作ったとか。

〈風〉二　第一回の演奏会は、四歳の時なそうな。

〈風〉一 十四歳でオペラを一本。
〈風〉二 『ポントの王ミトリダーテ』
サリエーリ （二人に）今、いくつだ？
〈風〉二 二十五歳。
サリエーリ （用心深く）で、いつまでいるのかな？
〈風〉一 出ては行かない。
〈風〉二 ここに住みつくらしい。
〈風〉たちは、すべるように舞台から出てゆく。

＊ ＊ ＊

シェーンブルン宮殿(＊16)

舞台奥のライト・ボックスの中に、ローゼンベルク、シュトラック、ヴァン・スヴィーテンが、かしこまって立っている。三人の上に照明があたる。侍従長（シュトラック）は、皇帝から受けとった文書を帝室歌劇場総監督（ローゼンベルク）に渡す。サリエーリは舞台前方にそのまま。

シュトラック（ローゼンベルクに）陛下のご下命だ、ドイツ語のコミック・オペラをモーツァルトに委嘱せよと……。

サリエーリ（観客に）ヨハン・フォン・シュトラック。侍従長。骨の髄まで、宮廷人だ。

ローゼンベルク（尊大に）なぜドイツ語の？　オペラにふさわしい言葉は、イタリア語だけだ！

サリエーリ　オルシーニ＝ローゼンベルク伯爵。帝室歌劇場の総監督。根っからのイタリア贔屓……特に、わたしには。

シュトラック（そっけなく）国民オペラなるものに、陛下は深い関心を寄せておられる。(*17) 平易なドイツ語による作品が聞きたいと、ご所望だ。

ヴァン・スヴィーテン　なるほど。だが、なぜコミックなのです？　音楽の機能は、人をおかしがらせることではない。

サリエーリ　ヴァン・スヴィーテン男爵。(*18) 帝室図書寮長官。フリーメーソンの熱心な会員。おかしいことなどとは、およそ無縁な男。時代遅れの音楽に熱中し、〈フーガの殿さま〉と呼ばれている。

ヴァン・スヴィーテン　先週、モーツァルトの『クレータ王イドメネオ』(＊19)というのを聞いた。まじめな、いいオペラだ。

ローゼンベルク　わたしも聞いた。あの若僧、脊のびをしておる。香料《スパイス》が効きすぎだ。音が多すぎる。

シュトラック　（ローゼンベルクに、きっぱりと）ともかく、今日、モーツァルトにこの旨伝えて頂きたい。

ローゼンベルク　（いやいや書類を受け取って）いずれ、この若者とは、厄介なことになりそうですな。

ローゼンベルクはライト・ボックスを出て、サリエーリのほうへ行く。

奴は、かつて天才児だった。これは、必ずもめごとの種になる。父親はレオポルト・モーツァルト、(＊20)ザルツブルクの大司教(＊21)に仕える、山気のある音楽家だ。幼い息子に、目隠し演奏だの一本指演奏などと、ピアノを弾かせて、ヨーロッパ中を引っぱりまわした。（サリエーリに）天才というのは、いずれも嫌な連中だ……non《ノ》 e《ネ》 vero, compositore?《ヴニーロ コムポズイトーレ(*22)》

サリエーリ　Divengono sempre sterli con gli anni.《ディヴェンゴノ セムプレ ステルリ コン リイ アンニ(*23)》 十《とう》歳で神童、二十歳《はたち》すぎれば…

…というわけですな。

ローゼンベルク　そうそう。Precisamente, precisamente,《プレチザメンテ プレチザメンテ(*24)》

シュトラック　（疑わしげに呼びかける）何を話しておられる？

ローゼンベルク　（軽く）いや、別に、侍従長殿！……Niente, Signor Pomposo!《ニエンテ シニヨール ポムポーゾ(*25)》……

ローゼンベルクは、ゆっくりした足取りで去る。

シュトラックは、苛立たしげに大またで退場。

今度は、ヴァン・スヴィーテンが舞台前面へ出てくる。

ヴァン・スヴィーテン　明日また会うな、年寄りの音楽家の年金を決める君の委員会で。

サリエーリ　（うやうやしく）ご出席頂けますとは、誠にありがとうございます、男爵。

ヴァン・スヴィーテン　君は立派な人物だ、サリエーリ。我々フリーメーソンの会員になり給え。心から歓迎するよ。

サリエーリ　光栄でございます、男爵！

ヴァン・スヴィーテン　よかったら、わたしの支部に入会できるよう計ってもよいが。

サリエーリ　身にあまります。

ヴァン・スヴィーテン　ばかな。我々は、有能な人材であれば、身分を問わず受け入れる。若いモーツァルトにも、声をかけるかもしれん。あの男の印象次第だが。

サリエーリ　（お辞儀をして）もちろんでございます。

ヴァン・スヴィーテンは出てゆく。

（観客に）なんたる光栄！　当時、ウィーンの有力者はほとんどフリーメーソンだった……なかでも、男爵の支部は華やかだった。若いモーツァルトに関しては、白状すると、警戒心を覚えた。あまりにも評判がよすぎる。

〈風〉一と二が、舞台の両側から急いでやって来る。

〈風〉一　あの明るさ！

〈風〉二　あの飾り気のなさ！
〈風〉一　あの自然な魅力！
サリエーリ　（〈風〉たちに）本当か？　どこに住んでいる？
〈風〉一　ペーター広場。
〈風〉二　十一番地。
〈風〉一　下宿の主人《あるじ》は、マダム・ウェーバー。
〈風〉二　みだらな女で。
〈風〉一　男の下宿人を置き、娘が一ダース。
〈風〉二　その一人と、彼は婚約した。
〈風〉一　アロイジアという名のソプラノ歌手。(*26)
〈風〉二　だが、彼を袖にした。
〈風〉一　今、彼が追いかけているのは、その妹。
〈風〉二　コンスタンツェ(*27)！
サリエーリ　姉と一旦婚約しておきながら、今度はその妹と結婚しようというのか？
〈風〉一と二　（同時に）その通り！
〈風〉一　娘の母親が、結婚に大乗り気！

〈風〉二　モーツァルトの父親は大反対！
〈風〉一　おやじは、心痛のあまり病気！
〈風〉二　毎日、ザルツブルクから手紙を寄こす！
サリエーリ　（二人に）モーツァルトに会ってみたいな。
〈風〉一　明晩、ヴァルトシュテッテン男爵夫人邸に来るはずです。
サリエーリ　グラッチェ。
〈風〉二　モーツァルトの作品がいくつか、演奏されるはず。
サリエーリ　（二人に）Restiamo in contatto《レスティアーモ インコンタット》. また連絡してくれ。
〈風〉一と二　Certamente, Signore《チェルタメンテ シニョーレ》(*28)！

〈風〉一と二、退場。

サリエーリ　（観客に）そこで、ヴァルトシュテッテン男爵夫人のところへ出かけた。
その夜がわたしの人生を変えた。

＊　＊　＊　＊

ヴァルトシュテッデン男爵夫人の邸の書斎

ライト・ボックスには、美しく落着いた壁紙をはった壁と、窓が二つ。窓には優雅なカーテンがかかっている。

召使いが二人、ケーキやデザート類をのせた大きなテーブルを運びこむ。別の二人が背もたれの高い立派なウィング・チェアを運んできて、うやうやしく舞台前方下手寄りに置く。

サリエーリ　（観客に）わたしは、まず甘い物を少しつまもうと、書斎に入った。男爵夫人は、わたしが来るとわかると、いつもこの部屋に、すばらしい菓子の数々を用意して下さる。アイスクリーム……キャラメリ……それにこの世のものとも思えぬCrema a l mascarpone《クレーマアルマスカルポーネ》……ただクリーム・チーズとグラニュー糖を混ぜて、ラム酒を浸みこませたものだが……そのうまさたるや、なんともこたえられぬ！

サリエーリは、その菓子が入っている小さなボールをケーキ・スタンドから取り、客席のほうを向いてウィング・チェアに坐る。したがって、舞台奥から入って来る者には、彼の姿は見えない。

サリエーリ　わたしは、この天国の美味を味わおうと、脊もたれの高い椅子に腰をおろした……だから、部屋に入って来る者には、わたしの姿が見えなかった。

舞台外から、騒々しい声が聞こえてくる。

コンスタンツェ　（舞台外で）チュー！　チュー！　チュー！

舞台奥から、コンスタンツェが駆けこんでくる。二十代初めの潑剌とした美しい娘。鼠の真似をしているのである。華やかなパーティ・ドレスを着て、舞台を横切り、ピアノの後ろに隠れる。

突然、はでな鬘とはでな服をまとい、大きな目をした、蒼白い小柄な男があとを追って駆けこんできて、鼠を捕える猫よろしく、舞台中央でじっと動きをとめる。ヴォルフガング・アマデウス・モーツァルトである。

次の場面の間、我々はモーツァルトについていくつかのことを発見する……彼は、著しく落着きを欠き、手や足をほとんど絶え間なく動かしている。声は細く、かん高い。そして、一度聞いたら忘れようのない笑い……耳ざわりな、幼児のような忍び笑いを絶えずもらす。

モーツァルト　ミャーオ！

コンスタンツェ　（隠れ場所を知らせるように）チュー！

モーツァルト　ミャーオ！　ミャーオ！　ミャーオウ！

モーツァルトは四つん這いになると、顔にしわを寄せ、しゅーっと威嚇の唸りをあげて、獲物に忍びより始める。鼠は、興奮のあまり、くっくっと笑いながら――隠れ場から飛び出し、舞台を横切って逃げる。猫が追いかける。鼠は、サリエーリがひそんでいる椅子のすぐそばまで追いつめられて、向きなおる。猫は、膝までのズボンと華美な上衣姿で……一足一足……鼠に忍びよる。
ぴょーんと飛びかかるぞ！　きゅっと、ひっかくぞ！　ネズちゃんをむしゃむしゃ食っちゃうぞ！　にゅっと爪で引き裂いちゃうぞ！

コンスタンツェ　いや！

モーツァルト
爪がにゅっ、
爪がにゅっ、
爪がにゅっ！　ウオーッ！

モーツァルトはコンスタンツェの上に襲いかかる。彼女は悲鳴をあげる。

サリエーリ　（観客に）わたしは立つに立てなくなった。

モーツァルト　キバキバで、咬み裂いちゃうぞ！　かわいいスタンツァール・ヴァンツァール・バンツァール！（*29）

彼女は、彼の下でうつ伏せに横たわったまま、楽しそうにくすくす笑う。

震えてるな……ニャーオが恐くて！……死ぬほど恐くて！（狎れ狎れしく）うんこ、ちびっちゃいそうだろ？

コンスタンツェは悲鳴をあげるが、本当にショックを受けたわけではない。

今に、床にべったり！

コンスタンツェ　シィー！　人に聞かれるわ！

モーツァルトは放屁の音をまねる。

モーツァルト　床じゅう、ばっちい。わあ、臭い！　よして、ヴォルファール！　シィー！

コンスタンツェ　やめて！

モーツァルト　ほうれ、出てくる！　聞こえる、聞こえる！……ああ、なんて愁わしげな音！　あそこから、何かが出てくる！

前よりもゆっくりと放屁の音。コンスタンツェは、おもしろがりながら、悲鳴をあげる。

コンスタンツェ　もう、よして！　ばかね！　ほんとにおばかさん！

サリエーリは仰天して坐っている。

モーツァルト　ねえ……ねえったら……トルッァーモって、なんだ？

コンスタンツェ　え？

モーツァルト　トルツァ、ア、ア、ーモ。何だか、わかる？

コンスタンツェ　わかるわけないでしょ。

モーツァルト　モーツァルトの逆さまさ……ばーか！　ぼくと結婚したら、君はコンスタンツェ・トルツァーモ。

コンスタンツェ　いやよ、そんなの。
モーツァルト　いいや、そうなる。だって、結婚したら、ぼくは全て逆さまでいくんだ。顔じゃなくて、お尻を舐め舐め。
コンスタンツェ　この分じゃ、どっちも舐められないんじゃない？　あなたのパパ、許してくれそうにないもの。

たちまち彼の陽気さは影をひそめる。

モーツァルト　パパの許しなんか、気にするもんか。
コンスタンツェ　してるわ。ひどく。それなしじゃ、なんにもできないくせに。
モーツァルト　なんにも？
コンスタンツェ　ええ、なんにも。お父さんが恐いから。あなたのパパが、あたしのこと何て言ってるか、知ってるわ。（厳しい声で）「あんな娘と結婚したら、一生、食うや食わずの貧乏暮しだぞ」
モーツァルト　（衝動的に）結婚しよう！
コンスタンツェ　ばか言わないで。

モーツァルト　結婚してくれ！
コンスタンツェ　本気？
モーツァルト　（挑むように）そうさ！……今すぐ返事を！　うんと言ってくれたら、家に帰って、ベッドにもぐりこんで……シーツの上にウンコして、「うん、やったぞ！」って言ってやるんだ。

モーツァルトは、コンスタンツェの体の上を嬉しそうに転がりながら、例のかん高い、泣き笑いのような声をたてる。舞台奥に、この邸の家令がもったいぶって登場。

家令　（無感動に）奥さまが、始めるようにと、お待ちでございます。
モーツァルト　ああ！……そうか！……わかった！　（ばつが悪そうに立ちあがり、コンスタンツェを助け起こす。威厳をとりつくろって）では、行こうか。音楽が待っている！
コンスタンツェ　（忍び笑いを抑えながら）ええ、よろしくてよ……トルツァーモさん！

彼はコンスタンツェの腕をとる。二人は気取って出てゆく。苦々しげな顔をした家令が、あとに続く。

サリエーリ (動転して……観客に)それからすぐに、コンサートが始った。ドアの向うから、音楽が聞えてきた……セレナーデだ……初めはぼんやりと……あまりのショックに、耳を傾けるどころではなかった。だが、やがて音がはっきりしてきた……変ホ長調のアダージョだ。

『十三管楽器のためのセレナーデ』(ケッヘル三六一)[*30]のアダージョが聞こえてくる。ウィング・チェアにかけたまま、サリエーリは、音楽にかぶせて、静かにきわめてゆっくりと話し始める。

初めは、ごく単純だった。一番低い音域の単なるリズム……バスーンとバセット・ホルンで……まるでかすれた手風琴のようだ。テンポが緩やかでなければ、滑稽でさえあるが、その緩やかさが、ある静けさをたたえていた。そして、突然、オーボエが一際高く響いた。

　オーボエの調べが響く。

オーボエの音はずっと続き……わたしは、かたずをのんで……耳を傾けた。やがて、クラリネットが現われ、優しい調べを奏で、わたしは喜びにふるえた。部屋の灯《あかり》が揺れ、わたしの目は曇った！（次第に感情が高まり、生気をます）低音が高まり、その上に高音の楽器が咽ぶように囀るようにからまり、わたしを捉えた……それは苦痛の長い糸でもあった……そう、苦痛！　初めて味わった苦痛だ！　わたしは神に呼びかけた、「これは何……何なのです?!」だが、手風琴は鳴り続け、苦痛が脳天を打ちくだき、わたしは、ついに逃げだした……

　サリエーリは椅子からぱっと立ちあがり、熱に浮かされたように駆けだして、舞台中央に立つ。背後のライト・ボックスは、書斎が消えて、夜の街路に変る。空の切れ目と、小さな家並。音楽はかすかに続く。

――横のドアから飛びだし、階段を転がるように、通りへ、冷たい夜の中へ出た、あえぎながら。(苦悩の中から呼びかける)「何です？ これは？ 教えて下さい！ この苦痛は何なのか？ この音が求めているのは、何です？ 縹緲として、しかも聞く者の心を満たしてくれる。これは、あなたがお求めなのですか？ ほかならぬあなたが？」

間。

上のサロンからは、音楽がかすかに聞こえていた。人気のない通りを、星がかすかに照らしていた。急に、わたしは恐くなった。神の声を聞いたような気がした……それも、聞き覚えのある声で……卑猥なことを口ばしる、あの若僧の声だ。

照明が変る。街路の情景は消える。

＊　＊　＊　＊

サリエーリのアパートメント

照明は暗いまま。

サリエーリ　わたしは家に駆け戻り、恐怖を仕事で紛らわせた。弟子をふやした……三十人、四十人に。音楽家を援助する芸術協会のためにも、長い時間をさいた。神をたたえる聖歌も、たくさん作った。そして夜には、ただ一つのことを祈った。（ひざまづき、必死に）「我に、み声を授け給え！　我に、み業《わざ》を与え給え！……我に！」（間。立ちあがって）モーツァルトには……会うのを避けた……その代り、出来る限りあの男の作品を集めさせた。

〈風〉一と二が、手書き楽譜を持って登場。ピアノの前に坐ったサリエーリに、代るがわる楽譜を見せる。その間に、召使いたちが、ヴァルトシュテッデン邸のテーブルとウィング・チェアを、目立たないように片附ける。

〈風〉一　ミュンヘンで作曲したピアノ・ソナタが六曲。

サリエーリ　うまい。
〈風〉二　マンハイムで二曲。
サリエーリ　よくできている。
〈風〉一　『パリ交響曲』
サリエーリ　（観客に）しかし、どれも内容が空虚に思えた！
〈風〉一　『ニ長調の嬉遊曲《ディヴェルティメント》』です。
サリエーリ　これも同じ。
〈風〉二　『ト長調のカッサツィオン』
サリエーリ　古くさい。
〈風〉一　『変ホ長調の連禱曲《リタニア》』
サリエーリ　退屈きわまる。（観客に）レオポルト・モーツァルトの小生意気な息子、早熟な若僧の作品……というだけにすぎん。あのセレナーデはあきらかに例外だ。ま、どんな作曲家にも、こうしたまぐれ当りはあるさ！

〈風〉一と二は、楽譜を持って退場。

きっとわたしは、あんないかがわしい男にも音楽が作れるということに驚いただけなんだろうな？……すると急に、気持が晴れた！　あの男を探して、ウィーンへようこそと言ってやりたくなった！

＊　＊　＊　＊

シェーンブルン宮殿

さっと照明が変る。皇帝が、金色の鏡と暖炉を背に、侍従長シュトラックをしたがえて、まばゆい光の中に立っている。皇帝は四十歳、粋で明るく、自分にも世界にも大いに満足している。舞台前方の両側から、それぞれヴァン・スヴィーテンとローゼンベルクが急ぎ足で登場する。

ヨーゼフ　なんと、なんとすばらしい、諸君！　モーツァルトが来ておる！　下で待っている！

一同、お辞儀をする。

一同　陛下！

ヨーゼフ　Je suis follement impatient《ジュスイフォルマンアンパシアン》！　わくわくするぞ！

サリエーリ　（観客に）オーストリア皇帝ヨーゼフ二世。マリア・テレージアの息子で、マリー・アントワネットの兄。音楽の熱烈な愛好家……やんごとなきおつむの負担にならぬ限りは。（皇帝へ、恭々しく）陛下、モーツァルトのために、ささやかな行進曲を作曲いたしました。入ってくる時、弾いてよろしいでしょうか？

ヨーゼフ　よいとも。いい考えだ！　もう会ったかね？

サリエーリ　まだです、陛下。

ヨーゼフ　なんと、なんと、なんとすばらしい！　シュトラック、すぐ連れて参れ。

シュトラックは去る。皇帝は本舞台へ出てくる。

そうだ、競演させようではないか！　モーツァルトと誰かと。二台のピアノによるコンテストだ。面白かろう、男爵？

ヴァン・スヴィーテン　（しかつめらしく）いっこうに、陛下。私の考えでは、音楽家は、馬ではあるまいし、互いに競走させるべきものではありません。

短い間。

ヨーゼフ　うん。ま……よかろう。

シュトラックが戻ってくる。

シュトラック　モーツァルトが参ります、陛下。

ヨーゼフ　そうか！　すばらしい！（サリエーリに、共謀者めいた合図を送る。サリエーリはピアノのほうへ急ぐ）さあ、サリエーリ！　（シュトラック）呼び給え。

サリエーリはすぐピアノの前に坐って、自作の行進曲を弾き始める。それと同時に、きらびやかな上衣をつけ礼装用の佩刀《はいとう》をおびたモーツァルトが、気取って入ってくる。皇帝は舞台手前に、観客に背を向けて立ち、モーツァルトが近づくと、立ちどまって音楽を聞くようにと、合図をする。モーツァルトはとまどいながら、指示に従う……そして、サリエーリが歓迎のマーチを弾いているのに気づく。ひどく陳腐な曲だが、かすかに……ほんのかすかに……後年有名になった行進曲[*31]を思わせるものがある。一同、サリエーリが弾き終るまで、聴きいる態でタブローとなり、動かない。喝采。

ヨーゼフ　(サリエーリに)すばらしい……comme d'habitude《コムダビチユード》! いつもながら!

(モーツァルトの方をむき、接吻を受けようと、手をさし伸べ) モーツァルト。

モーツァルトは近づき、大仰な身振りでひざまづく。

モーツァルト　陛下!　つつしんで陛下の御手に、心からの接吻を!

モーツァルトは皇帝の手を、むさぼるように何回も何回も、ついに相手が当惑して手を引込めるまで、くり返し接吻する。

ヨーゼフ　ノン、ノン、シル・ヴ・プレ！　そう興奮し給うな。さあ、立たれよ！
（モーツァルトを助け起こして）前にもこうして会ったことがあるぞ！　妹は今でもよく覚えている。この若者は……ほんの六つでな……このシェーンブルン宮殿の床で転んでしまったのだ……すってんころりと……前に話したかな？(*32)
ローゼンベルク　（急いで）いいえ、陛下！
シュトラック　（急いで）いいえ、陛下！
サリエーリ　（急いで）いいえ、陛下！
ヨーゼフ　妹のマリー・アントワネットが駆け寄って、助け起こしてやった。すると、どうだ？　妹の腕の中にぱっと飛びこむなり……こうしていきなり頬に接吻して、言うんだ、「結婚してくれない、ぼくと、ねえ？」

　廷臣たち、畏まって笑う。モーツァルトは、例の甲高いくすくす笑いをもらす。これには皇帝もびっくりする。

なにも恥ずかしがることはない。ところで、皆とは、もう顔みしりかな？

モーツァルト　はい。（ローゼンベルクに丁重なお辞儀をして）宮廷歌劇場の監督さん！　（ヴァン・スヴィーテンに）帝室図書寮長官殿。

ヨーゼフ　では、サリエーリとは、まだだな？　大変な片手落ちだ！　いやしくも芸術に心寄せる者が、サリエーリを知らぬとは。君のために、あの見事な歓迎行進曲を作ってくれた。

サリエーリ　ささやかなものでございます、陛下。

ヨーゼフ　それにしても……

モーツァルト　（サリエーリに）なんという感激でしょう、シニョーレ！

ヨーゼフ　楽想がつぎつぎに湧き出るらしい……なあ、シュトラック？

シュトラック　尽きることを知りません、御前。（心付けを与えるように）よくやった、サリエーリ。

ヨーゼフ　では、あらためて紹介しよう！　宮廷付き作曲家サリエーリに……ザルツブルクのモーツァルト！

サリエーリ　（モーツァルトに、なめらかな口調で）Finalmente《フィナルメンテ》. Che《ケ》 gioia《ジオイア》. Che《ケ》 diletto《ディレット》 straordinario《ストラオルディナリオ》(*33). どうぞよろしく。

サリエーリはもったいぶったお辞儀をして、自作の楽譜をモーツァルトに贈る。彼はイタリア語の洪水でもって、それを受け取る。

モーツァルト　グラッチェ、シニョーレ！ Mille《ミッレ》 millione《ミリオーネ》 di《ディ》 venvenuti《ヴェンヴエヌーティ》! Sono《ソーノ》 commosso《コムモッソ》! E《エ》 un《ウン》 onore《オノーレ》 eccezionale《エッチエツィオナーレ》 incontrala《インコントラーラ》! Compositore《コムポズィトーレ》 brillante《ブリッランテ》 e《エ》 famossissimo《ファモッスィッスィモ》!（＊34） なんたる歓迎！　なんたる感激！　光栄の至りです！（モーツァルトは丁重で派手なお辞儀を返す）

サリエーリ　（そっけなく）グラッチェ。

ヨーゼフ　ところで、モーツァルト、オペラの作曲の件、もう聞いたかな？

モーツァルト　うかがいました、陛下！　喜びのあまり、言葉もございません！　必ずいいものを……最高のものを、作ってご覧にいれます。もうリブレット（＊35）は見つかりました。

ローゼンベルク　（びっくりして）見つかった？　それは初耳だ！

モーツァルト　失礼、申しあげるまでもないと思ったので。

ローゼンベルク　なぜかね？

モーツァルト　たいしたこととは思えませんでしたから。

ローゼンベルク たいしたことではない？
モーツァルト ええ、全然。
ローゼンベルク （苛立たしげに）わたしにとっては、重大なことだ、モーツァルト君。
モーツァルト （当惑して）はい。それはもう。もちろん。
ローゼンベルク で、誰の作品かね？
モーツァルト シュテファニー(*36)です。
ローゼンベルク いやな男だ。
モーツァルト でも、すばらしい作家です。
ローゼンベルク そうかね？
モーツァルト 物語が実に面白い、陛下、舞台は……（くすくす笑う）……その……場所は……
ヨーゼフ （熱心に）どこだ？ どこが舞台だ？
モーツァルト それが……その……いささか面白い場所でして、陛下！
ヨーゼフ ほう！ どこだ？
モーツァルト 実は、後宮でして。
ヨーゼフ え？

モーツァルト トルコの太守のハーレムなんです。(度はずれな忍び笑い)

ローゼンベルク それが国立劇場の公演にふさわしい題材だと思うのかね？

モーツァルト (狼狽して) はい！ いいえ！ はいです、はい。なぜ、いけないんです？ とっても面白く、おかしいんです……絶対に……陛下……別に変なところはありません、全然。ドイツ的な美徳にあふれた作品です。本当に！

サリエーリ (もの柔らかに) 失礼ながら、シニョーレ、その美徳というと？ わたしは外国人なもので、よくわからないが。

ヨーゼフ 皮肉な男だな、サリエーリ。

サリエーリ とんでもない、陛下。

ヨーゼフ どうだな、モーツァルト？ そのドイツ的美徳とやらを聞かせてもらおうか！

モーツァルト 愛です、陛下。まだ、どんなオペラでも扱っておりません。

ヴァン・スヴィーテン よくぞ申した、モーツァルト。

サリエーリ (微笑んで) 失礼だが、むしろオペラといえば、きまって愛がテーマのように思えるが。

モーツァルト 私が言うのは、男らしい愛です、シニョーレ。男のソプラノがキイキイ声をはりあげたり、間抜けな恋人たちが目をむいたりするあれではない。あんなもの、みんなばかげたイタリアのがらくたさ。

間。空気が緊張する。

私が言っているのは、本物のことです。

ヨーゼフ　で、君は、その本物を知っておるのか、モーツァルト君？

モーツァルト　失礼ながら、そうです、陛下。（くっくっと短く笑う）

ヨーゼフ　ブラヴォー。で、出来上るのはいつかね？

モーツァルト　第一幕はもうできました。

ヨーゼフ　取りかかって、まだ二週間にもならないのに！

モーツァルト　喜んでくれるいい聴衆がいるとなると、作曲なんて大したことではありません。

ヴァン・スヴィーテン　いい返事だ、陛下。

ヨーゼフ　いかにも、男爵。楽しみだな。まったく！　よく来てくれた、宮廷に《ソワィエ ビヤンヴニュー アラ クール（＊37）》。オ・ルヴォアール、ムッシュー・モーツァルト。Soyez bienvenu a la cour.

モーツァルト （流暢な早口で）Majesté《マジェステ》! ……je《ジュ》 suis《スュイ》 comblé《コムブレ》 d'honneur《ドヌール》 d'être《デートル》 accepté《アクセンプテ》 dans《ダン》 la《ラ》 maison《メゾン》 du《デュ》 Père《ペール》 de《ド》 tous《トゥ》 les《レ》 musiciens《ミュジシアン》! Servir《セルヴィール》 un《アン》 monarque《モナーク》 aussi《オシー》 plein《プレン》 de《ド》 discernement《ディセルヌモン》 que《ク》 votre《ヴォートル》 Majesté《マジェステ》, c'est《セ》 un《タン》 honneur《オヌール》 qui《キ》 depasse《デパッス》 le《ル》 sommet《ソメ》 de《ド》 mes《メ》 dûs《デュー》!(*38)

間。皇帝は、このフランス語の奔流に、あっけにとられる。

ヨーゼフ ほう。では……これで。あとは互いに親交を深めることだ。

サリエーリ ご機嫌よろしう、陛下《ヴォートル マジェステ》(*39)。

モーツァルト Votre Majesté.

二人はお辞儀をする。ヨーゼフは去る。

ローゼンベルク では。

シュトラック これで。

二人は皇帝のあとを追う。

ヴァン・スヴィーテン （親しみをこめて握手をしながら）よく来た、モーツァルト。いずれまた、ゆっくり会おう。必ず！

モーツァルト ありがとうございます。

モーツァルトはお辞儀をする。男爵は出てゆく。モーツァルトとサリエーリのみが、あとに残る。

サリエーリ よかった。

モーツァルト ええ。

サリエーリ 君のオペラの成功を祈るよ。

モーツァルト もちろんです。すばらしいものになります。主役に、うってつけの歌手を見つけたんです。

サリエーリ ほう。誰かな？

モーツァルト カヴァリエリという人です。カテリーナ・カヴァリエリ。本当はドイツ人だけど、箔をつけようとイタリア名前にしているのです。

サリエーリ　その通り。それは、わたしの考えだ。実は、あれは私の愛弟子でな。無邪気ないい子だ。若い歌手らしく、世間知らずではあるが……まだ二十歳《はたち》だ。

ごく自然に、モーツァルトの動きが停止する。サリエーリは軽く一歩踏み出して、なめらかに傍白で話す。

(観客に) わたし自身は、カテリーナに手をつけなかった。そう！　だが、他人《ひと》が手を出したとなると、我慢がならぬ……特に、この男だとすると！

モーツァルト　(静止していた動きがとけて) あなたって、いい人だ、サリエーリ！　あんなすてきな曲を作ってくれるし。

サリエーリ　いや、なに。

モーツァルト　覚えているか、やってみよう。いいですか？

サリエーリ　どうぞ。ご自由に。

モーツァルト　グラッチェ、シニョーレ。

モーツァルトは楽譜をピアノの蓋の上にぽんとほうって、鍵盤の前に坐る。そこからは、楽譜は読めない。モーツァルトは、サリエーリの歓迎行進曲を暗譜で弾き始める。初めは、思い出しながらゆっくりと……しかし旋律をくり返しているうちに、非常に早くなる。

サリエーリ あとは、同じですね？（傍若無人な速さで弾き終る）

モーツァルト たいした記憶力だ。（気をよくして）グラッチェ・アンコーラ、シニョーレ！（ふたたび最初の七小節を弾くが、今度は四度の音程のところで手をとめ、気にくわぬ様子で、その音をもう一度弾いてみる）うまくないな、この四度……ねえ？……三度あげてはどうだろう？（試みる……嬉しそうに微笑んで）これだ！……いいぞ！……

モーツァルトは新しい音程を繰り返す。それが、いつの間にか、巧みに、『フィガロの結婚』の中の有名な行進曲《もう飛ぶまいぞ、この蝶々》の特徴をなす、トランペットのアルペジオへと変る。それから、その音程を使いながら……探るように……そっと一時に一音符づつ高音部で弾いてみて、それがいつしか、あの有名な曲そのものになる。

モーツァルトは、即興で楽しげに、あの曲を弾き続ける……手直しを加えた三度の音程のところにくるたびに、嬉しそうに笑いながら。サリエーリはこわばった微笑を浮かべて、モーツァルトを見守る。

モーツァルトの演奏はますます華やかに自己顕示的になってゆき、彼が恐るべき天才であることを観客にしめす。その間彼は、自分がいかに人を傷つけているか、まったく気がつかない。高らかなトランペットふうの装飾音と和音のうちに、やっと行進曲が終る！

不気味な間。

サリエーリ　失礼、もう行かなければ。

モーツァルト　そう？　（ぱっと立ちあがり、ピアノをさして）あ、あなたも変奏曲やってみたら？

サリエーリ　折角だが、陛下のところへうかがわねばならんので。

モーツァルト　ああ。

サリエーリ　お会いできて嬉しかったよ。

モーツァルト　ぼくも！……それに、行進曲を、どうもありがとう！

　モーツァルトはピアノの上にのっていた楽譜を取りあげると、うきうきと舞台から去る。

　短い間。

　サリエーリは観客席のほうへやって来る。彼のまわりの照明が暗くなる。

サリエーリ　（観客に）その時だったろうか……殺すということを考え始めたのは……そんなに早く？　もちろん違う。少なくとも、生命まで奪うことは。だが、芸術なら、話は別だ。わたしは、壮大な悲劇的オペラを作曲しようと決心した、世間を驚かせるような作品を。テーマは決っていた。恐しい罪ゆえに、永遠に鎖で岩に縛りつけられ、頭を絶えず稲妻に打たれるダナオス(*40)の伝説だ！　そのダナオスに、わたしはモーツァルトの姿を重ねていた。現実には、この男には何の危険もなかったが……少なくとも、今のところは。

＊　＊　＊

『後宮からの逃走』の初演(＊41)

照明が変り、舞台はすぐに十八世紀の劇場になる。背景幕に、静かにきらめくシャンデリアの列が投影される。

召使いたちが椅子やベンチを運びこむ。それに、ヨーゼフ皇帝、シュトラック、ローゼンベルク、ヴァン・スヴィーテンが、観客のほうを向いて、オペラを見ている態で坐る。

彼の次に、宮廷楽長ボンノとテレサ・サリエーリ。その少し後ろにコンスタンツェ、さらに後ろにウィーンの市民たち。

サリエーリ　『後宮からの逃走』の初演。男らしい愛の物語のドイツ的表現。
　モーツァルトがけばけばしい新しい上衣を着て、打ち粉をふった新しい鬘をつけて、足取りも軽く登場。さっそうとピアノの前に行って坐り、身振り《マイム》で指揮をとる。サリエーリは、そのそばに妻と並んで坐り、じっとモーツァルトを見守る。

サリエーリ　この晴れの場に、わざわざ品の悪い服で乗りこんできた。音楽のほうも、あの服装と好一対。大事な弟子カテリーナ・カヴァリエリのために、おそろしくけばけばしいアリアを書きおった。

　ソプラノの高いスケール・パッセージが、かすかに聞こえる。《いかなる拷問にあおうと》のアリアの終りの部分。

スケールと装飾音が十分も続いたあげく、結局何にもありやしない。実にくだらん作品だ……いかにも若いばかなソプラノ歌手の気に入りそうな代物……そのお返しに、モーツァルトが何を求めたか、およそ察しがつくというものだ。

アリアの終りのオーケストラの和音。静寂。誰も動かない。

婚約中の身でありながら、カ、テ、リ、ー、ナ、に、手、を、出、し、た！　絶対に間違いない。（無表情に）あいつは、わたしの大事なカテリーナをものにしたのだ。

『後宮からの逃走』の華麗なトルコ風フィナーレが、大きく鳴り響く。見物していた人々の大喝采。モーツァルトはぱっと立ちあがり、それに応える。皇帝が立ちあがり――みんなもそれに倣う……〈舞台〉へ向って、優雅な身振りで、近くに来るように合図する。羽根やフリルで飾り立てた舞台衣裳のまま、カテリーナ・カヴァリエリが駆けよる。あらたな拍子喝采がそれを迎える。彼女は皇帝に膝を折ってお辞儀をし、サリエーリの接吻を受け、彼の妻に紹介され、ふたたびモーツァルトに身をかがめて挨拶すると、勝利に顔をほてらせながら、片側に退いて立つ。

そのざわめきがちょっとおさまったとき、興奮のあまりコンスタンツェが舞台奥から走り出て、皇帝の前であることも忘れ、モーツァルトにとびつく。

コンスタンツェ ああ、すてきだったわ、とっても！……よかったわ、ニャーニャーちゃん！……

モーツァルトは陛下の御前であることを身振りでも知らせる。

コンスタンツェ あら！……ご免なさい！（狼狽して、お辞儀をする）

モーツァルト 陛下、婚約者《フィアンセ》のフロイライン・ウェーバーを紹介させて頂きます。

ヨーゼフ ようこそ、お嬢さん。

コンスタンツェ 陛下！

モーツァルト コンスタンツェも歌手なんです。

ヨーゼフ ほう！

コンスタンツェ （どぎまぎして）とんでもない、陛下。よしてよ、ヴォルフガング！

ヨーゼフ さて、モーツァルト……力作だな。確かに、力作だ。

モーツァルト 本当に、お気に入りましたか？

ヨーゼフ　とても面白かったな。そう、本当に。だが、いささか……なんというか……
（ローゼンベルクに）何と言ったものかな、伯爵？

ローゼンベルク　（助けを出して）音符が多すぎましょうか？

ヨーゼフ　それそれ。音符が多すぎる。

モーツァルト　わかりかねます。

ヨーゼフ　気にせんでもよい。ただ、一晩の音楽として、耳にする音が多すぎる。そう言ってもいいかな、サリエーリ？

サリエーリ　（困惑して）ええ、まあ。全体としては、さようで、陛下。

ヨーゼフ　ほらな。よく出来ている。ドイツ的でもある。なかなかの作品だ。ただ、いささか音が多すぎる。わかるな？

モーツァルト　多すぎも少なすぎもしない、必要なだけの音符です、陛下。

間。

ヨーゼフ　ふむ……では、これで。（突然、皇帝はローゼンベルクとシュトラックを従えて、退場する）

モーツァルト　（不安げに）怒ったのかな？
サリエーリ　そんなことはない。陛下は君の見解に敬意を払っている。
モーツァルト　（不安げに）そうならいいけど……あなたはどうです？　あれ、気に入りましたか？
サリエーリ　うん、もちろん……いいところは、実にいい。
モーツァルト　ほかのところは？
サリエーリ　（よどみなく）そう、ほんの時たまだが――たとえば、カテリーナのアリアなど……いささかやりすぎだ。
モーツァルト　カテリーナは、やりすぎが好きなんです。とっても。
サリエーリ　いずれにせよ、わたしの恩師、騎士《シュヴァリエ》のグルックは、よく言ったものだ――音楽臭い音楽は避けよと。
モーツァルト　どういう意味です？
サリエーリ　作曲家の才能をひけらかすような音楽のことだ。
モーツァルト　グルックなんて、阿呆だ。
サリエーリ　何だって？
モーツァルト　生涯オペラの近代化を唱えながら、自分が創りだす人物ときたら、神々しすぎて、ビー玉のうんこでもしそうな連中ばかりだ。

コンスタンツェはショックを受けて、小さな悲鳴をあげる。

コンスタンツェ　まあ、失礼を！……

モーツァルト　（まくしたてる）もう、うんざりだ！　グルックがこう言った！　ああ言った！　シュヴァリエ・グルック！……シュヴァリエがなんだ？　ぼくだって、シュヴァリエさ。こっちは、まだおねしょ小僧のころ、法王から騎士の位を貰ったんだ。(*42)

コンスタンツェ　ヴォルファール！

モーツァルト　とにかく、バカげている。くそったれのバカだけさ、肩書きなんかをありがたがるのは。

サリエーリ　（やんわりと）宮廷作曲家というような？

モーツァルト　え？……（気がついて）ああ。いや、はっはっ。そう！……またもや、親父の言う通りだ。いつも言われていたんです、この口に錠前をかけろと……本当は、何にもしゃべらないほうがいいんだ！

サリエーリ (なだめるように) ばかな。ただちょっと皮肉を言ったまでだ——陛下の言い草じゃないが。君のかわいいフィアンセを紹介して頂けないか?

モーツァルト もちろん! コンスタンツェ、こちらは宮廷作曲家サリエーリ、こちらはフロイライン・ウェーバー。

サリエーリ (お辞儀をして) どうぞよろしく、お嬢さん。

コンスタンツェ (膝を折って会釈して) 初めまして、閣下。

サリエーリ ソプラノ歌手のアロイジア・ウェーバーの妹さんかな?

コンスタンツェ はい、閣下。

サリエーリ 姉さんもきれいだった。しかし、失礼ながら、あなたのほうがはるかにお美しい。

コンスタンツェ まあ、ありがとう!

サリエーリ で、結婚はいつ?

モーツァルト (不安げに) まだ父の同意が得られなくて。父は立派な人です——すばらしい人です——でも、いささか頑固だから……

サリエーリ 失礼だが、いくつだね?

モーツァルト 二十六です。

サリエーリ　なら、父上の同意は必要あるまい？
コンスタンツェ　（モーツァルトに）ほらね？
モーツァルト　（困惑して）ええ、まあ、いりませんとも――もちろん！……
サリエーリ　結婚して、仕合わせになり給え。君は、類い稀な宝を見つけたんだ！
コンスタンツェ　まあ、ありがとう。
サリエーリ　（コンスタンツェの手に接吻する。彼女は嬉しがる）お二人とも、ご機嫌よう。
コンスタンツェ　おやすみなさい、閣下！
モーツァルト　おやすみなさい。ありがとう……さあ、スタンツァール。
　　二人は嬉しそうに退場する。サリエーリはそれを見守る。
サリエーリ　（観客に）コンスタンツェがあいつの腕にもたれて遠ざかるのを見送りながら、ふと閃いた……「そうだ、あの女をものにしてやろう！　カテリーナの代りに！」。いまわしいことだ！　こんな罪深いことを考えたのは、生れて初めてだ！

照明が変る。十八世紀の情景は消える。

〈風〉一と二が、祝宴の帰りの態で、陽気に登場。一人は酒びん、一人はグラスを手にしている。

〈風〉一　二人は結婚した。

サリエーリ　（二人に）何だって？

〈風〉二　モーツァルトとウェーバーが……結婚した！

サリエーリ　本当か？

〈風〉一　父親は、かんかんでしょうな！

〈風〉二　許しを得なかったんだから！

サリエーリ　新居を構えたのか？

〈風〉一　ヴィプリンガー通り。

〈風〉二　十二番地。

〈風〉一　そう悪くはない。

〈風〉二　金がないことを考えれば。

サリエーリ　本当かね？
〈風〉一　奴は、途方もない浪費家で。
〈風〉二　収入以上の暮しぶり。
サリエーリ　でも、弟子をとっている。
〈風〉一　たった三人。
サリエーリ　（二人に）どうしてだ？
〈風〉一　困った男で。
〈風〉二　喧嘩はするし。
〈風〉一　敵は作るし。
〈風〉二　シュトラックとさえ。親しくしようとしていた――。
サリエーリ　侍従長のシュトラックと？
〈風〉一　つい昨晩。
〈風〉二　宮廷楽長ボンノの家で。

＊　＊　＊

ボンノの邸

すぐに照明が変る。モーツァルトがシュトラックと登場。彼はグラスを片手に、ワインで上機嫌。〈風〉一と二もこの場に加わるが、引続きそこからサリエーリに話しかける。一人がモーツァルトのグラスに酒をつぐ。

モーツァルト この町に来て七カ月、なのに仕事は一つもない！　もうぼくはやらして貰えないんですか？

シュトラック そんなことはない。

モーツァルト どういうことか、わかってますよ——あなたもそうでしょうが。ウィーンは完全に外国人に牛耳られている。ろくでなしのイタ公どもに、宮廷楽長ボンノのような！

シュトラック 君！　ここは彼の家だよ！

モーツァルト 宮廷作曲家サリエーリのような！

シュトラック しーっ！

モーツァルト　ご覧になりましたか、あいつの新しいオペラ？……『煙突掃除夫』という？

シュトラック　もちろん、見たよ。

モーツァルト　犬の糞だ。かさかさの犬のふん。

シュトラック　(怒って) よし給え！

モーツァルトはピアノのところへ行き、単調に鍵盤をたたく。

モーツァルト　(歌って) ポムポム、ポムポム、ポムポム、ポムポム！　主音《トニカ》と属音《ドミナンテ》。いつまでも金魚のふんのようにトニカとドミナンテ！　気のきいた転調一つない。サリエーリって、音痴もいいところだ！

シュトラック　君！

〈風〉一　(サリエーリに) またも飲みすぎ。

〈風〉二　いつものことだが。

モーツァルト　イタリア人って、ちょっと音楽が複雑になると、どうしてああも恐がるんだろう？　半音のパッセージでも見せようものなら、もう目をまわす！……「おお、なんていやらしい！　なんて病的な！」（裏声《フォルセット》で）Morboso《モルボーゾ》！……Nervoso《ネルヴォーゾ》！…
…Ohime《オイメ》(＊43)！……ここの宮廷音楽が退屈なのも、無理ないや。

シュトラック　声をおとし給え。

モーツァルト　ズボンをおろし給え！……冗談ですよ——ただの冗談！

　モーツァルトに気づかれずに、ローゼンベルク伯爵が舞台奥に登場していたが、突然二人の〈風〉の間に入り、聞き耳をたてる。明るい緑色の絹のチョッキを着て、顔には尊大な関心の色を浮かべている。モーツァルトは彼に気づく。間。

（ローゼンベルクに、愉快そうに）まるで蝦蟇《がま》がえるそっくり……目玉をぎょろつかせた蝦蟇がえる。（くっくっと笑う）

ローゼンベルク　（さりげなく）今夜は、もう引き取ったほうがよくはないかな、君自身のために。

モーツァルト　サリエーリの弟子は五十人、ぼくのは三人。どうして暮せます？　結婚したというのに！……もちろん、わかっている、あなた方雲の上の人には、金なぞ興味はない。でも、知ってますか、陛下が陰で何て呼ばれているか？〈けちけち皇帝《カイザー》〉。

（くっくっと激しく笑いだす）

シュトラック　モ、、、、、、ーツァルト！

モーツァルトは笑いやむ。

モーツァルト　言葉がすぎましたか？　すみません。ただの冗談です。またもや冗談！……ぼくったら、つい、こうなんです……ぼくたち、みんな友達ですよ、ね？

シュトラックとローゼンベルクは彼を睨みつける。シュトラックはひどく立腹して、ぷいと立ち去る。

モーツァルト　どうしたんだろう？

ローゼンベルク　おやすみ。

彼もきびすを返して行こうとする。

モーツァルト　ああ、ちょっと——お願いです！（ローゼンベルクの腕をつかんで）まず、お手を！

ローゼンベルクは、いやいや手をさし出す。モーツァルトはそれに接吻する。

ローゼンベルク　それは、わたしの権限外でな、モーツァルト。

モーツァルト　エリザベート王女が教師をお求めとか。ひとつお口添えで、それをどうか。

ローゼンベルク　（へりくだって）ぼくに地位を下さい。

ローゼンベルク　気の毒だが、それは宮廷作曲家サリエーリの推挙如何による。（彼は手をふりほどく）

モーツァルト　ねえ、ぼくはウィーンのどの音楽家よりも優秀なんですよ……え？

ローゼンベルクは去る。モーツァルトは後ろから呼びかける。

きざなイタリー野郎……もう、うんざり！　にやけたイタ公……（急に子供のようにくすくす笑いだして）トントン頓馬のイタ公やーあい(*44)！

そして、跳びはねながら退場。

サリエーリ　（彼が出てゆくのを見守りながら）一ヵ月後には、復讐はもはや頭の中だけのものではなくなった。

＊　＊　＊　＊

ヴァルトシュテッテン家の書斎

二つの叫びが同時に起って、照明がはいる。美しい壁紙を背にして、仮面をつけた三人が立っている。コンスタンツェをまん中に、彼女をはさんで二人の〈風〉。三人ともパーティの客で、〈罰金ゲーム〉をやっているところ。

二人の召使いが、大きなウィング・チェアを持ったまま、じっと立っている。別の二人も、菓子類をのせた大きなテーブルを持ったまま、動かない。

〈風〉一 罰だ!……罰だ!……

〈風〉二 罰だぞ、スタンツァール! 罰をお受け!

コンスタンツェ いやよ。

〈風〉一 だめだめ。

〈風〉二 ゲームだもの。

召使いたちの静止がとけて、家具を下におく。サリエーリはウィング・チェアへ行き、坐る。

サリエーリ (観客に) またもや、わたしは……男爵夫人の書斎で、前と同じ椅子に坐り……（小テーブルからカップを取って）こっそりうまいデザートを食うことに相成りました。

〈風〉一　負けたからには、罰を受けなきゃ！

サリエーリ　（観客に）新年前夜のパーティだった。わたしは一人だった——妻のテレサは、イタリアの両親を訪問中だった。

コンスタンツェ　で、何？　何なのよ？

〈風〉一は、旧式の棒尺をピアノのところから取り出す。

〈風〉一　足の寸法を計りたい。

コンスタンツェ　やーだ！

〈風〉一　どうして？

コンスタンツェ　絶対にいや！　恥しらず！

〈風〉一　さあ！

〈風〉二　やらせておやり、スタンツァール。恋と罰金ゲームは、けじめが大事。

コンスタンツェ　まっぴらよ……二人とも、出てって！

〈風〉一　させてくれないなら、もうゲームに入れてやらないから。
コンスタンツェ　じゃ、何か、ほかの罰。
〈風〉一　これに決めたんだ。さ、テーブルにのった。早く、早く！　さあ！　（浮き浮きと、菓子の皿類をテーブルからどける）
コンスタンツェ　だったら、早く！……人に見られないうちに！

二人の仮面の男は、悲鳴をあげる仮面の娘をテーブルにのせる。

〈風〉一　抑えていてくれ、フリードリッヒ。
コンスタンツェ　なにもそんなことしなくたって！
〈風〉二　いや、するんだ。これも罰の一部でね。

〈風〉二が彼女の両足のくるぶしをしっかり抑えている間に、〈風〉一は物差しをスカートの中にさし入れて、彼女の足を計る。サリエーリは興奮して、体を向き変え、椅子の上に坐って、見守る。コンスタンツェは嬉しがって、くすくす笑う。そのあと、怒りだす――あるいは、怒ったふりをする。

コンスタンツェ　やめて！……やめてったら！　もうたくさん！　（かがんで、男をぶとうとする）
〈風〉一　十七インチ――膝からくるぶしまで！
〈風〉二　今度はぼくの番だ。抑えていてくれ。
コンスタンツェ　そんなの、ずるいわ！
〈風〉二　ずるくないさ。君は、ぼくにも負けたんだもの。
コンスタンツェ　もうすんだじゃない！　おろしてよ！
〈風〉二　抑えてくれ、カルル。
コンスタンツェ　だめよ！……

〈風〉一が彼女のくるぶしを抑える。〈風〉二は頭をすっぽりスカートの中に突っこむ。コンスタンツェは悲鳴をあげる。

だめ！……やめて！……いやよ！……

このあられもない場面の最中に、モーツァルトが駆けこんでくる——やはり仮面をつけて。

モーツァルト （怒って）コンスタンツェ！

三人は、はっと静止する。サリエーリは頭をひっこめて、椅子に身を隠して坐る。

君たち、どうしたんだ？

コンスタンツェ ただのゲームよ、ヴォルファール！……

〈風〉一 悪気はなかったんだ。本当さ。

モーツァルト （固い声で）テーブルからおりなさい。

二人はコンスタンツェを助けおろす。

ありがとう。あとで会おう。

〈風〉二　ねえ、モーツァルト、何もそう大仰に……

モーツァルト　どうか、お引取りを。

　二人は出てゆく。モーツァルトは激昂している。彼は仮面をかなぐり捨てる。

いいえ、なによ?……（あわてて、せっせと菓子の皿をテーブルに戻す）

モーツァルト　（コンスタンツェに）自分のしでかしたこと、わかっているのか?

コンスタンツェ　ばかなこと言わないで。（彼女も仮面をはずす）

モーツァルト　君は、自分の評判を落したってことだ!　ふしだらな女になりさがったんだ。

コンスタンツェ　それが何よ!

モーツァルト　君は、人妻なんだぞ!

コンスタンツェ

モーツァルト　若い人妻が、人前で、男に足を触らせる。自分で計ったらいいだろう、そんな大根足!

コンスタンツェ　何ですって?　どうせ、アロイジアとは違うわ!　姉さんの足、きれいだったわよね！

モーツァルト　（声を高めて）何をしたか、わかっているのか?! ぼくに恥をかかせたんだぞ！　赤っ恥を！

コンスタンツェ　なにを、ばかばかしい！

モーツァルト　ぼくに恥をかかしたんだ――やつらの前で！

コンスタンツェ　（急に怒りだして）あなたに？……恥を？……笑わせないで！　恥をかかされたのは、こっちよ！

モーツァルト　何のことだ？

コンスタンツェ　自分の生徒に手をつけちゃって。

モーツァルト　嘘だ。

コンスタンツェ　女の生徒はみんな！

モーツァルト　誰のことだ！　言ってみろよ！

コンスタンツェ　アウエルンハムマー家の娘！　ラムベックのお嬢さん！　カテリーナ・カヴァリエリ――あのずる賢いすべた！　あの女、本当はあなたの生徒じゃなかった……サリエーリの弟子だったのに。そこなんだわ、サリエーリには百人もお弟子さんがあるのに、あなたには一人もないわけ！　あの人は生徒をベッドに引きずりこんだりしないもの！

モーツァルト　そりゃあそうさ！　あいつは、もうダメなんだ、立たないんだ！……あいつの音楽、聞いたことあるかい？　ありゃ、もう立たない奴の音楽さ！　少なくとも、ぼくはやれる！

コンスタンツェ　なんて人！

モーツァルト　（喚いて）ぼくは、ちゃんとできるんだぞ！

コンスタンツェ　（わっと泣きだして）いやらしい！　あなたなんか、大嫌い！　嫌いよ……大嫌い！　（短い間。泣く）

モーツァルト　（途方にくれて）ああ、スタンツァール、泣かないで。お願いだ……君に泣かれると、どうしたらいいか、わからないんだ。ただ、人前で安っぽく見られて欲しくなかっただけなんだよ。さあ！　（物差しを取って）ぶってくれ、ぶって……好きなだけ。ぼくは君の奴隷さ。スタンツィ・マリニ。スタンツィ・マリニ・ビニ・ジィーニ。仔羊みたいにおとなしく、ぶたれるよ。さあ、おやり……ぶって。

コンスタンツェ　いやよ。

モーツァルト　ぶって。Mio tesoro《ミオテゾーロ》(＊45)！ぼくのお宝さん。

コンスタンツェ　いやだったら！

モーツァルト　スタンツァーリィ・ヴァンツァーリィ・ピグリー・プー！

コンスタンツェ　よして。

モーツァルト　スタンツィ・ヴァンツィは、かんかんに怒った。怒った拍子に、おもらしだ！

コンスタンツェは、思わずくすくす笑いだす。

コンスタンツェ　やめて。

モーツァルト　スカート脱がすと、スタンツィ・ヴァンツィは、ばっちいものを食べちゃった！

コンスタンツェ　やめてったら！（物差しを取って、ぴしゃりと叩く。モーツァルトは、ふざけて、大げさに悲鳴をあげる）

モーツァルト　うーっ！　うーっ！　うーっ！　もう一度！　もう一度やって！　そのくさーいスカートの足許に、ひれ伏すよ、マドンナちゃん！

モーツァルトはひれ伏す。コンスタンツェはうずくまっているモーツァルトを、さらに何回かぶつ――泣き笑いしながら、ほとんど彼を見ずに、いずれも軽く。モーツァルトは嬉しがって、足をばたつかせる。

モーツァルト　ううっ！　ううっ！　ううっ！

突然、たまりかねたサリエーリが、思わず叫び声をあげる。

サリエーリ　おおっ!!!

若い二人は、はっとして、動きをとめる。サリエーリは、気づかれて、嫌悪の叫びをあくびに紛らわせ、うたた寝からさめたかのように、伸びをする。そして、ウィング・チェアから顔をのぞかせる。

やあ、今晩は。

コンスタンツェ　（困ってしまって）まあ……。

モーツァルト　いつから、ここに？

サリエーリ　今まで、寝こんでいたんだ。喧嘩かい？

モーツァルト　いえ、そんなこと。

コンスタンツェ　ええ、そうなの。この人ったら、ほんとに腹が立つんですもの。

サリエーリ　（立ちあがり）今夜は、誓いを新たに、新年を迎える日だ。美しいご婦人ご立腹の図なんて、およそふさわしくないね。アイスクリームでも、一緒にどうかね……君、食堂から取ってきてくれないか？

モーツァルト　みんなで食べに行ったら？

コンスタンツェ　サリエーリのおっしゃる通りよ。ここに持ってきて……さっきの罰よ。

モーツァルト　スタンツィ！

サリエーリ　さあ。奥方のお相手は引き受ける。アニス入りのアイスクリームは、気が鎮まるんだ。

コンスタンツェ　あたしはポンカンのがいいわ。

サリエーリ　では、ポンカンのを。（意地きたなく）だが、わたしにはアニス入りを見つけてくれると、ありがたいな……これで三人とも安らかに新年を迎えられる。

間。モーツァルトはためらう……そしてお辞儀をする。

モーツァルト　喜んで、シニョーレ。そのあと、玉突きをやりましょう。いかがです？
サリエーリ　玉突きはやらんのでね。
モーツァルト　（びっくりして）やらない？
コンスタンツェ　この人は玉突きに目がないの。とてもうまいのよ。
モーツァルト　そうさ！　作曲では、時折へまもするけれど、玉突きでは――絶対に！
サリエーリ　玉突きのキューにかけては、天才か。
モーツァルト　その通り！　あれは天才のゲームだ！……（物差しをとりあげて、キューのように扱いながら）『ビリアードの玉のためのグランド・ファンタジア』というのを書こうかな？　顫音《トリル》や短前打音《アッチャカトゥーラ》で！　象牙の玉のアルペジオ！　そして聴衆の前で、自分で弾くんだ！　ぼくでなきゃ、だめさ。クレメンティ(＊46)なんてイタリアのインチキ野郎は、キューの握り方さえ知らないんだから！　失礼、シニョーレ！

モーツァルトは片手を派手に振り、胸をはって出て行く。

コンスタンツェ　とっても可愛い人なの。
サリエーリ　そして、運のいい男だ、あなたという人を得て。失礼だが、あなたは実にすばらしい。
コンスタンツェ　あたしが？……まあ、あんがとう。
サリエーリ　ご主人は経済的にはあまりうまくいっていないようだが。
コンスタンツェ　(好機とばかり) あたしたち、もう絶望的なんです。
サリエーリ　ほう？
コンスタンツェ　お金はないし、入る見込みもないし。本当なんです。
サリエーリ　わからんな。あれだけ演奏会をやっているのに。
コンスタンツェ　収入にはなりませんわ。必要なのは、生徒なんです。いい家のお弟子さん。あの人のパパったら、あたしたちのこと浪費家だって言うんです。酷いわ。あたしがこんなにやり繰りしてるのに。とにかく、収入が足りないんです。でも、このこと、おっしゃらないでね、あの人には。
サリエーリ　(なれなれしく) 二人だけのことにしておこう。何かお役に立てるかな？
コンスタンツェ　夫には安定した地位が必要なんです。定職にさえつければ、万事うまくいくわ。宮廷には、何かないかしら？

サリエーリ　さしあたってはね。
コンスタンツェ　（さらに一押しして）エリザベート王女が教師をお求めだとか。
サリエーリ　ほう？　聞いていないね。
コンスタンツェ　一言お口添え頂ければ、それ、あの人のものになります。あとは、次ぎつぎにお弟子さんが来ますわ。
サリエーリ　（舞台の外を見やって）戻ってくる。
コンスタンツェ　どうか……お願いです。そうなれば、どんなに違ってくるか。
サリエーリ　その話は、いずれまた。
コンスタンツェ　では、いつ？　ねえ、お願い！
サリエーリ　明日、家にこられるかな？　一人で？
コンスタンツェ　そんなこと。
サリエーリ　わたしは、妻のある身だよ。
コンスタンツェ　それにしたって。
サリエーリ　彼は、いつ仕事をする？
コンスタンツェ　午後。
サリエーリ　では、三時に。

コンスタンツェ　無理よ！

サリエーリ　そうかな？　モーツァルトのためだが？

間。コンスタンツェはためらう……口を開きかけ……微笑し、急に駆け去る。

（観客に）してやったり！　はっきりと口に出し、家に呼んだ！　教会でたてた、あの誓いは……高潔だの、誠実だのの……あれはどうなったのだ？　コンスタンツェはどう思ったろう？——この用心深いイタリア人を？　頼りになる友人か、それとも魚心ある女蕩しか？……やって来るだろうか？……わからない！

召使いが、ヴァルトシュテッテン家の家具を運び去る。別の召使いたちが、代りに金色の小さな椅子を二脚運びこみ、舞台中央に、ごく近づけて並べる。ほかの二人は、第三場の前にサリエーリが脱いだ古ぼけたガウンを、またそっと持ってきて、ピアノの上におく。

＊　＊　＊　＊

サリエーリのサロン

カーテンに、ふたたび細長い窓が投影される。

サリエーリ　もしやって来たら、どうしよう？　見当もつかん。次の日の午後、じりじりしながら待った。新婚二カ月の若妻を、本当に誘惑しようというのか？　わたしの一部は――いや、大部分は、それをひどく望んでいた。ひどく……そう、文字どおり、ひどく！……

時計が三時を打つ。時計が第一鐘を打つと同時に、ベルが鳴る。サリエーリは興奮して立ちあがる。

来た！　時間どおりに。来た……やって来た！

上手から、料理人が登場。肥ってはいるが、四十歳は若い。ブランディ漬けの栗を盛った皿を、誇らしげに運んでくる。サリエーリは、いらいらといくつかを手に取り、宜しいとうなづき、栗をテーブルの上におく。

(料理人に)グラッチェ、グラッチェ・タンティ……Via《ヴィア》, via《ヴィア》, via《ヴィア》!

退るように言われて、料理人はお辞儀をして、訳知り顔にニヤニヤしながら、出てきた方に去る。下手から、従僕が登場……彼も四十歳ほど若返っている。後ろに、きれいな帽子をかぶり、書類入れを手にしたコンスタンツェが続く。

コンスタンツェ (膝を折ってお辞儀をして)ご機嫌よう。

シニョーラ!

サリエーリ Benvenuta《ベンヴェヌータ》, ようこそ。(従僕に退るように合図して)グラッチェ。

従僕は退場。

さて。よく来てくれたな。

コンスタンツェ　来るべきではなかったわ。主人が知ったら、かんかんに怒りますわ。とても焼きもちやきですもの。
サリエーリ　あなたは、どうかな？
コンスタンツェ　どうして？
サリエーリ　そういう気持がわからんのでな……失礼だが、昨晩よりも一段とおきれいだ。
コンスタンツェ　まあ、あんがと！……あたし、ヴォルフガングの楽譜を持ってきましたの。ご覧になれば、王女様の先生にうってつけだってこと、わかりますわ。見て頂けます、お待ちしてますから？
サリエーリ　今かね？
コンスタンツェ　ええ、また持って帰らなければ。さもないと、気がつきますもの。あの人、写しはとらないんです。みんな、一部きりなんです。
サリエーリ　おかけ。珍しいものをあげよう。
コンスタンツェ　（坐りながら）何ですの？
サリエーリ　（箱を取り出し）Capezzoli《カペッツォーリ》 di《ディ》 Venere《ヴェーネレ》, ヴィーナスの乳首だ。ブランディ入りの栗の砂糖づけ。

コンスタンツェ　結構ですわ。
サリエーリ　まあ、試してごらん。特別に作らせたんだ、君のために。
コンスタンツェ　あたしのため？
サリエーリ　そう。大変珍しいものだ。
コンスタンツェ　それなら、頂こうかしら？　一つだけ……あんがとう。（一つ取って、口に入れる。その味に、びっくりする）まあ！……まあ！　おいちい！
サリエーリ　（彼女が食べているのを、好色の目で見ながら）そうだろう？
コンスタンツェ　むうむ！
サリエーリ　もう一つおあがり。
コンスタンツェ　（さらに二つ取りながら）もう、とても頂けないわ。
サリエーリは、注意深く彼女の後ろをまわって、隣りの椅子に腰かける。
サリエーリ　君は本当に優しい人らしいね。
コンスタンツェ　優しい？
サリエーリ　君にぴったりの言葉だ。ゆうべ、思ったのだよ、あの子には、コンスタンツェなんて名前は固すぎる、〈ジェネローザ〉——〈優しい人〉こそ、ふさわしい。『ラ・ジェネローザ』そういう題で、あの子のためにすばらしい歌を書こう、そして歌ってもらおうって、わたし一人のために。

コンスタンツェ　（微笑して）もうずっと歌ってませんもの。

サリエーリ　ラ・ジェネローザ。（コンスタンツェのほうに、少し体を寄せて）まさか、名前を裏切るようなまねはしないだろうね、折角の名前を。

コンスタンツェ　（さりげなく）奥様にはなんという名前をおつけですの、閣下？

サリエーリ　（同じくさりげなく）閣下はやめて頂こう。妻は、シニョーラ・サリエーリと呼んでいる。もしほかの名前をつけるとすれば、〈ラ・スタッチュア[*47]〉というところかな。彫像のように真っ直ぐな女だ。

コンスタンツェ　今、ご在宅？　お目にかかりたいわ。

サリエーリ　それは残念。ヴェローナの母親のところへ出かけているよ。

コンスタンツェはちょっと驚いて、椅子から腰を浮かせる。サリエーリがそれを優しく押しとどめる。

コンスタンツェ。明晩、わたしは皇帝と夕食を共にする。わたしが一言推薦すれば、エリザベート王女の教師の口は、ご主人にきまる。こと音楽に関しては、わたしが陛下に申しあげることに異をとなえる者はいない。わかるね？

コンスタンツェ はい。

サリエーリ よろしい。（坐ったまま、ハンカチーフを取り出して、コンスタンツェの口をそっと拭いてやる）もちろん、この種の力添えには、ちょっとしたお返しがつきものだが？

コンスタンツェ どの程度の？

短い間。

サリエーリ 接吻ぐらいかな。

短い間。

コンスタンツェ 一度きり？

短い間。

サリエーリ　一度でいいと思うなら。

コンスタンツェは彼を見つめる……そして口に軽く接吻する。

前より長い間。

それだけ？

コンスタンツェは前より長い接吻をする。サリエーリは片手で彼女にさわろうとする。コンスタンツェはさっと身を引く。

コンスタンツェ　これで十分でしょ。

間。

サリエーリ　（用心深く）残念だな……いささかお粗末すぎる、ウィーン中の音楽家たちが狙っている地位を手にいれるにしては。
コンスタンツェ　どういう意味？
サリエーリ　はっきりしとるがな。
コンスタンツェ　いいえ。いっこうに。
サリエーリ　これまた残念……残念至極。

間。

コンスタンツェ　信じられない……信じられないわ！
サリエーリ　何が？
コンスタンツェ　今おっしゃったこと。
サリエーリ　（急いで）わたしは何も言わなかった。何か言ったかね？

コンスタンツェが立ちあがると、サリエーリも狼狽して立ちあがる。

コンスタンツェ あたし帰ります！……もう嫌、こんなこと！
サリエーリ コンスタンツェ……
コンスタンツェ 帰らせて、お願い。
サリエーリ コンスタンツェ、聞いてくれ！ わたしは朴念仁だ。すいも甘いも心得た男と思うかもしれんが——違うんだ、本当は。手管一つ知らない。インクと菓子一筋に生きた男だ。女には、目もくれなかった……昨夜君を見た時、モーツァルトが心の底から羨ましかった。その羨ましさのあまり、ふと馬鹿な気を起こしたんだ——ちょっとばかり、あなたの優しさのおすそわけにあずかれないかと。そうすれば、生き返れるかもしれないと——モーツァルトのように。

間。コンスタンツェは笑い出す。

おかしいかね。
コンスタンツェ モーツァルトの言った通り。あなたって、悪党ね。
サリエーリ そう言ったのか。

コンスタンツェ　「イタ公は、芝居が達者だ。あいつには気をつけろ」って。あなたのことよ。もちろん、冗談だけど。

サリエーリ　そう。

サリエーリは急に彼女に背を向ける。

コンスタンツェ　でも、冗談とばかりは言えないわ。あなたも、ずいぶん抜け抜けと演じたものね、表は悩める若者、裏は古狐！（ふざけた優しさで）あら！　ご機嫌損ねたかしら？　モーツァルトがふくれると、あたし、お尻をぶってやるの。彼もそれが好きみたい。あなたもぶってあげましょうか？（書類入れで、サリエーリを軽く叩く。彼は憤然とふり向く）

サリエーリ　無礼な！　このばか、ばか娘が！

険悪な沈黙。

（冷やかに）失礼。話題をご主人のことに限ろう。モーツァルトはすばらしいピアノ奏者だ、問題はない。だが、エリザベート王女がお求めなのは、声楽の教師だ。その点、ご主人はどうかな？　ご持参の作品をとくと見てから、適任かどうか、決めることにする。一晩かけて、楽譜を検討しよう。そちらも、こっちの申し出を検討し給え。曖昧では困る。はっきりした代償をだ。（サリエーリは書類入れに手を伸ばす。コンスタンツェはそれを渡す）ではこれで。

サリエーリはコンスタンツェから離れて、楽譜入れを椅子の上におく。コンスタンツェはためらい……何か言おうとするが——できずに——急いで立ち去る。

＊　＊　＊

同じく、サリエーリのサロン

サリエーリが、動揺して観客をふり向く。

サリエーリ　Fiasco《フィアスコ》!……Fiasco《フィアスコ》!(*48)　もののみごとに大失敗！　冷汗がふき出す！　うまくいったのならまだしも、罪深いどころかバカをみた！　弁解の余地はない。わたしの音楽が永遠に神に拒否されるとすれば、それは自分のせいだ。自分自身の。コンスタンツェは明日くるだろうか？　そんなはずはない。でも、もし来たら？　どうしよう？……心から詫びるか——もう一度やってみるか？……（叫ぶ）nobile《ノービレ》, nobile《ノービレ》 Salieri《サリエーリ》!(*49)　高潔なサリエーリか。モーツァルトは、このわたしに何をしたのだ！　あの男が現れるまでは、こんなことをしたことがあったろうか？　姦通を企て、女を脅かし、残酷な行為に自分をかりたてる！　全てが失われ——くずれ落ちてゆく！——腐ってゆく！……あいつのせいで！

熱にうかされたように舞台奥へ行き——椅子の上の書類入れに手を伸ばす——が、中に入っているものを見るのを恐れるかのように、手を引っこめ、坐る。間。

そこにおかれた楽譜を、まじまじと見つめる——まるでそれが、食べたくてしようがないのによう食べない、すばらしい菓子ででもあるかのように。やがて、突然さっと取りあげ——リボンを引きちぎり——ケースを開けて、中の手書き楽譜をむさぼるように見つめる。

サリエーリの目が第一ページにあてられると同時に、かすかに音楽が劇場内に響く。『交響曲二十九番、イ長調』の初めの部分である。音楽にかぶせて、せりふが続く。

これが元の楽譜だと言っていたな。一部しかない、手書きの。ところがどうだ、まるで清書したようにきれいだ！　直し一つない。

楽譜から目をあげて、観客を見る。音楽は突然中断する。

初めは、不思議だった。それから愕然とした。そうなんだ、モーツァルトは音楽をただ書きとめているにすぎないんだ……

ふたたび譜面に視線を移す。ただちに『ヴァイオリンとヴィオラのための協奏交響曲』が、かすかに聞こえ始める。

……音楽は頭の中で完全に出来あがっているのだ。しかも、非のうちどころもなく。

ふたたび目をあげる。音楽中断。

音符を一つはずしても、だめになる。楽節一つ削っても、構成がこわれる。

サリエーリは視線を譜面に戻す。音楽がふたたび始まる。『フルートとハープのためのコンチェルト』の緩やかな楽章の中の、うっとりするような楽節である。

またあれだ――男爵夫人の書斎で聞いたのと同じ旋律が――ただ、今度はさらに豊かに。あの緊密なハーモニー……きらめくような音のふれ合い……苦悩に満ちた歓喜。

サリエーリは視線をあげる。音楽がふたたび中断する。

これではっきりした。あのセレナーデは、決してまぐれではない。

　非常に低く、かすかな雷鳴のような音が劇場内に聞こえ、遠い潮騒のように音が重なる。

わたしは、五線紙に細かに書きこまれた譜を通して、〈絶対なる美〉を見つめていた！

　雷鳴のとどろきの中から、『ハ短調ミサ曲』のキリエを歌う澄んだソプラノが、次第に高まってくる。ソプラノにからむほかの音は消えてゆき――ソプラノだけがひときわ澄みきって、明るく輝く……ますます澄み、輝く。照明が明るくなる。明るすぎるくらいに……白く燃え、白熱の光に！　サリエーリはこの光の雨と音の洪水の中で、立ちあがる。音楽はますます高まり、劇場をみたす。ソプラノはやがて、力強く対位旋律を歌うフォルテッシモの合唱にかわる。

音量がぎりぎり一杯にまで大きくなる。サリエーリが、楽譜を片手に、まるで激浪にもまれているかのように、よろめきつつ前方へ出てくる。最後にドラムが低くとどろく。サリエーリは楽譜入れを落し……気を失って、床に倒れる。それと同時に、音楽は、長い反響をおびた、うねるような響きに炸裂する。それは怖しい破滅を思わせるものがある。音は、床につっ伏すサリエーリの上に、脅かすようにのしかかる……もはや音楽ではない。やがて音は消えゆき、静寂のみが残る。ふたたび照明が暗くなってゆく。

長い間。

サリエーリは身動き一つしない。頭のそばには、楽譜の山。時計が鳴るのが聞こえる。九時である。サリエーリが身じろぎをする。ゆっくりと頭をもたげ、見あげる。サリエーリは今——初めは静かに——神へ語りかける。

Capisco!《カピスコ》(＊50)　わかった、わたしにも、自分の運命が。アダムが自分の裸に気づいたように、わたしも初めて自分の空虚さに気づいた……（ゆっくりと立ちあがる）今夜もこの町のどこかの居酒屋で、あの若僧は奇妙な笑い声をあげていることだろう。そして、ビリヤードのキューを置きもせずに、ふと思いつくまま書きとめる奴の音楽の前では、こっちが苦心惨憺した音楽なんか、生命のないがらくたなんだ。ありがとう、神よ！　あなたに仕えたいという、ほかの連中が抱きもしない願望をわたしに与えておいて——恥かしさでこの耳を掩わせようとなさるのか。グラッチェ！　あなたを称えたいという、ほかの連中が感じもしない願いを許しておきながら、わたしを唖になさるのか。グラッチェ・タンティ！　ほかの連中にはない、類い稀なるものを識別する能力を与えておいて、自分は永遠に凡庸に耐えよというのか。（声に力がこもる）なぜです？……わたしのどこがいけないのです？……今日まで、きびしく自分を律してきました。友を助けるために多くの時間をさき、授けられた才能をひたすら磨いてきました。（上に向って呼びかける）わたしがいかに励んだか、よくご存知のはず！　わたしにとってこの世を理解する術《すべ》は、ただ一つ——音楽だ。音楽を通して、いつかはあなたのみ声が聞けると思ったのに。そして今、それが聞こえる……だが、その声が呼ぶ名は、〈モーツァルト〉！……意地が悪く、小生意気で自惚れ屋の……幼児性まるだしのモーツァルトだ！　他人《ひと》のためには何一つしようとしない！　卑猥な言葉を口ばしり、女房に尻をぶたれるモーツァルト！——そんな男を、あなたは神の声としてお選びになった！　それに引きかえ、わたしへの報いは——わたしの崇高な特権は——神のみ声の顕れを聞き分けられるただ一人の人間ということだけだ！　（荒々しく）Grazie《グラッチェ》 e《エ》 grazie《グラッチェ》 anchora《アンコーラ》！（間）それもよかろう！　これより先、我々は、あなたとわたしは、敵《かたき》同士だ！　もう黙っちゃいないぞ……聞こえるか？……神を嘲るなかれ、と言うが、いいか、人を嘲るなかれ、だ！　このまま引込みはしないぞ！……神の霊は己の好むところに吹く、と言うが、とんでもない！　神は美徳をこそ好むべきだ。風じゃあるまいし、やたら吹いたりしてはならんのだ！(＊51)　（喚く）Dio《ディーオ》 Ingiusto《インジュースト》！　不公平なる神よ……あなたは敵だ！　これからは、〈永遠の敵〉と呼んでやる！　そして、ここに誓う、命尽きる日まで、この世でお前にさからうと！　（サリエーリは神を睨みつける。観客に）神を懲しめてやれなくて、何が人間だ？　（間。突然サリエーリはもとの老人の声に戻って、観客に話しかける）ところで、さて……

彼は打ち粉をふった鬘をはずし、舞台を横切って、ピアノのところへ行く。ピアノの上には、我々を十八世紀へ案内する際に脱ぎすてた、古ぼけたガウンとショールがのっている。サリエーリはそれを取り、宮廷服の上からはおる。

時はふたたび一八二三年である。

……次に何が起ったか……神が、というよりコンスタンツェが、どう私に答えたか……それに続いて起った恐るべき事を、話す前に——一休み。膀胱は人間の付属器管であって、後世の霊である諸君には、関係はない。……が、細々ながらまだ生きているわたしには、絶えずお呼びがかかるのでな。夜明けまであと一時間、その時はさらばじゃ。それまで、また戻ってきて、お聞かせするとしよう、神の寵児〈アマデウス〉モーツァルトを通しての神とわたしとの戦いを。この戦いの中で、もちろん、あの男は破滅する。

サリエーリは人をくったふてぶてしさで、観客にお辞儀をし……台の上の皿から菓子を取り、むしゃむしゃ食べながら、退場する。楽譜は、彼が倒れてまき散らした時のまま、床に残っている。
サリエーリが出て行くと、客席が明るくなる。

――一幕終り――

第二幕

サリエーリのサロン

サリエーリが戻ってくると、客席の照明が暗くなる。

サリエーリ　中庭で猫どもがニャーゴニャーゴやっていた。ロッシーニばりの歌い方で。猫も、作曲家同様、質が落ちたものだ。ドメニコ・スカルラッティ(*1)の飼い猫は、鍵盤の上を歩きまわって、フーガの旋律を奏でたそうな。もっとも、あれは啓蒙期のスペイン猫で、対位法を理解できた。近頃の猫ときたら、キーキー声のコロラトゥラしか喜ばん。大衆と同じだ。

彼は舞台前へ出てきて、観客に直接話しかける。

いよいよ、わしの人生の最後の時間だ。わしを理解してほしい。許さんでもいい。許しは求めぬ。わしは、世間的には、善良な人間だ。だが、それが何になる？　善良だからといって、いい作曲家にはなれぬ。モーツァルトは善良か？……善良さなど、芸術のるつぼの中では、なんにもならん。

間。

楽譜事件が起ったあのおぞましい夜、わしの人生に恐しい、思いもかけない目的ができた。神の申し子アマデウスを逆手に、神に逆らう。わしには権力があった。神は、この世にみ声を聞かせるのに、モーツァルトを必要とした。そのモーツァルトは、俗世の出世のために、わしが必要だった。こうなれば戦いだ――そしてモーツァルトが戦場だった。

間。

一つだけ、はっきりしていた。神は手強い敵だ。この世で神にさからうことで、いやな競争相手を葬ることもできる。こんなまたとない機会を、諸君とて無にするだろうか？

サリエーリは意地悪い目で観客を見つめながら、上に着たガウンとショールをぬぐ。

神に戦いを宣言すると、わたしはすぐに危険を感じた。神はどう応えるだろうか？傲岸不遜の罪で、わたしを打ち殺すか？　笑わないでくれ。わたしは世なれた都会人ではない。小さな町の敬虔なカトリック教徒だ！

彼は飾り粉をふりかけた鬘をかぶり、ふたたび若々しい声になる。我々は、また十八世紀に戻る。

まず何が起ったか——不意にコンスタンツェが現れたのだ！　夜の十時に！

玄関のベルが鳴る。コンスタンツェが入ってくる。そのあとに、困惑顔の従僕が続く。

（驚いて）シニョーラ！

コンスタンツェ　（固い声で）主人は、ヴァン・スヴィーテン男爵の夜会です。セバスチャン・バッハのコンサートで。あたしにはつまらないだろうって言うので……

サリエーリ　なるほど。（目をまるくしている従僕に、ぶっきらぼうに）用があれば、ベルを鳴らす。もうよい。

コンスタンツェ　（無表情に）で、どこへ行くの？

サリエーリ　え？

コンスタンツェ　ここでするの？……いいわよ。

コンスタンツェは、帽子をかぶったまま、まっすぐな背もたれの、小さな金色の椅子の一つに坐る。

ゆっくりと胴着《ボディス》の紐を緩め、乳房の上のほうが見えるようにし、絹のスカートを膝の上までたくしあげてストッキングの上の肌をのぞかせ、脚をひろげ、サリエーリをまじまじと見つめる。

(静かな口調で) ではと?……取りかかりましょうよ。

サリエーリも見つめ返すが、すぐに目をそらす。

サリエーリ (固い声で) 楽譜はここにある。持って帰るがいい。さあ。早く。

間。

コンスタンツェ 悪党! (ぱっと立ち上り、書類入れをさっと取る)

サリエーリ 行け! 二度と来るな!

コンスタンツェ くそったれ!

突然コンスタンツェは彼に走り寄り……激しく顔を撲りつけようとする。サリエーリは相手の両腕をつかみ、乱暴に揺すぶり、床につき倒す。

サリエーリ 行け！

コンスタンツェは、憎しみの目で彼を睨みつけたまま、静止する。

(観客に呼びかける) ご覧の次第だ！ わたしはコンスタンツェが欲しくはあった……これまでになく！ だが、けちなのはご免だ。この争いは、モーツァルトが相手ではない……彼を通して――モーツァルトを通して、彼を寵愛する神との戦いだ。(嘲るように) 神の寵児アマデウス……アマデウスか！……

コンスタンツェははね起きて、部屋から走り去る。間。彼は気を鎮め、テーブルのところへ行き、〈ヴィーナスの乳首〉を一つ選んでつまむ。

翌日、レッスンにやって来たカテリーナ・カヴァリエリに、わたしは〈優しさの美徳〉について、とつとつと語り、〈ラ・ジェネローザ〉の名を捧げた。残念ながら、わたしが使う手は、情事《いろごと》においても、芸術と同様、いつも限られている。幸い、カテリーナはそれでご満足で、〈ヴィーナスの乳首〉を二十個ほど平らげ……ブランディ臭い息で接吻して……易々とベッドにもぐりこんできた。

カテリーナが、サリエーリの寝室から出てきたかのように、服を半ば着かけたまま、けだるそうに登場。サリエーリは彼女を抱きしめ、化粧着《ペイニョワール》の乱れを手際よく直してやる。

善良な妻の目を盗み、彼女は長年わたしの情婦となった――わたしを出しぬいたあの男の肉体の名残りも、やがて汗の中で消えた。

彼女は彼に晴れやかに微笑みかけて、緩やかな足取りで出て行く。

女についての誓いは、これでご破算。(短い間)その同じ夜、わたしは宮殿へ出かけ、貧しい音楽家を救うための委員会を全部辞職した。社会奉仕の誓いも、これで終り。

照明が変る。

それから、皇帝の所へ行き、全く無能な男を、エリザベート王女の教師に推薦した。

＊＊＊＊

シェーンブルン宮殿

皇帝が金色の鏡のあいだにある大きな暖炉の前に立っている。

ヨーゼフ　ゾムメルか。ぱっとせぬ男だな。モーツァルトはどうかな？

サリエーリ　陛下、良心をもってしては、モーツァルトを推挙するわけにはいきません。いろいろ噂が多いもので。

ヨーゼフ　単なるゴシップだろう。
サリエーリ　その一つは、私がよく知っている娘に関わっております。ごく若い歌手で。
ヨーゼフ　ほほう！
サリエーリ　遺憾ながら、事実でございます。
ヨーゼフ　わかった……では、ゾムメルということに。（主舞台の方へおりてゆきながら）あの男なら、まあ無難だ。もっとも音楽的には、エリザベートは、誰に習おうと同じだがね。（皇帝はゆっくりと行きかける）

サリエーリも続く。反対側の舞台前方からモーツァルトが登場。今後は、前よりも自然な感じの鬘をつける。彼の栗色の髪を模した鬘で、豊かな毛は後ろでリボンでたばねられている。

サリエーリ　（観客に）モーツァルトはもちろんわたしを疑いもしなかった。皇帝は、いつものように任命をご発表……
ヨーゼフ　（立ちどまって）では、そういうことに。（皇帝は去る）
サリエーリ　……わたしは、失意の男を慰めた。

モーツァルトは向き直り、うち沈んで正面を凝視する。サリエーリは握手をする。

モーツァルト (苦々しく) 身から出た錆だ。いつも父が手紙をくれる、もっと素直になれ、身のほどを知れと!……これを聞いたら、さぞかしたくさんの手紙を寄こすだろうな!

モーツァルトはゆっくりとピアノのほうへ行く。照明が少し暗くなる。

サリエーリ (観客に。モーツァルトを見つめながら) モーツァルトにとって、これはひどい打撃だった。

＊＊＊

ウィーン、およびいくつかのオペラ・ハウスの情景

〈風〉がすべるように登場。

〈風〉一 弟子の数は相変らず。

〈風〉二 せいぜい六人。

〈風〉一 子供が生れたというのに！(*2)

〈風〉二 男の子が。

サリエーリ 気の毒に。（観客に）逆に、わたしのほうは飛ぶ鳥を落すいきおい。意外といおうか。予期していた神の怒りなど——なかった。何一つ！……それどころか……信じ難いことだが……一七八四年と八五年には、大作曲家の列に加わった。この二年間に、モーツァルトのほうも秀れたピアノ協奏曲と弦楽四重奏を作曲したけれど。

〈風〉一と二は、サリエーリの両側に立つ。モーツァルトはピアノの前に坐る。

〈風〉一　ハイドンは、モーツァルトの四重奏を激賞した。
サリエーリ　そう――だが、誰も聞こうとしない。
〈風〉二　ヴァン・スヴィーテンは、コンチェルトを珠玉の作品と称讃した。
サリエーリ　そう。だが、誰も注目しようとしない。
　モーツァルトは、ピアノを弾き、指揮をする。かすかに『ピアノ協奏曲イ長調』（ケッヘル四八八）が聞こえてくる。
（音楽にかぶせて）ウィーンの人々は、彼のコンチェルトが発表されるたびに、新しいスタイルの帽子をむかえるように、喝采した……だが、どれも一度演奏されただけで――あとは完全に忘れられた！……ただわたし一人が、その真価を十分に知っていた。十八世紀を通じて、人間の手になる最も完成した作品。それに比して、わたしのオペラはいたる所で上演され、絶讃された。ミュンヘンのために『セミラーミデ』を作曲した。
〈風〉一　嵐のような拍手！
〈風〉二　感激のあまり、観客が失神！

ライト・ボックスの中に、華やかな色彩のオペラ・ハウスの内部が現れる。観客が立ちあがって、万雷の拍手。二人の〈風〉にはさまれて立っていたサリエーリは、舞台奥に向きなおり、お辞儀をする。このざわめきにかき消されて、モーツァルトのコンチェルトはほとんど聞こえない。

サリエーリ　ウィーンのために、コミック・オペラも書いた。『トロフォーニオの洞窟』だ。

〈風〉一　街中の話題！

〈風〉二　カフェでも、その話でもちきり！

別のオペラ・ハウスの内部が映し出される。別の観客が、嵐のような拍手。ふたたびサリエーリが、それに向ってお辞儀をする。

サリエーリ　（観客に）わたしはついに悲劇的オペラ『ダナオス』(*3)を完成し、パリで上演した。

〈風〉一　熱狂的な反響！

〈風〉二　屋根をゆるがす喝采！

〈風〉一　名声は、オーストリア全土に！

〈風〉二　いや、ヨーロッパ全土に！

また別のオペラ・ハウスと別の興奮した観客。サリエーリは三度目のお辞儀をする。今度は、〈風〉たちまでもが拍手する。モーツァルトのコンチェルトはやむ。モーツァルトはピアノの前から立ちあがり、サリエーリがしゃべっている間に、舞台をつっきって、去る。

サリエーリ　（観客に）全く訳がわからなかった。まるで勝利の旨酒《うまざけ》に酔っているようだった！　頭に黄金の賞讃をいただき、邸の中は黄金の家具でうまった。

＊　＊　＊　＊

サリエーリのサロン

舞台は、金色に変る。召使いたちが、金色のブロケード織りで張った金色の椅子を運びこみ、舞台のあちこちに置く。

前の場よりは少し年をとった従僕が現れ、サリエーリの空色の上着を脱がせて、代りに金色のサテンのフロックを着せる。

これまた少し年をとった料理人が、前よりも手のこんだ菓子を金色の脚付きの皿にのせて運んでくる。

サリエーリ　わたしは元来質素を好んだが、それを変えた！……次第に大胆に、派手になった。サロンや夜会を催し、きらびやかな社交界の祭壇の前にぬかづいた！

サリエーリは自分のサロンにくつろいで坐る。両側に〈風〉一と二が腰かける。

〈風〉一　昨夜、モーツァルトはあなたのコメディを見に行きました。
〈風〉二　そしてプリンセス・リヒノウスキー(*4)に言ったとか。
〈風〉一　がらくたは、自分でかたづけるべきだと。
サリエーリ　(かぎ煙草をつまみながら)なるほど？　ザルツブルクの連中はおもしろいことを言う！
〈風〉二　みんな憤慨しています。
〈風〉一　あの男が来ると、どこの客間もからっぽ。ヴァン・スヴィーテン男爵も腹をたてています。
サリエーリ　〈フーガの殿さま〉も？　男爵のお気に入りのはずだったが。
〈風〉二　モーツァルトは、イタリア・オペラを書かしてくれと願い出たのです。
サリエーリ　(観客に向って、語気荒く傍白)イタリア・オペラだと！　脅威だ！　こ、こ、こ、こ、こ、こっちの領分だ！
〈風〉一　男爵はひどくご立腹。
サリエーリ　だが、なぜだ？　テーマは何か？
　ヴァン・スヴィーテンが舞台奥に急ぎ足で登場。

ヴァン・スヴィーテン フィガロ！……『フィガロの結婚』(*5)だと！ ボーマルシェのあの恥知らずの芝居を！

サリエーリがそっと合図すると、〈風〉一と二は、滑るように退場。ヴァン・スヴィーテンはサリエーリのところへやって来て、金色の椅子の一つに腰かける。

(サリエーリに) あの男は、才能をこんなことに浪費しようとしている――俗悪な茶番劇《ファルス》だ。わたしが叱ったら、まるでうちの父みたいだと言いおった！ 小間使いを追いかけまわす貴族！ すぐ見抜けるようなばかげた変装をした奥方！……こんなつまらん話を音楽にするなんて！

モーツァルトがシュトラックと共に、舞台奥から急ぎ足で登場。二人はサリエーリとヴァン・スヴィーテンに加わる。

モーツァルト　本当の人間が出てくる作品を書きたいんです、男爵！　それもリアルな場所を使って！　婦人用の居間！　それですよ――わくわくするな！　床に散らばる下着！　まだ女の肌の温もりを残すシーツ！　ベッドの下には、溢れそうな溲《し》瓶《びん》！

ヴァン・スヴィーテン　（怒って）モーツァルト！

モーツァルト　私は本物の人生が書きたい。退屈な伝説じゃない！

シュトラック　サリエーリの新作『ダナオス』は伝説だが、フランス人は退屈しなかったぞ。

モーツァルト　フランス人は何にでも退屈しませんよ……実生活以外には！

ヴァン・スヴィーテン　フリーメーソンの一員となった(*6)からには、もう少し高尚なテーマを選ぶかと思ったが。

モーツァルト　（苛立って）ふん、高尚か！　高めることね！……高めたきゃ、あそこをおっ立てるがいい。

ヴァン・スヴィーテン　なんということを！　君には、すべてが冗談なのか？

モーツァルト　（必死に）今の言葉、お許し下さい、男爵、でも、本当です！　そんな神様や英雄たちといつまで付合ってゆけます？

ヴァン・スヴィーテン　（熱っぽく）彼らは永遠に生き続ける！　我々の内なる不滅の象徴だ。オペラは、我々を高めてくれる……君を、わたしを、皇帝も。オペラとは、偉大にして崇高な芸術だ！　人間の永遠性をたたえ、日常性を無視する。たたえるのは、女の内なる女神で、洗濯女ではない。

シュトラック　よくぞ言われた。その通り！

モーツァルト　（シュトラックの気取った声を真似て）よくぞ言われた、その通り、か！　（三人に向って）あなた方の気が知れない！　そりゃあ皆さん、お偉いかたがただ。でも、尻の穴をもっていることに変りはあるまい！　神々や英雄なんて、クソくらえさ！　正直いって、皆さんだって、理髪師と一緒のほうがずっと気楽でしょうが、ヘラクレスといるより？　ホラティウスより？　（サリエーリに）あるいは、あなたのあのばかげたダナオスより？　私の作品でもいい……ポントの王ミトリデーテや、クレタ王イドメネオより！　あんなものは、頭が痛い骨董品さ！　どれも退屈、退屈！　（急にさっと立って、演説家のように椅子の上に飛びあがり、宣言する）今世紀に書かれたもっともらしいオペラは、みんな退屈である！

彼らはあっけにとられ、ふり向いて、モーツァルトを見つめる。間。モーツァルトは例の忍び笑いをもらすと、椅子の上で飛んだり跳ねたりする。

ほら！　このあんぐり開いた四つの口。完全な四重唱だ！　これを作曲しようかな……みんながこうしているところを！　侍従長閣下はこうお考えだ――「無礼なモーツァルトめ。早速皇帝に報告しなければ！」図書寮長官閣下はお思いだ――「無教養なモーツァルトめ、自分の俗悪さでオペラを冒瀆しおる！」と。宮廷作曲家殿の胸の内は、「ドイツ人のモーツァルト、あいつに音楽がわかるか！」そして、モーツァルト様は、その中でお考えだ、「ぼくは善良な男なのに。なぜ爪はじきされるんだろう？」（興奮して、ヴァン・スヴィーテンに）これだから、オペラって大事なんです、男爵。劇よりはるかにリアルなんだ！　だって、劇作家なら、今この瞬間を表わすのに、みんなの思いを一つづつ順に書いていかなければならない。だが作曲家は、全部を一度に表現できる――しかも、それぞれの声を聞かせながら。声楽の四重唱って、大したものだ！　（ますます興奮して）……そうだ、三十分間のフィナーレを書こう！　四重唱が五重唱となり、六重唱となる。どんどん広がる――音が重なり、高まって、まったく新しい音になる！　神はきっとこうやって世の中のことをお聞きになる。何百万もの音が一つになって上にあがり、神さまの耳の中でまざり合い、想像もできない果てしない音楽となる！（サリエーリに）これこそ、我々の仕事だ、われわれ作曲家の。彼と彼と彼の、そして彼女と彼女の内なる心を一つにまとめる——小間使いの想いを、宮廷作曲家の想いを……そして、聴衆を神に変えるのだ。

間。サリエーリは魅せられたようにモーツァルトを見つめる。モーツァルトは照れて、唇をぶるるっと震わせふざけた音をたて、くすくす笑いだす。

失礼。一日中、ばかなことをしゃべって。度し難い——スタンツァールがよく知っているけど。（ヴァン・スヴィーテンに）口ではばかを言っても、心は違います。

ヴァン・スヴィーテン　そうとも。ばかなことを言ったりしても、根はいい男だ。わかっている。この男、フリーメーソンの立派な会員になれるよ、なあ、サリエーリ？

サリエーリ　私などよりも。

ヴァン・スヴィーテン　自分の才能をもっと大事にし給え、モーツァルト。

男爵は微笑して、モーツァルトの手を軽く押さえ、出てゆく。サリエーリは立ちあがる。

サリエーリ　Buona fortuna.《ブオナフォルトウーナ》(＊7) 幸運を祈る、モーツァルト。

モーツァルト　グラッチェ、シニョーレ。(シュトラックをふり向いて)そんなしかめっ面をなさらんで、侍従長閣下。ぼくって、本当にとんまなロバです。でも、とんまの方が、つき合いやすいでしょう？——さあ、ロバと握手を。

片手を蹄の恰好にする。シュトラックは用心しながら、その手を取るが——

モーツァルトがロバのようにいななくと、ぎょっとして飛び退る。

モーツァルト　ヒヒンホウッ!……陛下に、オペラができたとお伝えを。

シュトラック　できた？

モーツァルト　このおつむの中で。あとは、さらさらっと書くだけ。では、これで。

シュトラック　ああ、さよなら。

モーツァルト　陛下は、お喜びになりますよ、きっと。(手をはでに振って挨拶し、悦にいって出てゆく)

シュトラック　まったく、あの男ときたら……

サリエーリ　（おだやかに）威勢がいい。

シュトラック　（癇癪を爆発させて）……我慢がならん！……まったく！

　シュトラックは憤慨したまま、動きをとめる。

サリエーリ　（観客に）どうやってやめさせたものか、あのオペラ『フィガロの結婚』を？……信じられん、わずか六週間で書きあげるとは！……

　ローゼンベルクがせかせかと登場。

ローゼンベルク　『フィガロ』ができた！　初演は、五月一日！

サリエーリ　そんなに早く？

ローゼンベルク　もうとめようがない！

　短い沈黙。

サリエーリ　（狡猾に）考えがございます、Una《ウナ》 piccola《ピッコラ》 idea《イデーア(＊8)》!

ローゼンベルク　どんな？

サリエーリ　Mi《ミ》 ha《ア》 detto《デット》 che《ケ》 un《ウン》 balletto《バレット》 nel《ネル》 terzo《テルツォ》 atto《アット(＊9)》? たしか第三幕にバレーがあるとか。

ローゼンベルク　（訳がわからず）Sì《シ(＊10)》.

シュトラック　何を話しているのだ？

サリエーリ　E《エ》 dimmi《ディムミ》——non《ノ》 è《ネ》 vero《ヴェーロ》 che《ケ》 l'Imperatore《リムペラトーレ》 ha《ア》 proibito《プロイビート》 il《イル》 balletto《バレット》 nelle《ネレ》 sue《スエ》 opere《オペレ(＊11)》? 皇帝はそれを禁じていらっしゃるのでは？

ローゼンベルク　（わかりかけて）Uno《ウノ》 balletto《バレット》……Ah! うん、バレーをな！

サリエーリ　Precisamente《プレチザメンテ(＊12)》.　それですよ。

ローゼンベルク　Oh, capisco《カピスコ》! Ma《マ》 che《ケ》 Meraviglia《メラヴィリイア》! Perfetto《ペルフェット》? なるほど、わかった！

（喜んで笑いだす）Veramente《ヴェラメンテ》 ingegnoso《インジェニョーゾ(＊13)》! いい考えだ！

シュトラック　（いらいらと）なんだ？　サリエーリは何て言っているのだ？

サリエーリ　早速あの男と劇場で……

ローゼンベルク　もちろん。すぐ行く。なるほどな。君はたいしたものだ、サリエーリ。

サリエーリ　私が？……私は何も申しませんよ。（舞台奥のほうへ、離れてゆく）

照明が変り、ほの暗くなる。

シュトラック　（非常に不機嫌に）言っておくが、不愉快きわまる。モーツァルトもたまにはいいことを言う。この宮廷では、イタリア語のおしゃべりが多すぎる！　さあ、言い給え、何の話だ？

ローゼンベルク　（受け流して）Pazienza,《パツィエンツァ》（＊14）侍従長殿。今におわかりになります！

舞台奥で、サリエーリがシュトラックに合図する。はぐらかされて機嫌を損じた侍従長は、サリエーリの所へゆく。二人は、身をひそめて見守る。照明はさらに暗くなる。

＊　＊　＊　＊

照明のはいっていない劇場

背景幕に、暗い観客席をかすかに照らしているランプがいくつか投映される。ローゼンベルクは、舞台中央の金色の椅子の一つに坐っている。下手から、明るい色の別の上着をきたモーツァルトが、『フィガロの結婚』の楽譜を手に、急ぎ足で出てくる。舞台を横ぎって、ピアノのほうへ行く。

ローゼンベルク モーツァルト……モーツァルト!

モーツァルト はい、監督さん。

ローゼンベルク (愛想よく) ちょっと一言。いいかな?

モーツァルト もちろん。何でしょう?

ローゼンベルク 『フィガロ』の楽譜を見せてほしいのだが。

モーツァルト いいですよ。でも、なぜ?

ローゼンベルク ここへ——(動かずに) 持ってき給え。

モーツァルトは、不審げに楽譜を渡す。ローゼンベルクはページをくる。

ところで、知らなかったかね、陛下がオペラの中にバレーを入れるのを禁じたことを？

モーツァルト　バレー？

ローゼンベルク　この第三幕にあるような。

モーツァルト　でも、それはバレーじゃない。フィガロの結婚を祝うダンスですよ。

ローゼンベルク　いかにも。ダンスだ。

モーツァルト　(気を鎮めようと努めながら) 陛下も、物語の一部としてなら、ダンスを禁じてはおられない。フランスのオペラみたいに、ばかげたバレーをはさむことを禁止なさったんです、まことに適切なご処置で。

ローゼンベルク　(声を高めて) モーツァルト、君が陛下の勅令を解説する必要はない。ただそれに従えばいいのだ。(問題のページを指先でつまむ)

モーツァルト　何を――何をなさるんです？

ローゼンベルク　不都合な部分を削除するのだ。

恐しい沈黙の中で、ローゼンベルクは数ページを引きちぎる。モーツァルトは信じかねる面持ちで見守る。舞台奥からサリエーリとシュトラックが、薄暗がりの中でそれを見守っている。

今後は、皇帝陛下のご命令に従うことだね。（さらに何ページかを破り取る）

モーツァルト　でも……でも——それがなければ、クライマックスに穴が開いてしまう！……（突然、叫びだす）サリエーリだ！　サリエーリの指し金だ！

ローゼンベルク　ばかな。

サリエーリ　（観客に向って）どうして気づいたのだろう？　気づかれるようなことをした覚えはないのに！　神様が教えなさったのか?!

モーツァルト　陰謀だ。臭う。臭うぞ！

ローゼンベルク　落着くんだ！

モーツァルト　（喚きたてる）でも、どうすりゃいいんです！　初演まで、二日しかないのに！

ローゼンベルク　書き直すんだ。君の特技だろう？——速く書くのは。

モーツァルト　音楽が完全な場合は、別だ！　こんなに完璧な音楽の場合は！……（荒れ狂って）皇帝に訴えてやる！　陛下にお願いしよう、じかに！　陛下のための特別な稽古をやろう。

ローゼンベルク　陛下は稽古になどおいでにはならん。

モーツァルト　これには、来て下さるさ——必ずおいでになるさ！　そして、あんたに思いしらせてやる！

ローゼンベルク　問題は簡単だ。この幕を今日書き直すか、それともオペラを引っこめるか。どうだな。

間。ローゼンベルクはページのちぎれた楽譜を作曲家に返す。モーツァルトは震えている。

モーツァルト　糞！

ローゼンベルクは背を向けて、悠然と離れてゆく。

気どり屋の、小便虫！　イタリアかぶれの糞ったれ！

ローゼンベルクは平然と舞台から出てゆく。

（後ろから喚く）オルシーニ＝ローゼンシット！……ローゼンカント！……ローゼンバッガー(*15)！　稽古はやってみせるぞ！　みてるがいい！　陛下はおいでになるとも！　みてろよ！……みてろ!!　（ヒステリックな怒りにかられて、楽譜を叩きつける）

舞台奥の薄暗がりにいたシュトラックは去る。サリエーリは、喚きたてている小男の方へ、あえてやってくる。モーツァルトは急に彼に気づく。そっちを向き、思わず責めるような身振りで、片手をさっと出す。

（サリエーリに）だめだ！……許さぬ――と言われた！……もちろん、すでにご存知だろうが！

サリエーリ　（静かに）何を？

モーツァルトは、ぷいと離れる。

モーツァルト　（痛烈に）何でもない！

サリエーリ　（相変らず穏やかに）モーツァルト君、なんなら、わたしから陛下に申しあげてみようか。稽古においで頂くように。

モーツァルト　（びっくりして）まさか。

サリエーリ　お越し願えるか、約束はできんが――やってみよう。

モーツァルト　本当に！……

サリエーリ　では。（彼は両手をあげて、それ以上の親愛の情をさえぎる）

モーツァルトはピアノのところへさがる。

（観客に）言うまでもないが、この件について、わたしは何もしなかった。ところが……驚いたことには――

シュトラックとローゼンベルクが、舞台前方に、あわただしく登場。

……翌日、『フィガロ』の最後の稽古の最中に……

ヨーゼフ皇帝が舞台奥から登場。

ヨーゼフ　（快活に）なんと、なんと！　なんとすばらしい！　諸君、ご機嫌よう！

＊＊＊

劇場

サリエーリ　（観客に）慣例を破って、皇帝が来られた！

シュトラックとローゼンベルクは、驚愕して顔を見合わせる。ヨーゼフは興奮しながら、金色の椅子の一つに、正面を向いて坐る。第一幕の『後宮からの逃走』の初演の時と同様、彼はオペラを見ているかのように、観客を見つめる。

ヨーゼフ　もう待ちきれなくてな、モーツァルト！　Je prevois des merveilles《ジュプレヴォア ド メルヴィユ》！　傑作であろうな！

モーツァルト　（熱っぽく、お辞儀をしながら）陛下！

廷臣たちも坐る。シュトラックは皇帝の右手に、ローゼンベルクは左手に。サリエーリも、ピアノの近くに坐る。

サリエーリ　（観客に）これはどういうことだ？　神の加護はついにモーツァルトに移ったのか？　神はついにわたしとの戦いに乗りだされたのか？

モーツァルトはサリエーリの後ろを通る。

モーツァルト　（心から。小声で）ありがとう。なんとお礼をいってよいか！

サリエーリ　（モーツァルトに、傍白で）しーっ。何も言わんでいい。

モーツァルトはす早くピアノのところへ行き、坐る。

（観客に）これはどうにも、偶然の一致とは思えなかった。

音楽がかすかに聞こえる。『フィガロ』の第三幕の終り、ちょうどダンス音楽が始まるところである。

不思議だ、陛下がこられたのは、まさにダンスが始まる直前だった……（間）……あの部分がカットされていなければの話だが。

突然、音楽が中断する。

皇帝も我々も、完全な静寂の中で、その先を見守った。

両側に居並ぶ廷臣たちと共に、皇帝は正面をじっと見つめ、明らかに音楽を伴わぬパントマイムと察せられるものを、視線で追う。皇帝の顔に困惑の色が浮かぶ。ローゼンベルクが気づかわしげに主君の顔色をうかがう。やがて皇帝は口を開く。

ヨーゼフ　よくわからぬ。これがモダーンなのか？
モーツァルト　（不安げに、ピアノの前からさっと立ちあがって）違います、陛下。
ヨーゼフ　では、何だね？
モーツァルト　ちょうどここに入るはずのダンスを、監督閣下がはずされたのです。
ヨーゼフ　（ローゼンベルクに）なぜ、そんなことを？
ローゼンベルク　陛下ご自身のお達しで。オペラにバレーはいらんと。
モーツァルト　陛下、これはバレーではありません。婚礼のお祝いの一部です。この物語には、どうしても必要なのです。
ヨーゼフ　ともあれ、このままではまことに奇妙だ。好ましいとは思えぬな。
モーツァルト　私にもです。
ヨーゼフ　君はどうだ、ローゼンベルク？
ローゼンベルク　好ましいかどうかの問題ではございません。陛下ご自身が勅令でおきめになったことです。
ヨーゼフ　いかにも。それにしても、これはばかげておる。見ろ、あれでは、まるで蠟人形だ。
ローゼンベルク まあ、それはいささか……
ヨーゼフ 蠟人形は、嫌いじゃ。
モーツァルト 私もです、陛下。
ヨーゼフ みんなもそうだ。どうだね、サリエーリ？
サリエーリ イタリア人は、蠟人形が好きでございます。陛下。（間）我々の信仰は、その上に成り立っております。
ヨーゼフ また、皮肉を。
シュトラック （なめらかに、口をはさんで）陛下、ローゼンベルク伯爵は、この音楽を認めれば悪い先例になる、と心配しているのでございます。今後、延々とダンスを見せられることになりかねません。
ヨーゼフ その時はそれで、打つ手があるはず。そんな心配はいるまい。（ローゼンベルクに）モーツァルトに楽譜を返してやれ。
ローゼンベルク しかし陛下、それは……
ヨーゼフ （怒りの色をみせて）どうなのだ、ローゼンベルク！ わたしはモーツァルトの音楽が聴きたい。わかるかな？

ローゼンベルク　はい、陛下。

　モーツァルトは喜びのあまり、椅子を一つ跳び越え、ヨーゼフの足もとに身を投げる。

モーツァルト　陛下、何とお礼申しあげてよいか！　（初めての拝謁の時と同じように、皇帝の手に夢中になって接吻する）ああ、ありがたい――ありがとう――感謝します、永遠に！

ヨーゼフ　（手を引っこめながら）うん、うん――よかった。まあ、そう興奮し給うな！

モーツァルト　（恥じて）失礼しました。

　皇帝は立ちあがる。一同、それに倣う。

ヨーゼフ　では。これで！

＊＊＊＊

『フィガロの結婚』の初演

場内は、『フィガロの結婚』初演のための照明で、明るく照らされる。廷臣や市民がすみやかに入ってくる。

皇帝と側近たちは、席につく。ほかの人々も、すぐにそれぞれの席につく。正面の席には、羽飾りやスパンコールで飾りたてたカテリーナ・カヴァリエリと、前よりふけこんだ宮廷楽長ボンノの姿も見える。その後ろに、コンスタンツェと二人の〈風〉。一同、オペラを見に来た態で、観客席を見つめる。上流の紳士淑女は舞台正面の前方に、身分の下の者たちは舞台奥のライト・ボックスに、ぎっしりつめかけている。

サリエーリは、話しながら下手へと舞台を横切り、彼の桟敷として他から離れてしつらえられた、二脚並んだ椅子のところへ行く。奥寄りの椅子には、妻のテレサが――前にもまして彫像よろしく――腰をおろしている。

サリエーリ　（観客に）こうして、わたしのあらゆる努力にもかかわらず、『フィガロ』は上演された。わたしは、自分の桟敷から見物した。完全な敗北だ。にもかかわらず、わたしは不思議と興奮した。

かすかに、フィガロが歌う《もう飛ぶまいぞ、この蝶々》が聞こえてくる。舞台上の〈観客〉が楽しんでいるのがわかる。彼らは、（目に見えないオペラの）動きを追いながら、正面へ向って微笑する。

わたしのマーチだ！　あの拙ない歓迎行進曲が……あんなふうに取り入れられて、永遠に世界を魅了しようとは！

音楽は次第に消えてゆく。喝采。皇帝が立ちあがる。〈観客〉もそれに倣う。休憩である。皇帝はカテリーナとボンノに挨拶する。ローゼンベルクとシュトラックが、サリエーリの桟敷へ行く。

ローゼンベルク　（サリエーリに）ほとんど君のとそっくりだな、あの終りのところは。

もちろん、ずっと俗悪で、あざといが。

シュトラック　（気取った声で）いかにも！

休憩の終りを告げるベル。皇帝は急いで席に戻る。〈観客〉も席につく。間。

一同、身じろぎもせず、正面を見つめる。

サリエーリ　（うっとりと、静かに。観客に）震えながら、わたしは聞いた、第二幕を。（間）元に戻された第三幕を。（間）あのすばらしい第四幕を。この最後の幕について、何を言うことがある——いずれ諸君は自分の耳で聞けるのだから？　そう、ほかのものはなくなっても、これだけは残る。

かすかに『フィガロ』第四幕幕切れのおごそかな合唱《みんなはこれで満足》が聞こえる。

（それにかぶせて）場面は、夏の夜の庭。揺れ動くあずまや。その上にまたたく星屑。企みを胸に、書割の生垣の後ろを動きまわる人影。小間使いに変装した妻が、夫の愛の言葉を聞いている――何年ぶりかのあの囁きを……夫は人違いに気がつかない。これこそ現実――虚が真実に変る瞬間だ。変装というオペラの技巧が、モーツァルトによって初めて生かされた。（彼はかろうじて〈舞台〉を眺めている）最後の和解では、思わず涙ぐんだ。（間）涙ごしに、皇帝があくびをするのが見えた。

ヨーゼフがあくびをする。音楽が消える。まばらな拍手。皇帝が立ちあがり、廷臣たちもそれに倣う。モーツァルトがお辞儀をする。

ヨーゼフ　（冷やかに）いや、結構、モーツァルト。巧くなったな……ところで今後、アリアの繰り返しは抜きにしよう。長くなりすぎるからな。いいな、ローゼンベルク。

ローゼンベルク　はい、陛下。

モーツァルトは打ちひしがれ、うなだれる。

ヨーゼフ　諸君、おやすみ。シュトラック、参ろう。

皇帝はシュトラックを従えて退場。宮廷歌劇場総監督ローゼンベルクは、勝ち誇ったようにモーツァルトを一瞥して、あとに続く。サリエーリは妻にうなずく。彼女は〈観客〉と共に去る。コンスタンツェだけは、ちょっと躊躇するが、やはり出てゆく。間。モーツァルトとサリエーリだけが残る。サリエーリは、このオペラに深く感動している。モーツァルトは聴衆の反応にひどく落胆している。彼はサリエーリのところへ行き、その隣りに坐る。

モーツァルト　（低い声で）サリエーリさん。

サリエーリ　うん？

モーツァルト　どう思います？　うまくなったと思いますか？

サリエーリ　（感動して）いや……実にすばらしい。実に……みごとだ。そう。

間。モーツァルトは彼の方を向く。

モーツァルト　これはねえ、オペラの最高傑作ですよ――本当のところ。こんなの書けるの、ぼくだけだ。ほかに誰も書けやしない。

サリエーリは平手打ちをくったかのように、さっと顔をそむける。モーツァルトは立ちあがり、離れてゆく。

照明が変る。〈風〉が駆けこんでくる。サリエーリとモーツァルトの動きがとまる。

〈風〉一　ローゼンベルクはかんかんだ。

〈風〉二　決してモーツァルトを許すまい。

〈風〉一　仕返しに、なんだってやりかねない。

サリエーリ　（立ちあがり、観客に）というわけで、この作品を抹殺するのは、簡単だった。怒ったローゼンベルクをたきつけて、その年『フィガロ』が九回しか上演されないようにした。わたしの敗北は、結局勝利に変った。わたしの挑戦に対する神の答えは、まだわからなかった……そもそも、わたしなど問題にしておられないのだろうか？……

モーツァルトは静止をとき、舞台前方へやって来る。

モーツァルト はずされてしまった！　再演の予定もない！

サリエーリ 気の毒に。しかし、人気がないとすれば、いさぎよくそれを受けとめねば。

（傍白で、観客に）確かに人気はなかった。

〈風〉一 （不満げに）筋がわかりにくい。

〈風〉二 （不満げに）退屈だ！

〈風〉一 変なハーモニー！

〈風〉二 歌の終りでババンとこないから、どこで拍手していいか、わからない！

〈風〉一と二、退場。

サリエーリ （観客に）彼のオペラに対して、これ以上細工する必要はあるまい。ウィーンの連中が代ってやっつけてくれる。こっちは、あの男自身に専念しよう。できるだけ会って、奴の弱点を知りつくしてやろう。

＊　＊　＊

ヴァルトシュテッテン邸の書斎

召使いたちが、ふたたびウィング・チェアを運びこむ。

モーツァルト　ぼくは、イギリスに行く。イギリス人は音楽好きだ。だから行く。

サリエーリ　（観客に）ふたたびヴァルトシュテッテン男爵夫人の書斎。嫌な出会いの宿命の場所ですな。例によって、せっせとクレーマ・アル・マスカルポーネを食っていると……

サリエーリは椅子に坐り、菓子をむさぼり食う。

モーツァルト　子供の頃、行ったことがある。とっても大事にしてくれた。そんなケーキよりも、もっとたくさん接吻された！……子供の頃は、みんなが愛してくれた。

サリエーリ　今でも、そうかもしれないよ。ロンドンに行ってみたら？

モーツァルト　ぼくには妻と子供がいる。それに金もない。二、三ヵ月子供を預ってほしい、そうしたら出かけられるって、父に手紙を書いたけど――断ってきた！……結局は、みんなに裏切られるんだ。一番愛してくれていると思った人にさえ……もちろん、おやじは情のない人間だ。ヨーロッパじゅう、ぼくを見せて歩いたあと、もう二度とどこへも行こうとしない。ずっとザルツブルクに引っこんだまま、けちな大司教の指輪に接吻して、ぼくにお説教をたれている！……（打ち明け話をするように）本当は、妬いているんだ、ぼくのことを。やきもちなのさ！　自分よりも才能があるというんで、ぼくを許そうとしない。

モーツァルトは興奮して、腕白な子供のようにサリエーリの椅子に寄りかかる。

これ、内緒だけどね、レオポルト・モーツァルトは、やきもち屋の、ひからびた、くそ野郎さ……あんな奴、大嫌いだ。

彼はうしろめたそうに、くすくす笑う。〈風〉があわただしく現れて、サリエーリに話しかける。その間、モーツァルトは動きを停止する。

〈風〉一　（おもおもしく）レオポルト・モーツァルトが……

〈風〉二　（おもおもしく）レオポルト・モーツァルトが……

〈風〉一と二　レオポルト・モーツァルトが死んだ！

い、い、い、い、い、い、い、い、い、い、

二人は去る。モーツァルトは元に戻る。長い間。

サリエーリ　そう気を落さないで。死は避けがたいものだよ。

モーツァルト　（絶望的に）これから、どうすればいいんだろう？

サリエーリ　何が？

モーツァルト　この世で。もう誰もいない、まわりの悪意に気づかせてくれる人が。ぼくは、だめなんだ、そういうこと！　父はぼくに代って目を光らせてくれた――その父を、ぼくは裏切った。

サリエーリ　そんな！

モーツァルト　悪口を言ったり。

サリエーリ　違うよ！

モーツァルト　（苦しげに）反対を押しきって結婚したり、父を放ったらかしにした。ぼくがダンスや玉突きに遊び呆けていた時、父はいつも家で夜を一人ぼっちで過していたんだ、世話してくれる女もなしに……

サリエーリは気づかわしげに立ちあがる。

サリエーリ　ヴォルフガング、ヴォルフガングよ。そう自分を責めることはない！……よかったら、寄りかかるがいい……頼りにするがいい。

サリエーリが父性的慈愛にみちた身振りで、腕を広げる。モーツァルトは近寄り、あやうく抱擁に身をまかせようとする。しかし、その瞬間、思いとどまって離れ、舞台前方に来て、ひざまづく。

モーツァルト　パパ！

サリエーリ　（観客に）かくして、『ドン・ジョヴァンニ』に、父親の亡霊が登場した！

＊　＊　＊　＊

劇場内に、『ドン・ジョヴァンニ』の序曲の初めの不気味な和音が二つ響く。モーツァルトは、おじけた様子で正面を凝視する。ライト・ボックスの背景幕に、外套を着て三角帽《トライーン》をかぶった、大きな黒いシルウェットが現れる。そして脅かし招き寄せるように、両腕を生みの親（モーツァルト）の方へさし伸べる。

サリエーリ　オペラらしからぬ、きびしく罪をとがめる父親。それに、地獄に堕ちる〈罪深い放蕩者〉がここに誕生！……彼が自分の日常生活の中から芸術を作るさまを、わたしは呆然と見守った。彼もわたしも、ふつうの平凡な人間だ。だが、彼は、その平凡さの中から非凡の伝説を創りあげた――わたしは、伝説から凡庸な作品を創った。

シルウェットが消える。サリエーリはひざまづいているモーツァルトを見おろして立つ。

わたしは、この戦いをやめるわけにはいかなかったろうか？　彼に憐れみを示してやれなかったろうか？　いや、できた、いつでも……もし神が、わたしに一滴《しずく》の憐れみを見せてくれさえしたら！　毎日仕事にかかる前に、わたしは祈った……そう、やはり祈っていた……「この耳が満足する作品を！　これだけでいい！　これ一つでも！」だが、どうだ、神は？……聞こえてくるのは、ありきたりの自分の音楽――なんのひらめきもない。ところが、あの男のは……

『コシ・ファン・トゥッテ』の三重唱《風よ優しく》の調べが聞こえてくる。

……歌が心の調べとなって、この耳に響いてくる！　姉と妹の誘惑のコメディ、『コシ・ファン・トゥッテ――女はみんなこうしたもの』も聞いた。これによってアロイジアとコンスタンツェの二人の姉妹は不滅となり、平凡な町娘が女神に変った。その二重唱は、天国の讃美歌よりも美しかった。（苦悩の中で、神へ向って）

「この才能を、私にくれ！……下さい、私に！……」（神の声で）「いや、だめだ、わしにはお前など要らぬ、サリエーリ。わしにはモーツァルトがある！　黙りなさい！」ハッハッハッハッハッ！

音楽がぱっと中断する。

あいつのいやらしいくすくす笑いは、神の笑いだった。あれを、とめねば。だが、どうやって？　道は一つ。兵糧攻めだ。神を餓え死させてやる！　あいつを貧乏のどん底に落してやる。

＊　＊　＊

ウィーンのシェーンブルン宮殿

サリエーリ　（モーツァルトに）どうだね？

モーツァルト　だめです。金はなし、入るあてもないし。

サリエーリ　そんなことはあるまい。

シェーンブルン宮殿が浮かび出る。皇帝がライト・ボックスの中に金色につつまれて立つ。

ヨーゼフ　あの男に、地位を与えてやらねばなるまい。

サリエーリ　（観客に）まずい、これは！

サリエーリは舞台奥のヨーゼフのところへ行く。

空いているポストがありません、陛下。

ヨーゼフ　グルックが死んだから、宮廷室内作曲家にどうだ？

サリエーリ　（愕然として）モーツァルトがグルックのあとを？

ヨーゼフ　あの男のことだ、宮廷から追いだされたと言いふらしかねないからな。

サリエーリ　では、グルックのあとに。ただし俸給の方は別にせねば。

ヨーゼフ　グルックは年俸二千フローリンだった。モーツァルトは、いくらにするかな？

サリエーリ　二百フローリン。安くはありますが、仕事も軽くすれば。

ヨーゼフ　なるほど、結構。助かる、サリエーリ。

サリエーリ　（お辞儀をしながら）恐れいります。

ヨーゼフに当っていた照明が少し暗くなる。じっと立ったままの皇帝を残して、サリエーリはモーツァルトのそばに戻る。

（観客に）簡単でした。気前がよいと思われたがる人間の常で、ヨーゼフ皇帝は根はひどくけちだった。

モーツァルトは皇帝の前にひざまづく。

ヨーゼフ　モーツァルト、しっかり頼むぞ！……

宮廷の照明が消える。モーツァルトはくるりと回り、舞台前方へ来る。

モーツァルト なんという侮辱だ！ これじゃ一週間も食えやしない！

サリエーリ まあ、厚意のしるしだと思えばいい。

モーツァルト 子供の頃、嗅ぎ煙草入れをよく貰った。今度は、厚意のしるしか！ 何の厚意だ？ 花火の夜のポロン・ポロン！ ダンスのためのタラ・ラ・ラのお礼か！

サリエーリ 悪かったな、怒らせるようなことをして。そうと知ったら、余計な口をきくんじゃなかった。

モーツァルト 口をきいてくれた？

サリエーリ わたしには、これがせいぜいなんだ。

モーツァルト ああ……悪かった！ あなたはいい人だ！ わかる！ 本当に親切で――それに引きかえ、なんてばかなんだろう、ぼくは！

モーツァルトはサリエーリの手をつかむ。

サリエーリ いや、どうか……

モーツァルト 自分が恥かしい……すばらしい人だ、あなたは!

サリエーリ いや、いや……どうか、もう——シル・ヴ・プレ。そう興奮し給うな!

この皇帝の口真似に、モーツァルトは愉快そうに笑いだす。サリエーリも一緒に笑う。モーツァルトは胃の痛みを感じ、体を二つに折り、うめく。

ヴォルフガング! どうした?

モーツァルト ときどき胃が痙攣するんです。

サリエーリ それはいけない。

モーツァルト 失礼……もう大丈夫。

サリエーリ では、いずれまた。

モーツァルト もちろん。

サリエーリ 遊びに来たまえ。

モーツァルト ええ……必ず。

サリエーリ では。

モーツァルト じゃあ。

サリエーリ　わが友、新しい友よ。

モーツァルトは嬉しそうにくすくす笑い、出てゆく。間。

（観客に）神がわたしを打ち砕く日はいつかと、わたしは待った——だが、どうです？　わたしがモーツァルトの宮廷での将来にとどめを刺したあと、神はわたしにすばらしい贈り物を下さった！

〈風〉が登場。

〈風〉一　首席宮廷楽長ボンノが。

〈風〉二　宮廷楽長のボンノが。

〈風〉一と二　首席宮廷楽長ボンノが死んだ！

サリエーリはびっくりして、口を大きく開ける。

〈風〉一　後任には――

〈風〉二　あなたが――

〈風〉一　任命された。

舞台奥の皇帝に、明るい照明が当る。両側にシュトラックとローゼンベルク。彼らは、第一幕で初めて舞台に登場した時と同様、聖画《イコン》のように立っている。

ヨーゼフ　（サリエーリがふり向いて、お辞儀をすると、おごそかに）本宮廷の首席宮廷楽長に任命する。

〈風〉一と二が拍手する。

〈風〉一　ブラボー。

〈風〉二　ブラボー。

ローゼンベルク　Evviva《エヴィヴァ》（＊16），サリエーリ！

シュトラック　おめでとう、サリエーリ！

ヨーゼフ　（温かく）サリエーリ――頼むぞ！

シェーンブルン宮殿の照明が暗くなる。暗がりの中を、皇帝と廷臣たちが、これを最後に舞台から退場する。サリエーリは心配そうに向きなおる。

サリエーリ　（観客に）ひどく気になってきた。いつまで罰を受けずにいられるのだろう？

〈風〉一と二　おめでとうございます！

〈風〉一　モーツァルトのがっくりした顔！

〈風〉二　そりゃあ、こたえるわな。

〈風〉一　のべつ薬を飲んでいるとか。

サリエーリ　なぜ？

〈風〉二　おそらくは、妬み。

〈風〉一　また子供ができるとか。

〈風〉二　母親に会ったよ。

＊　＊　＊　＊

プラター公園

背景幕に、あざやかな緑の木立ちが現れる。照明が黄色となり、あたりの青い色を、豊かな濃い緑に変える。

モーツァルトとコンスタンツェが腕をくんで登場。彼女が妊娠中であるのが、すぐわかる。粗末な外套と帽子を身につけている。彼の服装も、前よりもさらにみすぼらしい。

サリエーリが〈風〉一と二と共に散歩している。

サリエーリ　次にモーツァルトに会ったのは、公園の中だった。

モーツァルト　（サリエーリに）おめでとう！

サリエーリ　ありがとう。君たちも！　（観客に）明らかに、事態は悪化していた。あの男の目は、変にぎらぎら光っていた。暗闇の犬のように。（モーツァルトに）具合が悪いと聞いたが。

サリエーリはコンスタンツェに挨拶をし、彼女も膝をかがめてお辞儀を返す。

モーツァルト　ええ。ずっと痛みがとれない。

サリエーリ　それは、いかんな。どうしたんだね？

モーツァルト　それに、よく眠れなくて……うなされるんだ……怖い夢に。

コンスタンツェ　（警告するように）ヴォルファール！

サリエーリ　夢？

モーツァルト　いつも同じなんだ……灰色のコートを着た男[*17]がやって来るんだ――こういうふうに。（ゆっくりと、招くようにうなずく）顔はなくて、ただ灰色――仮面のように……（神経質にくすくす笑って）どういう意味だろうな、これ？

サリエーリ　まさか、夢など気にしないだろうね？

モーツァルト　もちろん――全然！

サリエーリ　あなただって、奥さん？

コンスタンツェ　あたし、夢なんか見ません。目がさめていても、嫌なことだらけなのに。

サリエーリはお辞儀をする。

モーツァルト　もちろん、幻にすぎんさ！

コンスタンツェ　ちゃんとした仕事があれば、ヴォルフガングだって、夢なんか見ないですみますわ。

モーツァルト　（当惑して、妻の腕を取り）スタンツィ、およし！……失礼しました。さあ、行こう。ぼくたち、うまくいっているんです、ありがとう！

夫妻は去る。

〈風〉一　ますますおかしい。

〈風〉二　確かに。

〈風〉一　仮面をかぶった灰色の人物か！

サリエーリ　（モーツァルトの後ろ姿を見やりながら）父親のことが頭から離れないのだろう。それに、生活のこともあるし。

〈風〉一　二人はまたもや引越し。
〈風〉二　ロイエンシュタイングラッセ、九七〇番地。
〈風〉一　もはや絶望的。
〈風〉二　あそこは貧民窟。
サリエーリ　少しは稼いでいるのかな、俸給のほかに？
〈風〉一　全然。
〈風〉二　物乞いを始めたとか。
〈風〉一　フリーメーソンの会員二十人に手紙を書いて。
サリエーリ　ほう？
〈風〉二　そして、金を送ってもらっている。
サリエーリ　（観客に）そうか！　なるほど！……フリーメーソンのことを忘れていた！　当然援助するはずだ……おれとしたことが！……フリーメーソンがいては、あいつを飢えさせることはできない！　頼めば、いつまでも救いの手を伸ばすはずだ……なんとかしなければ。
〈風〉一　〈フーガの殿さま〉は、モーツァルトに腹をおたてで！
サリエーリ　本当か？

＊　＊　＊

フリーメーソン支部

フリーメーソンのシンボルを刻んだ巨大な金色の紋章が、上からさがってくる。ヴァン・スヴィーテンが登場。じみな服の上に、フリーメーソンの儀式用のエプロンをかけている。同時に、下手からモーツァルトが登場。彼もエプロンをつけている。二人は、友愛の挨拶で、手を握り合う。

ヴァン・スヴィーテン　（おもおもしく）いかんね、あれは。フリーメーソンは物乞いの場ではない。

モーツァルト　では、どうすればいいので？

ヴァン・スヴィーテン　コンサートを開き給え、以前のように。

モーツァルト　もう会員が集まりませんよ、男爵。もうぼくの人気は落ち目です。

ヴァン・スヴィーテン　それはそうだろう。あんな悪趣味な喜劇ばかり書けば。前にも言ったはずだ、何度も。

モーツアルト　(謙虚に) ええ、その通りです。(苦痛に襲われ、胃を抑える)

ヴァン・スヴィーテン　明日、バッハのフーガを数曲、届けさせる。わたしの日曜日のコンサートのために編曲してくれ。少しだが、謝礼は出す。

モーツアルト　ありがとう、男爵。

ヴァン・スヴィーテンはうなずいて去る。サリエーリが前へ出る。彼もフリーメーソンのエプロンをしている。

モーツアルト　(ヴァン・スヴィーテンの後ろ姿に叫ぶ) バッハの編曲で、食べていけるか!

サリエーリ　(皮肉に) 気前のいいご仁だ。

モーツアルト　とはいえ、引き受けなければ。フリーメーソンを敵にまわしては、終りだ。その援助で食わしてもらっているのだからな。

サリエーリ　それは結構。

モーツアルト　ま、いいさ。なんとかなる——そのうちに! うまくいくさ。すでに、とてもいい話がきているんだ、シカネーダーから。(*18) この支部の新しい会員の。
サリエーリ　シカネーダー？ 俳優の？
モーツァルト　ええ。町はずれに劇場も持っている。
サリエーリ　というより、ミュージック・ホールじゃないのかな？
モーツァルト　まあね……ヴォードヴィルを書いてくれというんです――大衆のための。すばらしい思いつきでしょう？ 舞台があいたら、上りは折半だそうです。
サリエーリ　前金は？
モーツァルト　その余裕はないとかで。割のいい話じゃないけれど、友愛をテーマにすれば、我々フリーメーソンの精神を称えることができる！
サリエーリ　なるほど！ いっそフリーメーソンを題材にしたら？
モーツァルト　オペラに？……そんなこと！
サリエーリは、ほんの冗談だというかのように、笑う。
でも――いい考えだな！
サリエーリ　（まじめに）我々の儀式は、秘密なのだよ、ヴォルフガング。

モーツァルト　なにもそっくりそのまま描かなくても。少し変えれば。
サリエーリ　うむ……それも一案だな。
モーツァルト　〈友愛〉！
サリエーリ　そう、〈友愛〉！

二人はふり向き、後ろにさがっている金色の大きな紋章を、おごそかに見つめる。

サリエーリ　（温かく）やってみるがいい。自信をもって、ヴォルフガング。すばらしい考えだ。
モーツァルト　そう、でしょ？　本当に！
サリエーリ　出来あがるまでは、黙っていたほうがいいな。
モーツァルト　絶対に。
サリエーリ　（片手でこぶしを作り）秘密！
モーツァルト　（同じく、握りこぶしを作り）秘密！
サリエーリ　よろしい。

彼はその場を離れ、舞台前方に出てくる。

（観客に）もしこれで彼をフリーメーソンから追いだせなければ——万事休すだ！

金色の紋章は、引っこむ。『魔笛』の中のモノスタトスと魔法にかかった奴隷たちの愉快なダンス曲が聞こえてくる。《なんてすてきな、きれいな音だ》である。鉄琴《グロッケンシュピール》の音に合わせて、召使いたちが楽譜や酒びんを載せた粗末な長テーブルを運びこむ。同じく粗末な椅子が一脚、テーブルに逆さにのっている。召使いたちはこれを、舞台の板張りの所に、客席のほうに向けておく。同時にコンスタンツェが舞台奥から疲れきった足取りで現われ、このロイエンシュタイングラッセのアパートに入る。かなり目立つようになった身重な姿を、詰め物をしたエプロンで表わす。これと同時に、下手舞台奥から別の召使い二人が登場。サリエーリの華やかなサロン用の金色の小さなテーブルを運びこむ。上に脚付き菓子皿と金色の椅子三脚がのっている。二つの対照的なアパートが、同時に見えるわけである。

紋章が引っこむと、〈風〉がサリエーリのところに現れる。

＊　＊　＊　＊

モーツァルトのアパートとサリエーリのアパート

〈風〉一　モーツァルトは大乗り気！
〈風〉二　秘密のオペラを書いている！
〈風〉一　（ふくれて）どんなテーマか、教えてくれない。
〈風〉二　全くうんざりだ。

〈風〉一と二は退場。

サリエーリ　わ、わたしには話してくれた。すっかり！　誓いの儀式。目隠しの儀式。みんなフリーメーソンから取ったのだ！　今に身の破滅だぞ。生活もますます苦しくなった。

サリエーリは舞台奥へ行って、金色の椅子の一つに坐り、菓子をむさぼり食う。モーツァルトも机の前に坐り、毛布にくるまって、作曲にとりかかる。その向い側に、コンスタンツェがショールにくるまって、腰掛けに坐っている。

コンスタンツェ　おお寒い……一日中、寒いわ……薪がないんだもの、当り前よね。

モーツァルト　パパが言った通りだ。いずれは野たれ死だと。ほんとだ。

コンスタンツェ　みんな、あの人のせいよ。

モーツァルト　パパの？

コンスタンツェ　あなたを一生赤ん坊のままにしてしまった。

モーツァルト　わからんな。君はパパが好きだったじゃないか。

コンスタンツェ　あたしが？

モーツァルト　パパを尊敬していた。よくそう言っていたくせに。

短い間。

コンスタンツェ　（無表情に）憎んでいたわ。
モーツァルト　なんだって？
コンスタンツェ　あの人も、あたしを憎んでいた。
モーツァルト　ばかな。パパは、ぼくたちをとっても愛していた。君、どうかしてるよ。
コンスタンツェ　そうかしら？
モーツァルト　（うきうきと）そうとも、ぼくの大事な可愛い奥さん！
コンスタンツェ　ねえ、ゆうべ火を焚いたでしょ、あんまり寒くて、インクまで凍ってしまって。「すばらしい炎だ」って、あなた、言ったわね？　「すばらしい炎だ！　古い紙きれが、燃える！」って。あれ、お父さんの手紙よ——あたしたちの結婚の日以来、書いて寄こした。あれで全部。
モーツァルト　何だって？
コンスタンツェ　一通残らず！　どの手紙にも、あたしがどんなにばかで……どんなに世帯持ちが下手か、書いてあった！
モーツァルト　（叫ぶ）スタンツィ！
コンスタンツェ　あいつなんて、大嫌い！……くそったれ！

モーツァルト　こ、このあま！
コンスタンツェ　（荒々しく）少なくとも、暖ったまることはできたわ、あんなものでも！　踊りましょうよ！　ダンス、好きよね、ヴォルファール……さ、踊ろう！　暖かくなるわ！（勿体ぶって）あたしに対舞《コントラ・ダンス》を書いて、モーツァルト！　ダンスの曲を作るの、仕事でしょ？

コンスタンツェは、ヒステリックに踊り始める。《ノン・ピウ・アンドライ！（もう飛ぶまいぞ、この蝶々）》の曲に合わせて、狂った農民のように、部屋中を踊りまわる。

（そして、やけになって歌う）
〽Non piu andrai《ノンピウアンドライ》, farfallone amoroso《ファルファツローネアモローゾ》……Notte e giorno d'intorno girando《ノツテエジヨールノディントールノジランド》!（＊19）
モーツァルト　（金切り声で）や、や、やめろ！　やめるんだ！　（彼女を捉えて）スタンツィ・マリニ！　マリニ・ビニ！　頼む、どうか、お願いだ……ね、キスはどう！　このキス、どこからくるか？　ほれ、ここからさ！　もう一つ、キス――濡れ濡れのキッスだ、チュッ！　キッス――キッス――キッス！

コンスタンツェはモーツァルトを押しのける。コンスタンツェは踊る。モーツァルトは彼女をつかまえる。彼女は彼を押しのける。

コンスタンツェ　放して！

間。

モーツァルト　恐いんだ、スタンツィ。何か恐しいことが起りそうで。

コンスタンツェ　もう嫌。こんなこと、もう我慢ができない。

モーツァルト　あの人影が、今じゃ、こんなふうに……（前よりもっと早いテンポで、招く合図をしながら）「来い、こっちへ！　来るんだ、ここへ！」って。やはり仮面をつけて……顔は見えない！　なのに、ますます現実味をおびてくる！

コンスタンツェ　やめて、お願い！……恐いのは、こっちよ！……あたし！……あんたが恐い……こんなことが続くなら、あたし、出て行くわ。本当に。

モーツァルト　（びっくりして）スタンツィ！

コンスタンツィ　ええ……そうするわ……（痛みを感じたかのように、片手で腹を抑える）

モーツァルト　悪かった……ご免よ……ご免！……さ、おいで、ここに、ぼくの大事な可愛い奥さん！　さあ……おいで……

モーツァルトはひざまづき、彼女を宥めるように抱き寄せる。彼女は半ば嫌そうに、半ば喜んで、近寄る。

ぼくは誰だ?……さ、早く。言って。ぼくを抱いて、誰だか言っておくれ。

コンスタンツェ　仔猫のプシー・ウッシーよ。

モーツァルト　それから?

コンスタンツェ　ミャーオのニャーオ。

モーツァルト　そして、お前は、キーキーねず公。それから、スタンツィ・マンツィ。ビニ・ジニ！

コンスタンツェも、ついに降参する。

コンスタンツェ　ヴォルフィ・ポルフィ！
モーツァルト　プーピー・ピーピー！
　二人はくすくす笑いだす。
コンスタンツェ　さ、ふざけるのはよして。
モーツァルト　（子供のように、言い張る）さあ——やろうよ……続けようよ。ポッピー！
　彼らは二人だけのゲームを続ける。膝をつき、速度を次第に早めて。
コンスタンツェ　ポッピー。
モーツァルト　（少し変えて）パッピー。
コンスタンツェ　（真似て）パッピー。
モーツァルト　パッパ。

コンスタンツェ　パッパ。
モーツァルト　パッパ・パッパ！
コンスタンツェ　パッパ・パッパ！
モーツァルト　パッパ・パッパ・パッパ・パ！
コンスタンツェ　パッパ・パッパ・パッパ・パ！

二人は鼻をこする。

二人　(いっしょに)パッパ・パッパ・パッパ・パ！　パッパ・パッパ・パッパ・パ！
コンスタンツェ　ああ！

コンスタンツェが突然苦しげに叫んで、腹を抑える。

モーツァルト　スタンツィ！……スタンツィ、どうしたの？

〈風〉が急いで登場。

〈風〉一　ニュースだ！

〈風〉二　突然！

〈風〉一　赤ん坊が生れた。

〈風〉二　思いがけずに。

〈風〉一　男の児(*20)！

〈風〉二　可哀そうに。

〈風〉一　あんな親では。

〈風〉二　あんな部屋では。

〈風〉一　金もない。

〈風〉二　おやじ自身が赤ん坊。

この間にコンスタンツェはゆっくり立ちあがり、詰め物をしたエプロンをはずす――これで、妊娠は終る。それから悲しげに背を向けて、ゆっくりと舞台奥へ向い、姿を消す。

モーツァルトは気づかわしげに二、三歩追い――そして、立ちどまる。

〈風〉一　そして、噂によると――
〈風〉二　噂によると――
〈風〉一　何かがあったらしい。
〈風〉二　奇妙なことが。

モーツァルトは酒びんを取りあげ……急いでサリエーリの部屋へやってくる。

モーツァルト　(狂おしく) 行ってしまった！
サリエーリ　何のことだ？

〈風〉は去る。モーツァルトは酒びんを手にしたまま、サリエーリのアパートに入り、金色の椅子の一つに坐る。

モーツァルト　スタンツァールが出て行った！　しばらく、赤ん坊をつれて、バーデンに行くと。温泉に……なけなしの金をもって！

サリエーリ　だが、なぜ？

モーツァルト　無理もない……ぼくのせいだ……ぼくの気が狂ったと思っているんです。

サリエーリ　まさか？

モーツァルト　いや、そうだ……多分……ぼくは気が狂ったんだ……

サリエーリ　ヴォルフガング……

モーツァルト　（ひどく動揺して）聞いて下さい！　ゆうべ、また見たんです、あの人影を……夢に出るあの男を。でも、今度は、起きている時に！　（ますます動揺する）机の前に立っていた、灰色の服を着て、顔も灰色、仮面もつけたまま。そして、今度は、話しかけた、「ヴォルフガング・モーツァルト……さあ、鎮魂ミサ曲を書くのだ。さあ、すぐ始めろ！」と。

サリエーリ　鎮魂曲《レクイエム》を？

モーツァルト　ぼくはきいた、「誰のためのレクイエムです？　誰が死んだんです？」するとと言うには、「今度来る時までには、書きあげておけよ！」それからくるっと回って、部屋から出て行った！

サリエーリ　いや、それは気の迷いだよ！

モーツァルト　いや、本物の迫力があった！……実を言うと……あれがこの頭の中のことか外のことか、自分でもわからない……スタンツェが出ていったのも、無理はない。恐くなって逃げだしたんだ……これでスタンツィは、あのヴォードヴィルを見そこなうな。

サリエーリ　もう書きあげたのか？　そんなに早く？

モーツァルト　ええ――音楽なんて、簡単さ。難しいのは結婚！

サリエーリ　ぜひ見たいね！

モーツァルト　来てくれますか？　ミュージック・ホールに毛のはえたような劇場だけど。宮廷からは誰も来ないでしょうよ。

サリエーリ　別に構わんよ。君の作品とあらば、どこへでも出かけるさ！……わたしでは、君の可愛い奥さんの代わりとはいくまいが――そうなれそうなのを連れて行こう！

サリエーリは立ちあがる。モーツァルトも立ちあがる。

モーツァルト　誰です？

サリエーリ　カテリーナさ！　元気づけてくれるよ！

モーツァルト　カテリーナ！
サリエーリ　確か、仲がよかったはずだが？
　モーツァルトは嬉しそうに笑う。カヴァリエリが登場。前よりも肥り、派手な羽飾りの帽子をかぶっている。彼女はモーツァルトにお辞儀をし、彼の腕をとる。
モーツァルト　（お辞儀を返して）シニョーラ！
サリエーリ　（観客に）というわけで、我々はオペラに出かけた……奇妙な三人組！
　モーツァルトとカテリーナの二人は、動きを停止する。
素知らぬ顔の——首席宮廷楽長。すっかり肥ってしまった、鵞鳥のようなその愛人。そして、気が変になり、安酒に憂さをはらす、飲んだくれのモーツァルト。
　二人は動きを取り戻す。

我々は町はずれへ出かけた——人でいっぱいの——ちゃちな貸し劇場《ごや》……

＊　＊　＊

ウィーデン劇場（＊21）

ベンチが二脚、舞台の正面前方に運びこまれる。突然、ざわめきが聞こえる。ドイツの勤労階級の人々が、舞台奥からどっとなだれこむ。わいわい騒々しい人の群をかき分けて、三人が舞台前方にくる。前の場の長いテーブルは押しやられて舞台に平行に置かれ、騒がしい群衆が、パイプをすったり、ソーセージをかじったりしながら、その上にのっている。
ヴァン・スヴィーテン男爵も、人目につかぬように入って来て、舞台の奥に立つ。

モーツァルト　どうぞ、お手柔らかに！　この手の作品、初めてなんです！

三人は正面のベンチに腰をおろす。モーツァルトは病み、憔悴している。カヴァリエリは、しどけなく、飾りたてている。サリエーリはいつものごとくエレガントである。

サリエーリ 我々は、モーツァルトの希望で、ドイツ人大衆たちの中に坐った！ 汗とソーセージの臭いがたまらなかった！

カヴァリエリは敏感な鼻にハンカチをあてる。

(モーツァルトに) わくわくするな！

モーツァルト (嬉しそうに) 本当に？

サリエーリ (見まわして) そうとも！ 本当はこんな連中のためにこそ、作曲すべきなのだ！ 退屈な宮廷なんかではなく……いつもながら——君は道を示してくれる！

見物人たちは動きをとめる。

（観客に）そう、いつもながら、いきのいいわが隣人たちは、ベンチの上で、冗談を言い、笑いころげていた……

彼らは静止をとき――ちょっとの間、わいわいがやがや、やり出す。

その中で、わたしは聞いた――『魔笛』を。

見物たちは、動きを停止する。第二幕の終りの壮麗な讃歌《汝、聖なる者に、栄えあれ》が聞こえる。

モーツァルトは、フリーメーソンをオペラにとり入れた。だが……どうやって？ モーツァルトは彼らを、〈永遠の司祭たち〉の教団に変えたのだ。古代の神殿から呼びかける声が聞こえた。動物たちが踊り、子供が舞い遊ぶ、〈時〉のない国にさし昇る大きな太陽を見た。その光によって、我々を互いに蝕む毒は、焼きつくされ、消えていった!

実際に、大きな太陽がライト・ボックスの中に昇る。その光の下に、一人の司祭らしき姿が巨大なシルウェットとなって現れ、全世界を迎え入れるように、両腕を広げる。

そして、その太陽の中に……見よ——モーツァルトの父親が現れた。もはや責めてはいない、許しの姿で! 教団をひきいる司祭として——愛の手を世界へさし伸べているのだ! ヴォルフガングは、もはや父レオポルトを恐れていなかった。最後の伝説がここに完成したのだ!……おお、あの音……彼が新たに見出した安らぎの音——まるでわたしの尽きぬ苦痛を嘲っているような!〈魔笛——魔法の笛〉——これなのだ、わたしの傍らにいるのは!

彼はモーツァルトを指さす。全員の拍手。モーツァルトは興奮してベンチの上に跳びあがり、両手を振って、拍手に応える。それから、酒びんを片手に、客席を向く——目は正面を見つめている。一同、ふたたび停止する。

モーツァルトが笛、神がその非情な吹き手。あの男、いつまでそれに耐えられるか……あんなに弱く、病んでいる身で？——突然わたしが味わったこの感情は、何だろう？……憐れみか？……いや、違う！

ヴァン・スヴィーテン　（呼びかける）モーツァルト！

散りかけた人々の群をかき分けて、スヴィーテンが前方へくる。激怒している。

モーツァルト　（嬉しそうに、その方をむいて、迎える）男爵！　来て下さったんですね！　とても嬉しいな！

サリエーリ　（観客に）もちろん、わたしの指し金だ。

ヴァン・スヴィーテン　（冷やかな怒りをこめて）なんということをしてくれたのだ？

モーツァルト　閣下？

ヴァン・スヴィーテン　我々の儀式を、俗悪な見せ物に使うとは！

モーツァルト　いいえ、そんな……

ヴァン・スヴィーテン　誰の目にも、一目でわかる！　それも、ふざけ半分に！　お前はフリーメーソンを裏切ったのだ。
モーツァルト　（びっくりして）そんな――！
サリエーリ　男爵、私に一言――
ヴァン・スヴィーテン　弁護は無用だ、サリエーリ！　（モーツァルトに対し、冷たい侮蔑をこめて）まったく、救いがたい男だ。もう手におえん！　恩を仇で返すとは！　許さぬ！　いいか……わしの目の黒いうちは、フリーメーソンもウィーンの上流社会も、決して君を許しはしないぞ！
サリエーリ　男爵、どうか一言！
ヴァン・スヴィーテン　いや、口出しは無用！　（モーツァルトに）こんな目にあわされようとは！　二度と口をききたくない。
スヴィーテンは出てゆく。群衆も去る。照明が変る。ベンチが運び去られる。
サリエーリはモーツァルトをじっと見つめながら、カテリーナを去らせる。
モーツァルトは、まるで死人のように立ちつくす。

サリエーリ　ヴォルフガング？……

モーツァルトは頭を激しく左右に振り、サリエーリから離れて、絶望に打ちのめされたように、茫然と舞台奥へ向う。

ヴォルフガング……全てが終ったわけではない。

モーツァルトは自分のアパートに入り、そのまま動かなくなる。

（観客に）もちろん、全ては終りだった！　彼は破滅した。もはや力をかしてくれる者は、誰もいなかった。しかも、例のオペラの利益の半分も、受け取れなかった。

＊　＊　＊　＊

〈風〉たちが登場。

〈風〉一　シカネーダーは払わなかった。
〈風〉二　シカネーダーはだましたのだ。
〈風〉一　ほんの酒代を渡しただけで。
〈風〉二　あとは自分のふところに。
サリエーリ　わたしが自分でやったにしても、こうはうまくいかなかったろう。

モーツァルトは毛布をとって、それにくるまる。それから舞台前方正面の仕事机の前に坐り、身じろぎもせず、毛布の間からわずかに顔をのぞかせて、じっと観客を見つめる。

そして、沈黙。消息がぷっつり途絶えた。なぜだろう？……わたしは、毎日待った。何の音沙汰もない。なぜだ？……（〈風〉たちに向って、ぶっきらぼうに）あ、あの男、い、い、い、どうしている？

モーツァルトは、書く。(＊22)

〈風〉一 窓辺に坐って。
〈風〉二 夜も昼も。
〈風〉一 書いています……
〈風〉二 書いています……憑かれたように。

モーツァルトはぱっと立ちあがり、そのまま動きをとめる。

〈風〉一 一分ごとに、ぱっと立ちあがり!
〈風〉二 通りを、狂おしげに見つめる!
〈風〉一 何かを、待ちうけるかのように——
〈風〉二 あるいは、誰かを——
〈風〉一と二 それが何か、わからん!
サリエーリ (観客に)わたしには、わかる!

彼もまた、興奮したように立ちあがり、〈風〉たちを去らせる。モーツァルトとサリエーリは二人とも立って、正面を見つめる。

モーツァルトは誰を探していたのか？　灰色の人影だ、仮面をつけ、彼を連れにくる、悲しみの人影だ。わたしにはわかる、あの男が何をしていたか、貧民街でひとりで！　鎮魂ミサ曲を書いていたのだ――自分のために！（間）……そして、今ここに告白する、わたしがあの男に対しおこなった、非道きわまる仕打ちを。

サリエーリが述べた衣服を、従僕が持ってくる。サリエーリはそれをまとい、客席に背を向け、帽子をかぶる――帽子には、仮面がとりつけてある。

諸君……人間は、どんな背徳の行為もやってのけられる、わたしのような戦いを強いられたら！……わたしは、灰色の外套と……灰色の帽子を手にいれた。そう。そして、灰色の仮面も……そう！

サリエーリは、くるりと回る。仮面をかぶっている。

サリエーリ　そして、気の狂ったあの男の所へ出かけた――〈神の使い〉として！……

わたしは告白する、一七九一年十一月、わたしアントニオ・サリエーリは――現在と同様、当時すでに首席宮廷楽長であったサリエーリは、凍りつく月明りの中を、七晩続けて人気のないウィーンの街をさまよった！　そして、街中の時計が正一時を打つその時、モーツァルトの窓の下にたたずみ……彼の怖れる時計となった。

時計が一時を打つ。サリエーリは、下手に立ったまま、両手をあげ、指で七日間を示す。モーツァルトは立ちあがり――恐怖にうたれ、魅入られたように――体をこわばらせ、上手に立ち、怯えおののき、その方を見つめる。

毎晩、わたしは一日がすぎたことを教えて――立ち去った。夜ごと、窓越しに見る彼の顔は、憔悴の色を深めた。ついに……残された日が尽き――あとは恐怖だ！　わたしはいつものように行き、立ちどまった。そして指ではなく、両手をさし伸べ、彼の夢の中の人影のように、「おいで！――おいで！――おいで！――」と招いた。

サリエーリは、脅したぶらかすように、モーツァルトに合図する。

あの男は、よろめきながら立っていた、気を失い、そのまま死んでしまうかのように。だが突然――驚いたことに……最後の力をふりしぼり、はっきりした声でわたしに呼びかけた、オペラ『ドン・ジョヴァンニ』の、石像を晩餐へ招待する言葉を！

モーツァルト　（〈窓〉を押しあけて）O《オー》 statua《スタートウア》 gentilissima《ジエンテイリツシマ》 …… venite《ヴエニーテ》 a《ア》 cena《チエナ》！（＊23）

今度はモーツァルトが招く身振りをする。

サリエーリ　怯えきった男は、もう一人の怯えた男を、長い間、見つめた。やがて――なんということだ――わたしは自分が頷くのに気がついた、あのオペラのように。道を横切って、そっちへ歩きだした！

『ドン・ジョヴァンニ』序曲の上昇し、下降するスケール・パッセージが暗く響き、それがつながって不気味な繰り返しを奏でる。この虚ろな音楽に合わせて、サリエーリはゆっくりと舞台奥へと進む。

ドアの掛け金をはずし——階段を石の足で踏みしめて登った。とめようにも、とめられなかった。わたしは、あの男の夢の中にいたのだ！

モーツァルトは恐怖にかられて、テーブルのそばに立ちつくす。サリエーリはさっとドアを開ける。ぱっと照明が変る。サリエーリは、舞台前方を無表情に見つめたまま、じっと立つ。モーツァルトは彼に、切羽つまった調子で、畏れおののき、話しかける。

モーツァルト　まだなんです！……まだ出来ないんです！……どうかお許しを。一週間でミサ曲を書いたこともあったのに！　あと一月、猶予を——そうすれば仕上げる。必ず！……それくらいは許して下さるでしょう、きっとあの方も？　未完成では、困るはず！……ほら、見て、ここまで出来ている。

彼はテーブルからそのページをさっと取り、夢中で〈灰色の男〉のところに持ってゆく。

これがキリエ……もうできあがっている！　これを〈あの方〉のところに――悪くはないはず！……〈主よ〉が第一主題、〈憐れみ給え〉が第二主題。この二つが二重フーガになっている。

しかたなく、サリエーリは部屋を横切り……楽譜を受け取り、テーブルの後ろのモーツァルトの椅子に坐り、正面を凝視する。

時間をくれ、お願いだ！　そうしたら、きっといい音楽を書く。これまで何百曲も作ったと自慢していたが、あれは違う。本当にいいのは、一つもない！

サリエーリは楽譜を見る。すぐに『鎮魂ミサ曲』の初めの厳かな調べが聞こえてくる。それにかぶせて、モーツァルトはしゃべる。

ああ、あんなに順調に始まったのに、ぼくの人生は。かつては、世界はあんなに充実し、幸せだったのに！……演奏旅行――馬車の旅――どの部屋も微笑にあふれ、誰もがほほえみかけてくれた！……シェーンブルン宮殿では、皇帝が(*24)――ヴェルサイユではフランス王女が(*25)……みんなでキャンドルをかざして、ぼくをピアノの前に連れていってくれた！……父は嬉しそうに、何度も何度もお辞儀をしていた……「騎士《シュヴァリエ》モーツァルトです。わが奇跡の息子です！」と……みんな、なぜ消えてしまったのだろう？……なぜ？……ぼくが悪かったのだろうか？　そんなに？……(絶望して)神の代りに、答えてくれ、教えてくれ！

サリエーリは、ゆっくりと楽譜を二つに裂く。音楽がはたと途絶える。静寂。

サリエーリ　(固い声で)いい。そう。とてもよい。

(恐怖にかられ)どうして？……よくないのか？

サリエーリは楽譜の角をちぎり、聖餐式の時のようにそれを上に掲げ、舌の上にのせ、呑みこむ。

(苦悩の中から)呑み下す、神が下されるものを。一服、また一服と。一生の間。神の毒薬を。われわれは二人とも、毒をもられたのだ、アマデウス。わたしは君に。

君はわたしに。

恐くなって、モーツァルトはゆっくりとサリエーリの後ろにまわり、彼の口を手でふさぐ……そして、やはり後ろから、ゆっくりと仮面と帽子を脱がせる。サリエーリが客席をじっと見つめる。

そう、わたしだ。アントニオ・サリエーリだ。十年間のわたしの憎しみが、君を蝕み、死に至らせるのだ。

モーツァルトはテーブルのそばにひざまづく。

モーツァルト おお、神様!

サリエーリ (蔑むように)神?! 神が助けてくれるものか! 神は人を助けはしない!

モーツァルト おお、神よ!……主よ!……

サリエーリ 神は君を愛してはいない、アマデウス! 神は誰も愛さない! 利、用、するだけだ！……誰を利用し、誰を拒むか、それは、どうだっていいのだ！……君には、もはや用はないのだ、神は——あまりにも弱すぎる……病身だ！　だからお払い箱だ！　君にいまできることは、死だけだ！　神は別の楽器を見つけるだろう！　もう君を思い出しもすまい！

モーツァルト　ああ！

　　穴を求める動物のように——あるいは安全な隠れがを求める子供のように、モーツァルトは呻きながらテーブルの脚の間に急いでもぐりこむ。サリエーリはテーブルのそばに膝をつき、自分の犠牲《いけにえ》に向って必死に呼びかける。

サリエーリ　……死ね、アマデウス！　死ねよ、死んでくれ！　このまま！　Ti《ティ》 imploro《イムプローロ》！(*26)　わたしを一人にしてくれ！　一人に！

　　サリエーリは、絶望にかられて、テーブルを叩く。

一人に！　一人に！　一人だけに！

モーツァルト　（ありったけの声で叫ぶ）パパァァァ！

モーツァルトは、絶叫の途中で口を大きく開けたまま——頭をテーブルの下からつき出し……動きを停止する。

サリエーリは、恐怖にかられて、立ちあがる。沈黙。モーツァルトはゆっくりとテーブルの下から這い出る。そして坐る。彼はサリエーリを見る。そして微笑みかける。

（子供っぽい声で）パパ！

沈黙。

パパ……パパ……

モーツァルトは、サリエーリに懇願するように、両手を上へさし伸べる。そして、子供のような声でしゃべる。

抱いて、パパ。抱いてよ。その腕をおろしてくれたら、飛びこむから。昔よくやったじゃない！……ホップ・ホップ・ホップ・ホップ・ピョン！

　モーツァルトはテーブルの上に飛びあがり、恐怖にかられて立ちつくすサリエーリに抱きつく。

しっかり抱いて、パパ。キッスの歌、一緒に歌おうよ。覚えてる？……

　モーツァルトは幼児の声で歌いだす。

Oragna《オラーニャ》 figata《フィガータ》 fa《ファ》!　Marina《マリーナ》 gamina《ガミーナ》 fa《ファ》!

　サリエーリはそっと身をふりほどく。

サリエーリ　人間を引きずり下ろすことは、神を引きずり下ろすこと。これで誓いがかなった。みろ、この世でもっとも深遠な声が、赤ん坊の歌に変った。

モーツァルトはふたたび歌い始める。サリエーリはゆっくりと部屋から去る。

モーツァルト オラーニャ・フィガータ・ファ！　マリーナ・ガミーナ・ファ！

サリエーリが引っこむと、舞台奥から、ボンネットを手に持ってコンスタンツェが現れる。バーデンから帰ってきたのである。舞台前方にやって来て、夫がテーブルの上で、明らかに子供っぽい高音で歌っているのに気づく。

オラーニャ・フィガータ・ファ！　マリーナ・ガミーナ・ファ・ファ・ファア！

モーツァルトは数回投げキスをする。そしてやっと、そばに立っている妻に気がつく。

（おぼつかなげに）スタンツィ？

コンスタンツェ　ヴォルフィ？……
モーツァルト　（ほっとして）スタンツィ！
コンスタンツェ　（非常に優しく）ヴォルフィ――あなた！　あたしの大事な人！
モーツァルトは、テーブルから彼女の腕の中に、転がるように落ちる。
モーツァルト　おお！
モーツァルトは喜びのあまり、コンスタンツェにすがりつく。彼女は彼にやさしく手を貸して、テーブルを回り、その後ろにある客席に向って置かれた椅子のところに連れてゆく。
コンスタンツェ　さあ、あなた……いらっしゃい……こっちへ……こっちよ……そう……そこに……そこよ……
モーツァルトは弱々しく腰をおろす。

モーツァルト　（まだ子供の口調で、しかも真剣に）サリエーリが……サリエーリがぼくを殺したんだ。

コンスタンツェ　ええ、そうね。

そう言いながら、彼女は手早くテーブルの上の蠟燭、酒びん、インク壺を片づける。

モーツァルト　サリエーリなんだ。自分でそう言ってたもの。

コンスタンツェ　ええ、ええ、わかってるわ。

コンスタンツェは枕を二つ探してきて、テーブルの下手寄りの端に置く。

モーツァルト　（すねたように）あいつさ……あいつがやったんだ！

コンスタンツェ　さ、静かに。

彼女は瀕死の夫に手を貸して、ベッドとなったテーブルの上にあがらせる。彼は横になる。彼女は自分のショールを夫の上にきせかける。

モーツァルト　サリエーリ……サリエーリ……サリエーリ……サリエーリ！

あなたのお世話をしに、戻ってきたの。ご免なさいね、出て行ったりして。でも、今はここよ。いつまでも！

モーツァルトは泣き始める。

コンスタンツェ　さあ、さ、もう黙って。誰も何もしないわ。大丈夫、すぐよくなるわ。聞こえて？　元気を出して、ヴォルファール……ヴォルフィ・ポルフィ、お願い！

……

かすかに『鎮魂ミサ曲』(＊27)の《涙の日よ》が聞こえてくる。モーツァルトは身を起こし、妻の肩にもたれて、音楽に耳を傾ける。片手で弱々しくドラムのリズムをとる。(＊28)次の場面の間ずっと、彼は明らかに頭の中で『ミサ曲』を作曲しており、妻の言葉は全然聞いていない。

あたしって、退屈な女で……お金のことをぐずぐず言ったかもしれないけど、悪く思わないでね。ただ、甘やかされていただけ。甘やかしたのは、あなたよ。よくなってね。ヴォルフィ……あたしたちには、あなたが必要なの。カルルにも、フランツ坊やにも。あたしたち、三人きりよ。（＊29）暮しにはそんなにかからないわ。だから、死なないで。あなたなしで、どうすればいいの。あなただって、そうでしょ、天国であたしたちがいないと。あなたって、てんでだめな人。一人では、お皿の肉さえ、よう切らないんだから！……あたし、悧巧じゃないわ。おばかさんと暮すの、そりゃあ大変だったと思うわ。でも、あなたの面倒はちゃんと見てきたわ、それは認めてくれなければ。それに、いろいろ楽しかったわね——思いきりふざけて遊んで！……聞いてるの？

ドラムの拍子は次第にゆっくりとなり、やがて止まる。

これだけは知っといて。あなたと結婚した日、あれはあたしの生涯の最良の日だった。生きている限り、誇りにするわ……聞こえる？

コンスタンツェはモーツァルトが死んでいるのに気づく。彼女は声にならない悲鳴で口を大きくあけ、こわばった嘆きの身ぶりで、腕をあげる。〈アーメン〉の大きな和音は消えることなく、強い余韻となってあとに残る。

＊　＊　＊　＊

ウィーンの市民たちが、喪服を着て、上手から登場。コンスタンツェはひざまづき、悲嘆にくれて身じろぎもしない。召使いたちが入ってきて、遺体が置かれているテーブルの四隅に立つ。ヴァン・スヴィーテンも入ってくる。

サリエーリ　（固い声で）死亡証明書によると、原因は腎不全。それに寒さがたたって死期を早めたという。気前のいい〈フーガの殿さま〉が費用をだして、みすぼらしい葬儀が行われた。他の二十人の死体と共に――共同墓地に葬られた。

ヴァン・スヴィーテンはコンスタンツェに近づく。

ヴァン・スヴィーテン　わしの寸志は、子供たちのために使うがよい。葬式なんかに金をかけることはない。

召使いたちは、遺体がのったテーブルを、舞台中央奥のライト・ボックスへ運んでゆく。市民たちがあとに続く。

サリエーリ　わたしが何を感じたか？　安堵だ、もちろん——それは認める。それに、憐れみも——破滅に手を貸した男に対して。神が決して感じることのない憐れみを、わたしは感じた。わたしは神のフルートを弱らせ、やせ細らせた。神は……そのみ業の常として……休むことなく笛を吹き続けた。フルートはついに、貪欲なる神の唇のあいだで、二つに裂けた！

市民たちはひざまづく。静まり返った沈黙の中で、召使いたちはモーツァルトの遺体を、テーブルから舞台奥のすき間めがけてほうりこむ。(*30)

＊　＊　＊

サリエーリとコンスタンツェのほか、全員去る。コンスタンツェは停止していた動きをといて、床に散乱している楽譜類をせっせと拾い集める。

サリエーリはだんだん年をとってゆく老人の声で――みずからの苦い思いに蝕まれてゆく声で、話す。

コンスタンツェのほうは、喪があけて、やがて再婚した……退屈きわまるデンマークの外交官と。(＊31) その後、偉大なる作曲家の生誕の地ザルツブルクに隠退し、モーツァルト学の最高権威となった！

コンスタンツェは立ちあがり、ショールに身をくるみ、楽譜を胸に抱きしめる。

コンスタンツェ　(深い尊敬をこめて) あのように美しい言葉を語れる人が、またといたでしょうか！　幸福な十年の結婚生活の間に、ただの一度もあの人が粗野な言葉、汚い言葉を口にするのを、聞いたことがありません。その生涯の純粋さが、あの音楽の純粋さに、絶対反映されています！……（今度はてきぱきと）あの人の楽譜を売るにあたっては、インクの量によって値を定めました。音符が多いほど、値段も高い。これが一番簡単なやり方ですもの。

コンスタンツェは、いかにも権威らしくとりすまして、舞台を去る。

サリエーリ　驚くべき事実が判明した。仮面をかぶった灰色の人物、モーツァルトに「ペンをとり、鎮魂曲《レクイエム》を書け」と言ったあれは、実在したのだ！……ヴァルゼック伯爵という、作曲家づらをしたがる妙な貴族がいて、執事を変装させてモーツァルトのもとへやり、ひそかに作曲を依頼した——自分の作品として発表する魂胆で。そして実際にやってのけたのだ！　モーツァルトの死後、この曲は『ヴァルゼック伯爵の鎮魂曲《レクイエム》』(＊32)として公開され……わしが指揮をした。

サリエーリは観客に向かって微笑する。

当然、わたしだった。当時、ウィーンの大きな音楽会はすべてわしが主宰した。

サリエーリは外套を脱ぐ。

ベートーヴェンのすさまじい『戦争交響曲』の大砲の一斉射撃まで、指揮をした。あれには参ったな、ベートーヴェン同様、こっちまであやうく聾になるところだった！

＊　＊　＊　＊

市民たちはサリエーリの方をむいてお辞儀をし、その手に接吻の雨をふらせる。

こうして、わたしはこの音楽の都ウィーンに住みついた、人々の尊敬を一身に集め！　あれから、はや！……三十二年！　やがてわかってきた、神の罰が何か？

（直接、観客に向って）少年の時、あの教会で何を願ったでしょう？　名声ではなかったか？　そう、それは手に入れた！　確かにわたしはヨーロッパでもっとも有名な音楽家になった！……名声にかこまれ、名声に埋まり、名声に輝いた！……だが、作品がくだらんものであることは、自分でよく知っていた！……これが、罰だったのだ、わたしへの！　大したこともない連中から、「大したものだ」といわれながら、三十年も耐えねばならなかった！

市民たちは、次のせりふの間、サリエーリの前にひざまずき、称讃の身振り《マイム》で、彼に向って音のない拍手をおくる。また、両腕を上へ上へと容赦なくさし出し、サリエーリの姿がほとんどかき消されそうになる。

わたしは作曲しながら、自分の音楽に屍臭を嗅いだ。人々が感激の涙にむせび、のどをからして喝采しているのに！……そしてついに――名声にむせび……宴会だ、受賞だ、勲章だともてはやされているときに……突然、神の鉄槌がくだった！……沈黙という！

市民たちは動きを突然とめる。

わたしから全てが消えさった……一つ残らず。

市民たちは立ちあがり、彼に背を向けて、無関心に舞台外へ歩み去る。

モーツァルトの音楽は、いたるところで聞かれるだろう……だが、わたしのは——二度と聞かれることはない。生きながらえて、自分が忘れ去られるのを見なければならぬとは！　生涯の最後の栄誉を受けるために馬車に押しこまれたとき、道ばたの男がこう言った、「あれはウォーターローの凱旋将軍の一人かい？」（荒々しく、上に向って叫ぶ）Nemico dei Nemici《ネーミコディネーミキ》！　Dio implacabile《ディーオイムプラカビレ》！　敵の中の敵よ、非情な神よ！

カーテンがとじる。召使いが車椅子を運びこむ。別の召使いは、サリエーリに古いガウンと帽子を手渡す。サリエーリは鬘を脱ぎ、ふたたび老人に戻る。照明が変る。時計が六時を打つ。ふたたびサリエーリのアパートになる。

＊＊＊＊

サリエーリのアパート

召使いたちは去る。

サリエーリ 夜明けだ。諸君を解放しなければならん。最後の一撃によって、全てを終りにしよう。よいかな、わしには我慢できん、忘却の底に沈められ——名前さえ残らぬなんて。いやだ。神の永遠のなぐさみものとなるために、この世に生きてきたのではない。まだ一つ、手がある……見ているがいい、神がそれをどう扱うか！（観客に向って、打ち明けるように）この一週間、わたしは殺人について喚き続けた。諸君も聞いたはずだ……覚えていよう？　「モーツァルト……許せ！　君の暗殺を許してくれ！　モーツァルト！」と。

〈サリエーリ〉の囁きが始まる。初めは幕開きと同じく、かすかに。次の場面の間に、それは次第に音を高め、サリエーリのせりふと、はっきりオペラ的な対位法となる。

囁き　（かすかに）サ、リ、エ、ー、リ！

サリエーリ　（勝ち誇ったように）わざと仕組んだのだ！……召使い共が、ニュースを街に流した！

囁き　（少し大きく）、サ、リ、エ、ー、リ！

サリエーリ　街中、次から次へと噂は拡まった！

囁き　（さらに大きく）サ、リ、エ、ー、リ！……サ、リ、エ、ー、リ！

サリエーリ　今や、わしの名前は、あらゆる人々の口にのぼった！　スキャンダルの都ウィーンは、絶好のスキャンダルを手に入れた！

囁き　、、サ、リ、エ、ー、リ、が！……暗、殺……暗殺！……サ、リ、エ、ー、リ、が！

サリエーリ　（裏声《ファルセット》で。それを楽しみながら）「本当か？……まさか、そんなこと？……結局は、やったのか？」……

囁き　（最大音《フォルテツシモ》で）サリエーリ!!!

サリエーリ　さて、皆さん、世間はきっとこれを事実だと思いこむ！　わたしの非業の死を知ると……この嘘を永遠に信じこむ！　今日より後、モーツァルト《モーツァルト》の名を愛をこめて語る時、必ず嫌悪の情をもってわたしの名も口にするのだ！　モーツァルト《モーツァルト》と共に、サリエーリ《サリエーリ》の名前も全世界に知れわたる——たとえ悪名であろうと。つまりわしも不滅となるのだ！……これには神も、打つ手がない！……（かすれたように笑う）さあ、シニョーレ《シニョーレ》……見ておれ、〈人間〉を愚弄してよいものか！

サリエーリはポケットから剃刀を取り出す。そして立ちあがり、刀を開き、観客に向って、ごく簡潔に、静かに、そして直接話しかける。

Amici cari《アミーキ　カーリ》, 親しい友よ、わたしはこの世に、二つの耳として生れた。耳こそ、わたしのいのちだ。神の存在を知ったのも、音楽を聞くことを通してだった。わたしの信仰は、ただ作曲することにあった……ほかの人たちは、〈権利一般〉を求めた。だが、わたしが求めたのは、〈特殊な音〉であった。人々は〈人類の自由〉を求めた。わたしは、みずからを奴隷にすることを求めた。〈絶対なる神〉にこの身を捧げ——命じられるがままに己れを尽すこと。だが、これは拒否され——生きる意味もなくなった。これからは、わたしが〈亡霊〉となるのだ。諸君がいつかこの世に生を受ける時、わたしは陰の中に佇もう。そして君たちが、失敗の苦痛を味わい――
――非情な神の嘲りを聞く時、わたしは自分の名前を諸君に囁こう、「アントニオ・サリエーリ、凡人の聖なる守護者！」と。君たちは失意のどん底で、わたしに祈るがいい。そして、わたしは君たちを許そう。Vi Saluto.《ヴィ サルート》(＊33)

サリエーリはのどをかき切り、車椅子の中に仰向けに倒れる。

朝食のパン（菓子パンの一種）を皿にのせて入ってきた料理人が、恐怖の悲鳴をあげる。同時に、反対側から従僕が駆けこんでくる。二人は、ぐったりした主人の体をのせた車椅子を後方に引っぱって行き、中央に据える。

ふたたび〈風〉たちが登場。一八二三年の服装である。

〈風〉一　「ベートーヴェンの会話帳」、一八二三年十一月。訪問者が、耳の遠い主人《あるじ》のために書きとめたニュース。

彼は会話帳を〈風〉二に渡す。

〈風〉二（読みあげる）「サリエーリがのどを切った……だが、まだ生きている！」

サリエーリは身じろぎをし、意識をとり戻し、不思議そうに周りを見まわす。従僕と料理人は去る。サリエーリは、狐につままれた鬼瓦《ガーゴイル》みたいに、正面を凝視する。

〈風〉一「ベートーヴェンの会話帳」一八二四年。訪問者が、耳の遠い主人のために書きとめたニュース。

彼は別の会話帳を〈風〉二に渡す。

〈風〉二（読みあげる）「サリエーリは完全に錯乱。モーツァルトの死は、自分の仕業だ、自分が毒殺したのだ、と言い張っている」

照明が円錐形に絞られてゆき、サリエーリをとらえる。

〈風〉一　『ドイツ音楽タイムズ』紙、一八二五年五月二十五日。

彼は新聞を〈風〉二に渡す。

〈風〉二　（読みあげる）「サリエーリ氏は、いまだ死にきれず、妄想にかられ、若く逝けるモーツァルトの死に加担したと、己れを責めている由。ただし、かかる戯言《たわごと》を信じる者は、この狂える老人を措いて、他《ほか》になし」

音楽がやむ。

サリエーリは自分の敗北を認めて、うなだれる。

〈風〉一　信じられん。

〈風〉二　信じられん。

〈風〉一　そんなこと。

〈風〉二　そんなこと。い、い、い、いか

〈風〉一と二　誰が信じるものか！

二人は去る。照明が少し暗くなる。サリエーリは身じろぎをし——頭をもたげ……客席の暗闇を遠く見る。

サリエーリ　今も、これからも、世にある……どこにでもいる名もなき人たちよ……わしは諸君を許す。アーメン！

サリエーリは両手を上へ、そして左右へさしだし、祝福の大きな身振りで観客を抱擁する……そして最後に自分の胸の上で、高く腕を組む。照明は次第に暗くなり、完全に消える。アマデウス・モーツァルトの『フリーメーソンのための葬送曲』の最後の四つの和音が場内に響く。

——終り——

訳註

1　アントニオ・サリエーリ＝（一七五〇〜一八二五）イタリアの作曲家。一七六六年ウィーンへ行き、一七七四年ハプスブルク家の宮廷作曲家となり、長年宮廷楽長をつとめた（一七八八〜一八二四）。また〈芸術家協会〉のために尽力。四十曲以上のオペラを残している。

2　ヴェンティチェッロ＝イタリア語で「そよ風」の意。以下、〈風〉と訳出。

〈第一幕〉

3　公園＝原文では「プラター」。プラターは、ウィーン川とウィーン運河にはさまれた、広大な敷地を持つ市民の遊園地。

4　メッテルニッヒ＝一七七三〜一八五九。一八四八年にイギリスに亡命するまで約三十年間、オーストリア宰相として国政を動かす。

5　イタリア語で、「許してくれ、モーツァルト！　君の暗殺を、許して欲しい！」

6　イタリア語で、「憐れんでくれ、モーツァルト」

7　腎不全に結核という説もある。

8 イタリア語で、「行け」

9 ロッシーニの『セビリアの理髪師』は、一八一六年に初演。

10 「失礼。お許し下さい」

11 イタリアの北東部、ヴェローナ地方の町。

12 「よろしい」

13 原文は、「弦楽のディヴィジ」ディヴィジ=ある楽器（複数）を二つ以上のパートに分けて演奏すること。

14 キタローネ=小型のギターのような楽器。

15 六歳、十一～二歳、十七歳のウィーン旅行に次いで、四回目のウィーン訪問。一七八一年、二十五歳の春。

16 ウィーン川畔の丘に建つ離宮。一七一三年に完成。一七四九年マリア・テレージア女帝が居城として改築。十八世紀ロココ建築の粋。

17 一七七七年十二月十七日、皇帝は「以後、ブルク劇場では、ドイツ語によるオペラ〈ドイツ・ジングシュピール〉を上演すべし」との勅令を出し、この〈ドイツ・オペラ時代〉は、一七八三年まで続いた。

18 ゴットフリート・ヴァン・スヴィーテン男爵（一七三四～一八〇三）バロック音楽の愛

好者。

19 一七八一年一月二十九日初演。

20 レオポルト・モーツァルト（一七一九〜一七八七）ザルツブルク大司教宮廷の宮廷作曲家。

21 当時のザルツブルクは、ローマ教皇直属の領地で、教皇が任命する大司教によって統治されていた。

22 「そうではないかな、作曲家殿？」

23 「年齢と共に枯渇してゆく」

24 「まさにその通り」

25 「なんでもありません、尊大なる御仁」

26 一七七七年、モーツァルトが二十一歳の時知り合った、写譜家フリードリン・ウェーバーの次女。

27 一七八一年三月、ウェーバー家との交際を再開し、アロイジアの妹コンスタンツェと親しくなる。五月には同家に引越すが、父に叱責されて、一旦ウェーバー家を出る。しかし、一七八二年八月四日、父の同意を得ないまま、結婚。

28 「常に連絡をとってくれ」「必ず」

29 コンスタンツェの愛称スタンツェ、スタンツァールの語呂あわせ。

30 『十三管楽器のためのセレナーデ』(変ロ長調)=この曲は七楽章から成り、第三楽章が変ホ長調のアダージョである。

31 『フィガロの結婚』第一幕で、フィガロが歌う行進曲ふうアリア《もう飛ぶまいぞ、この蝶々》

32 一七六二年九月、モーツァルトが初めてウィーンを訪問した際の有名なエピソード。

33 「とうとう(お会いできました)。なんという喜び。なんとすばらしい喜びでしょう!」

34 「百万の百倍もの歓迎! 感激しました! あなたにお会いできるとは、なんという名誉でしょう! 輝かしく、もっとも高名なる作曲家殿!」

35 一七八一年七月三十日、ゴットリープ・シュテファニーから『後宮からの逃走』の台本を受けとる。

36 ゴットリープ・シュテファニー(一七四一~一八〇〇)ブルク劇場の演出家、台本作者。

37 「宮廷にようこそ」

38 「陛下……あらゆる音楽家の父である陛下の宮廷に受け入れて下さって、誠に光栄であります。陛下のように芸術を解される方にお仕えできれば、喜びこれにすぐるものはありません!」

39　「陛下」

40　五十人の娘をアイギュプトスの五十人の息子に嫁がせ、婚礼の夜に、夫の殺害を命じたギリシャ神話の王。

41　一七八二年七月、ブルク劇場。

42　グルックは一七五六年に、モーツァルトは一七七〇年に、ローマ法王から〈黄金拍車勲章〉をうけ、騎士となった。

43　「病的な！　神経症的な！　ああ！」

44　原文は、「フォッピー・ポッピー・スノッピー・トッピー・ホッピー・ウォップス！」フォップ＝めかし屋、ウォップ＝イタリア人（軽蔑的）などを用いての語呂合せ。

45　「ぼくの宝物」

46　ムツィオ・クレメンティ（一七五二〜一八三二）イタリアのピアニスト、作曲家。一七八一年ウィーンでのモーツァルトとのピアノ競演は評判になった。

47　「彫像」

48　「大失敗！　なんたることだ！」

49　「気高い、高潔なサリエーリ」

50　「わかった」

51 ヨハネ伝三章七〜八節。「汝ら、新たに生るべしと我が汝に言ひしを怪しむな。風は已が好むところに吹く。汝その声を聞けども、いずこより来、いずこへ往くを知らず。全て霊によりて生るる者も、かくの如し」

〈第二幕〉

1 ドメニコ・スカルラッティ（一六八五〜一七五七）イタリアの作曲家、チェンバロ奏者。

2 次男カルル・トーマス（一七八四〜一八五八）長じて官吏となった。一七八三年に生れた長男は、二カ月で幼逝。

3 一七八四年、グルックの助力でパリで上演、成功をおさめた。

4 リヒノウスキー公爵は、モーツァルトの弟子でパトロン。

5 ボーマルシェの喜劇に基いて、台本をロレンツォ・ダ・ポンテ（一七四九〜一八三八）が執筆。一七八六年五月一日、ブルク劇場で初演。

6 一七八四年十二月十四日、二十八歳の時、加入。

7 「幸運を（祈る）」

8 「ちょっとした考えが」

9 「あなたは、第三幕にバレーがあるとおっしゃったように思いますが」

10　「いかにも」
11　「そして、お聞かせ下さい――皇帝はオペラの中にバレーを入れるのを禁止なさったというのは、本当ですか？」
12　「その通り、まさにそれです」
13　「ああ、わかったぞ！　なんとすばらしい！　完璧だな？　実にすばらしい！」
14　「しばし我慢を」
15　ローゼンベルクの語呂合せ。シット＝「糞」、カント＝「性器」、バッガー＝「ホモ」
16　「万才」
17　モーツァルトは〈灰色の服を着た脊の高いやせた見知らぬ男〉から、一七九一年七月、『レクイエム』の依頼を受けた。これは、ヴァルゼック＝シュトウパッハ伯爵が亡妻の一周忌にレクイエムを求めており、使者をつかわしたとされている。
18　エマニエル・シカネーダー（一七五一～一八一二）ドイツの俳優、歌手、興行主。『魔笛』の台本を書き、その作曲および上演に協力、みずからもパパゲーノを演じた。
19　〽もう飛ぶまいぞ、この蝶々、
　夜も昼も、ぐるぐると
20　一七九一年七月二十六日、四男フランツ・クサーヴァー誕生。後に音楽家となり、ヴォルフガング・アマデウス・モーツァルト二世を名のる。

21 テアター・アウフ・デア・ウィーデン。町はずれの下町の劇場で、シカネーダーが監督をしていた。

22 一七九一年七月、モーツァルトは、『フィガロの結婚』の台本作者ダ・ポンテに、「私は気力もつき果て、頭も混乱し、休息すると〈あの男〉に絶えずつきまとわれ仕事をせかされている思いがするので、ひたすら書き続けている」という意味の手紙を出している。もっとも、この手紙は後世の贋作ともいわれる。

23 「ああ、いとも優しい石像よ……晩餐におこしを」

24 マリア・テレージアとフランツ一世の前で初めて演奏したのが、一七六二年、六歳。

25 一七六四年、八歳の時、ルイ十五世に拝謁し、王女ヴィクトワール・ド・フランス夫人に『クラヴィーアとヴァイオリンのためのソナタ』を献呈。

26 「お前に懇願する！」

27 『レクイエム』は未完に終ったが、死の前日――一七九一年十二月四日、病床で見舞客と共にこの《涙の日よ》までを歌い、突然号泣し、弟子のジュスマイヤーに完成を指示して、翌五日に死んだ。

28 病床でもドラムのリズムをとるかのように、頬を手で叩いていたとも、唇を動かしていたともいう。

29 子供たちのうち、成人したのは、次男と四男だけで、長男、三男、長女、次女は幼逝。

30 埋葬は、十二月六日と七日の二説がある。悪天候のため会葬者は途中から引返し、家族さえ墓地までつき従わず、名前を記した十字架も立てられなかったという。

31 モーツァルトの死後十八年の一八〇九年に、デンマークのゲオルク・ニコラウス・フォン・ニッセンと再婚。のちに夫ニッセンに口述筆記させて、最初の大きなモーツァルト伝を編んだ。

32 ヴァルゼック伯爵は自分で楽譜を清書して、〈ヴァルゼック伯爵作曲によるレクイエム〉と書き入れた、と言われる。(モーツァルト伝の作者サン＝フォア説)

33 「君たちに挨拶を」

あとがき

この作品にはイタリア語とフランス語のせりふが出てくるが、舞台での上演の効果を考えて、つぎのように三通りに処理した。

1　そのまま日本語に訳す
2　原語のまま言わせて、参考のために註をつける
3　原語を言わせ、その簡単な意味を日本語でつけ加える

また、モーツァルトに関して多くの訳註をつけたが、これは彼の生涯の事実関係と戯曲との関連を明らかにするためである。

（訳者）

解説
ピーター・シェーファーとの出会い

作家・演出家
鴻上尚史

高校二年の時、急に腹痛になったことにして学校を抜け出し、住んでいる街から二時間ほど電車に揺られ、『エクウス』という芝居を見たのが、ピーター・シェーファーとの出会いでした。

十七歳の少年が六頭の馬の目を潰した、という衝撃的なエピソードから始まる物語でした。劇団四季の公演で、「何故、少年はそんなことをしたのか?」を追及する精神科医に名優日下武史さん、少年アランに、若き市村正親さん。

僕自身、十七年間生きてきて、最も衝撃的な演劇体験でした。

それは、面白くて深い物語でした。ただ深刻なだけの深い話でもなく、ただ軽いだけの面白い話でもなく、ワクワクドキドキするほど面白く、なおかつ、深く考えさせる物語でした。

大人になって、もう少し専門的に言うと、ピーター・シェーファーは、創造性と大衆性を両立させた、数少ない作家だということです。

芸術と芸能の両立を可能にした作家とも言えます。

芸術は、「あなたの人生はそれでいいのか」と挑発します。芸能は「あなたの人生はそれでいいのだ」と肯定します。

人生に疲れた時、芸能の肯定は、生きる力になります。それは例えば、激しいアクションや歌、派手な仕掛けに満ちた舞台で経験できます。

人生を真正面から探求しようとしている時は、深く深く思考を強制する芝居を見たいと思います。

『エクウス』では、最初に提示される強烈な謎「なぜ少年が六頭の馬の目を潰したのか」という始まりから、人間が六頭の馬を演じるスリリングな表現まで、大衆を釘付けにする仕掛けに満ちています。十七歳の高校生の僕は、その粗筋に惹かれて、「どうしても見たい」と思ったのです。もし、もっと地味なストーリーだったら、学校を抜け出し、二時間、電車に乗ることもなかったと思います。

けれど、見てしまえば、アランの心の闇の奥深くにまでつれて行かれるのです。日下さんが、ラスト、少年アランがどうして六頭の目を潰したのかを理解し、そして語るシーンは、四十年以上たった今でも、強烈に記憶に残っています。僕自身の魂の奥深くにまで刻み込まれたのです。

ピーター・シェーファーは、この「芸能と芸術の両立」を、二人の強烈な登場人物の対立で展開させることが多いです。

『エクウス』は、沈黙する少年と真実を突き止めようとする精神科医でした。

『アマデウス』は、読んだ人なら分かるように、もちろんモーツァルトとサリエーリです。

天才モーツァルトと凡人サリエーリの激しい対立によって物語は展開していきます。

史実として、モーツァルトとサリエーリが不仲だったのは事実のようです。が、それ以上のことは分かりません。

毒殺したという証拠もなければ、サリエーリがそんなことを言うはずもありません。逆に、毒殺したんじゃないかという噂が流れ、それにサリエーリは苦しんだというのが事実のようです。

また、モーツァルトは、品行方正とは言い難かったのは事実ですが、この作品で描写されているほどまで行儀が悪かったかどうかは分かりません。

また、『アマデウス』が書かれる百年以上前に、ロシアの作家プーシキンが『モーツアルトとサリエリ』という短編の芝居を書いていて、ピーター・シェーファーは、この作品に刺激を受けたようです。

ただし、そこから、ピーター・シェーファーは独自の「モーツァルトとサリエーリ像」を作り上げたと言えるでしょう。

優れた作家は、そういうことをします。シェークスピアが、数々の種本を元にしながら、独自の解釈で物語を作ったことと似ています。

ことに、サリエーリの人物像が衝撃的です。モーツァルトの天才を憎み、自分の凡庸さに絶望するだけではなく、サリエーリはこの現実を創った神を憎むのです。

「不公平なる神よ……あなたは敵だ！　これからは、〈永遠の敵〉と呼んでやる！　そして、ここに誓う、命尽きる日まで、この世でお前にさからうと！　神を懲しめてやれなくて、何が人間だ？」

このセリフは衝撃的です。才能がないと悩むことは、珍しいことではありません。観客にも納得できる大衆性です。けれど、そこから始まり、神の問題にまでたどり着くのです。これが創造性です。

この言葉と決意によって、サリエーリの地獄と苦悩は、極大化するのです。

また、モーツァルトの初登場のシーンの上手さ。モーツァルトがこの芝居で最初に出す言葉は「ミャーオ！」なのです。

あの名曲を創った作曲家が「ミャーオ！」と鳴いて、女性を追いかけて登場する。これだけで、観客は釘付けになります。まさに芸能の面白さです。溢れるモーツァルトの楽曲は、時には芸能の楽しさを、時にはサリエーリの苦悩の象徴として、芸術を教えてくれるのです。

映画版が、僕にとっては『アマデウス』との最初の出会いでした。

映画の脚本をピーター・シェーファー自ら担当していますから、作品観としては一貫しています。

もし、戯曲を読んで面白いと思ったら、映画版をお勧めします。ラスト、サリエーリはあなたに語りかけます。

あなたは自分のことを凡人と思っているのか、それとも天才と言わなくても、才能に溢れた人間だと思っているのか。

若くして見ると、モーツァルトに感情移入する人が多いようです。歳を重ねた後に見ると、サリエーリに共感するようです。

あなたはどちらですか？

さて、『ピサロ』も、ピーター・シェーファー得意の構造、強力な二人の人物の対立によって、物語は展開していきます。

史実に基づき、けれど、そこから想像と創造の翼を広げて、独自の人物を作り上げたのは『アマデウス』と同じです。

ピサロが約百八十人の兵士と二十七頭の馬だけで、インカ帝国に乗り込み、アタウアルパを捕虜にし、やがて、殺害したことは史実です。

この題材には圧倒的な大衆性があります。冒頭、ピサロが私兵を集めるくだりは、黒澤明監督の映画『七人の侍』を僕はイメージしました。若いマルティンが、やがて、どう歓喜し、どう絶望するのか。「夢をかなえてくれた」人なのに、「彼に会ったことを後悔している」「わしの人生における唯一の後悔なのだ」と語る冒頭。これだけで、もう、ゾクゾクします。

そして、大衆性を持ちながら、ピーター・シェーファーは、独自の人物像を創っていきます。

ピサロは、若き頃は黄金を求めて新大陸へと渡ったが今はもう黄金はただの金属に過ぎないと語ります。すると、デ・ソトは、祖国という言葉を使って、安楽な余生を求めます。

ピサロは祖国とはどこのことだと聞き、デ・ソトは「もちろんスペインです」と語ります。ピサロは返答します。「スペインと俺とは子供の時から赤の他人だ。スペインで俺が知っているのはここだけだ」

なんという言葉でしょう。この一言で、ピサロは王の命を受けて新大陸に渡りながら、王と祖国を否定するのです。

スペイン対インカ帝国という、分かりやすい大衆性を持ちながら、ここに展開されているのは、「信仰と狂信はどう違うのか？」「正義と独裁はどう違うのか？」「文明と未開は何が違うのか？」「賢さと愚かさはどこが違うのか？」というような人生と哲学の根本の問題です。

僕は、この戯曲を敬虔なクリスチャンはどう感じるんだろうと思います。過去の過ちだと思うのか。ピーター・シェーファーの見方は一方的だと非難するのか。

とらえたインカ帝国の人達に「イエス・キリストこそインカ王！」と叫ばせるシーンの醜悪なこと。

アタウアルパが「汝らは朕の民を殺す。朕の民を奴隷にする。何の権限によってだ？」と問いかけた時、司祭のヴァルヴェルデは「この力によってだ。（聖書を差し出す）神の言葉だ」と言い放ちます。そして、アタウアルパが納得しないと「この異教徒めに武器の力を見せてやれ。皆の者、私が赦す！」と叫び、神の名において大殺戮が始まるのです。

もちろん、今はキリストではない「正義」によって、大殺戮が地球のあちこちで続いています。少しの想像力がある観客なら、その恐ろしさにゾッとするのです。

アタウアルパの人物造形もじつに魅力的です。自分は神であるから、殺されてもまたよみがえると信じていたのは、どうやら、史実のようですが、ピサロとの対話や、自らの信仰への思いなど、今の視点から見れば、スペイン人よりもはるかに文明人に感じます。

「真の神！　そんなものがどこにある！　影も形もありはしない。朕の父なる太陽ははっきりと実在する」とアタウアルパは言います。

そして、ピサロも敏感に、「夜明けの太陽が世界を照らし出すのを見る時、ほとんど神を崇めるのに近い気持ちになる」と語り、太陽を崇めることを「馬鹿馬鹿しいが、しかし途方もなく素晴らしいことだ——無意味であるかもしれんが、しかし心惹かれる無意味だ」と受け止めるのです。

この戯曲は、ひとつの文明（と信じているもの）が、未開（と断定されているもの）

を侵略し、破壊し、滅亡させる中で、個人と個人が苦悩し、手をつなぎ、理解しようとする記録です。

分断が加速し、不寛容が強まり、それぞれの陣営が自らの「正義」を声高に主張する現代に、ますますリアルになる作品だと思います。

ピーター・シェーファーは、二〇一六年六月六日、亡くなられました。その知らせを、僕はネットのBBCニュースで知りました。日本語で読めるピーター・シェーファーの全集が出ないかと、ずっと僕は願っています。合掌。

「ピサロ」

初演記録

一九八五年七月　パルコ（PARCO劇場）
訳＝伊丹十三　演出＝テレンス・ナップ　出演＝山崎努、渡辺謙ほか

The Royal Hunt of the Sun by Peter Shaffer
Directed by John Dexter, produced by National Theatre, was presented by Chichester Festival Theatre, on July 7, 1964.
Colin Blakely as Francisco Pizzarro, Robert Stephens as Atahuallpa

「アマデウス」

初演記録

一九八二年六月　松竹（サンシャイン劇場）
訳＝倉橋健、甲斐萬里江　演出＝ジャイルス・ブロック　出演＝九代目松本幸四郎、江守徹ほか

Amadeus by Peter Shaffer
Directed by Peter Hall, produced by National Theatre, was presented by Olivier Theatre, National Theatre, on October 26, 1979.
Paul Scofield as Antonio Salieri, Simon Callow as Wolfgang Amadeus Mozart, Felicity Kendal as Constanze Weber

本書収録作品の無断上演を禁じます。上演をご希望の方は、「劇団名」「劇団プロフィール」「プロであるかアマチュアであるか」「公演日時と回数」「劇場のキャパシティ」「有料か無料か」「住所／担当者名／電話番号／メールアドレス」を明記のうえ、〈早川書房ハヤカワ演劇文庫編集部〉宛てにメールまたは書面でお問い合わせください。

本書では作品の性質、時代背景を考慮し、現在では使われていない表現を使用している箇所がございます。ご了承ください。

「ピサロ」は一九八五年に劇書房より『ザ・ロイヤル・ハント・オブ・ザ・サン』として刊行された作品を改題のうえ、「アマデウス」は一九八二年にカモミール社より刊行された『テアトロ四七一号』収録作を文庫化したものです。

〔訳者略歴〕

伊丹十三　1933年生まれ。父は映画監督の伊丹万作。高校卒業後、商業デザイナーを経て60年俳優に。エッセイ・翻訳、テレビ、CMなど多方面で活躍し、84年『お葬式』以降は10本の脚本監督作品を発表した。97年没。

倉橋 健　1919年生まれ。早稲田大学文学部卒。早稲田大学教授、演劇博物館館長を歴任。2000年没。訳書に『アーサー・ミラー自伝』『北京のセールスマン』ミラー、『演技について』オリヴィエ〔共訳〕（以上早川書房刊）他。

甲斐萬里江　1935年生まれ。早稲田大学文学部大学院卒。早稲田大学名誉教授、英米文学翻訳家。訳書に『五輪の薔薇』パリサー（日本翻訳出版文化賞受賞）、『演技について』オリヴィエ〔共訳〕（以上早川書房刊）他。

ピーター・シェーファー
I
ピサロ／アマデウス

〈演劇 50〉

二〇二〇年三月　十　日　印刷
二〇二〇年三月十五日　発行
（定価はカバーに表示してあります）

著　者　ピーター・シェーファー
訳　者　伊《い》丹《たみ》十《じゅう》三《ぞう》
　　　　倉《くら》橋《はし》健《たけし》
　　　　甲《か》斐《い》萬《ま》里《り》江《え》
発行者　早川　浩
発行所　株式会社　早川書房
郵便番号　一〇一‐〇〇四六
東京都千代田区神田多町二ノ二
電話　〇三‐三二五二‐三一一一
振替　〇〇一六〇‐三‐四七七九九
https://www.hayakawa-online.co.jp
乱丁・落丁本は小社制作部宛お送り下さい。
送料小社負担にてお取りかえいたします。

印刷・株式会社亨有堂印刷所　製本・株式会社明光社
Printed and bound in Japan
ISBN978-4-15-140050-6 C0197

本書は活字が大きく読みやすい〈トールサイズ〉です。